摸金传人

MO JIN CHUAN REN

9 八臂蛇怪

BA BI SHE GUAI

罗晓 著

SPM 南方传媒 | 广东人民出版社

·广州·

图书在版编目（CIP）数据

摸金传人．9 / 罗晓著．-- 广州 ：广东人民出版社，
2023.1
ISBN 978-7-218-16191-4

Ⅰ．①摸… Ⅱ．①罗… Ⅲ．①长篇小说－中国－当代
Ⅳ．① I247.5

中国版本图书馆 CIP 数据核字（2022）第 216856 号

MO JIN CHUAN REN . 9
摸金传人 . 9
罗晓 著

出 版 人：肖风华

责任编辑：李力夫
责任技编：吴彦斌 周星奎
策划编辑：祁 鑫 吴 冰
装帧设计：天下书装

出版发行：广东人民出版社
地　　址：广东省广州市越秀区大沙头四马路 10 号（邮政编码：510199）
电　　话：（020）85716809（总编室）
传　　真：（020）83289585
网　　址：http://www.gdpph.com
印　　刷：廊坊市海涛印刷有限公司
开　　本：710mm×1000mm 1/16
印　　张：18　**字　　数：**250 千
版　　次：2023 年 1 月第 1 版
印　　次：2023 年 1 月第 1 次印刷
定　　价：40.00 元

目 录
Contents

第一章
熊孩子探宝队

本来没几分钟的路程，但杨薇“咯咯……”笑着，硬是足足开了七八分钟才回到铺子里。

铺子里，烟锅叔、杨华、虎子、李三眼等人见朱笑东回来，一个个立刻就围了上来。

“怎么样？东哥，黄老西儿没能得手吧？”杨华把黄西城叫作黄老西儿。

“汪兴成有没有答应跟我们合作？”烟锅叔关心的是合作的事。说实话，仅仅就这一个朱氏当铺，上上下下七八个人拿工资，一个月都是几万几万的，就算生意不错，基本上也就只是个收支平衡，烟锅叔还是不大忍心。

“黄西城有没有大发雷霆？”虎子担心的却是那边的生意会不会好做，毕竟离黄老西儿他们的铺子很近，生意上的事情隔得近，就会应了同行如敌国那句话，

“要不要调人过去？”李三眼很关心他这掌眼的位置。

虽然李三眼并没有半点幽怨在“总部”的意思，但是，能进驻

分店绝对是件好差事。

何况，不仅仅是李三眼这么想，其余稍微有点儿头脑的，都这么想！

朱笑东笑了笑，一口气把所有问题都回答完：“黄西城派了黄跃出面，但只是敷衍了一下，看样子他们对我还有几分忌惮。那边的生意已经谈妥，汪兴成占百分之三十五的股份，百分之十的股份让员工拥有，我这边还有百分之五十五，合作协议什么的已经签好了。不过，老汪向我们要了一名财务监管，这事情暂时待定，现在那边在清理、改装，估摸着，还有三五天那边就会过来提货。”

一听果然要调派人手过去，几个人一起瞪着眼睛问道：“是谁啊！谁过去当这财务监管……”

只是这话一问完，大家又同时叹了一口气，财务监管这活儿李三眼是没法去做了，专业不对口！

杨华跟虎子两个人大眼瞪小眼，杨华是可以，但是他的兴趣不在财务上，虎子就不用说，要力气还差不多，算账之类的细活儿，根本就指望不上。

烟锅叔自然也不会去监管财务，人年纪大了不说，老眼昏花，要有什么差错，可担不起这职责。

几个人想明白个中道理，禁不住都“嘿嘿”笑了起来，这一帮子人，谁都过不去！

笑了一阵，朱笑东把目光投向虎子，虎子“嘿嘿”一笑，说道：“小朱老板，你可别是要我过去，那活儿，我可干不了！”

杨薇笑了笑，说道：“这事儿，还就指望着你，虎子哥，你不答应都不行！”

“什么？让虎子去监管财务！”烟锅叔等人不但瞪大了眼睛，愣了片刻，还“呵呵”地笑了起来，虎子去监管财务，就算拿着鞭子赶鸭子上架都不成，虎子根本就不懂。

“还是让二叔去吧！”虎子一慌，说道。

朱笑东摇了摇头：“二叔不但要照顾这边，等那边开业了，他同样要照顾，二叔肩上的担子最重，小妹还在读书，根本就不可能去做什么财务监管。所以，我想让凯斯嫂子过去，虎子哥，你别不答应吧？”

“这事儿……”虎子沉吟着，半晌才说道，“这事儿我可不敢保证，她现在好像也没什么心情做事，不过，小朱老板你一番好心，我就先谢过了，反正现在也不急，回头我去问问她的意思，然后再给你答复，好吗？”

“凯斯不开心？”杨薇好奇地问道，前几天刚回来，大家伙儿一起聚餐，明明凯斯高高兴兴的，这是怎么了？

朱笑东也是一怔：“怎么回事？”

一问起凯斯的事，虎子顿时苦着脸答道：“不知道是怎么回事，这几天凯斯特别烦躁，好像看什么都不顺眼，好几个晚上，她都一个人躲到厕所里去哭，问她也不说，我也不知道到底是怎么回事。”

杨薇把虎子拉到一边，悄悄问道：“凯斯嫂子她有没有吃什么都想吐，又什么都想吃，想吐却又没什么可吐，还有，比较嗜睡什么的？”

虎子摇了摇头：“我知道，你说的是妊娠反应，但凯斯她不是，就是有什么我们不知道的事情在烦着她！”

“这样啊！”杨薇沉吟了片刻，说道，“待会儿有空的话，我们过去看看，虎子哥，你放心好了，不会有什么大事。”

虎子点点头，没说什么。

这时，朱笑东却跟着杨华、烟锅叔、李三眼等人一起，看一件刚刚盘下来的铜佛坐像。

李三眼说，其实最近以来，佛像的顶级精品一直都集中在境内，世界最高成交价格已经连续三年在境内产生，夺得佛像成交第一名的是香港佳士得。当年十月份，一件高一米多点的大威德明王鎏金铜佛像，成交价高达两千万元，还有一尊明代铜药师佛坐像，以一千一百多万元的价格成交，可以说，现在佛像是比较热门的收藏品。

尤其是明清宫廷制造的佛像，深受收藏家青睐。对于古董而言，但凡与宫廷有关系的，其价值与价格都较高，不仅仅是因为沾有“皇家”血统，更主要的是，明清两个时代离我们较近，很多文化的传承和审美趣味尚有共同性，特别是明清时期的金铜佛像、藏式佛像，外表都采用鎏金制作，气势辉煌，制作的工艺也精美绝伦。

朱笑东对于翡翠、玉料的认识，几乎无出其右，但是说到古玩，朱笑东就不及李三眼了。在古玩界里有这样一句话，说要经营古玩，就必须得有财力、眼力和定力，三者缺一不可，其实，朱笑东有财力、有定力，但要说有眼力，也就未必。

朱笑东也算是现在青年鉴定人员中的佼佼者，比李三眼有学历、有文化，但却少了名师口传心授的技法，朱笑东的那点绢册之外的东西，他就不及李三眼了。

今儿个高兴，又有空，朱笑东自然是迫不及待地想听李三眼讲解这些知识。

李三眼很是自豪地说道：“这尊铜佛像，造型虽然是坐像，但做工精美，尤其是佛像相如秋满月，眼似青莲华，很明显有前清的风格。我们盘进来的价钱才三万五千元，但是出手的话，至少净利润能达到五万元。不过可惜的是，这尊佛像不是鎏金的，要是能碰上这么大个儿的鎏金铜佛，那就不得了了，一百万元盘进来都够呛。”

杨华在一边笑道：“要鎏金的干什么，干脆，来尊纯金的，那岂不是更赚钱了？”

“呸！”李三眼笑眯眯地啐了杨华一口，又呵呵笑道：“鎏金的搞不好就成了国宝，纯金的，就算有，你敢要？呵呵……什么事儿都往好处想，你也不怕成天呜呜响的警报？”

李三眼说完，又呵呵笑了一阵，旁边的朱笑东等人也跟着哄笑起来。

朱笑东他们看完铜佛坐像后，就和杨微一起去看看凯斯。

见到朱笑东跟杨薇两个人突然过来，凯斯很惊讶，连声埋怨虎子，为什么不事先打个电话回来，也好安排啊！

虎子笑了笑，说：“东哥说不让打，免得让你格外操劳。”

在所有人当中，凯斯的变化最大，身穿并不怎么时尚的羽绒服，牛仔裤，让这个外国女孩子的装束看起来与本地的女孩子几乎没什么分别，相反，比本地女孩子多了一份贤妻良母的温柔。

以前的那种动辄冰雪风霜的神情不见了，感觉更多是“幸福小女人”的样子。

“口渴吗？要喝点什么？饿了吧，我这就去煮饭……”看起来平平淡淡的问候，更显得凯斯贤淑温婉。

虎子的家里摆设并不豪华，但是很温馨，家的味道很浓。

朱笑东坐在沙发上，对忙进忙出的凯斯道：“凯斯嫂子，怎么没见到安蒂，安蒂不在家？”

提起安蒂，虎子等人均是苦笑不已，第一次跟这小姑娘碰头，朱笑东一行都被这小姑娘搞得人仰马翻，现在想起来，大家都是又好笑又气馁，这家伙太厉害了！

凯斯给众人奉上茶，才挨着虎子坐下，满面担忧地说道：“她任性惯了，为这事，我挺发愁，最近，不知道听谁瞎说了些什么，老是跟我吵着说，要去寻宝……”

“噗……”一口茶差点从朱笑东嘴里喷了出来。

“这段时间，你不开心就为这事？”虎子问道。

凯斯摇了摇头，其实最让凯斯担心的却是，烟锅叔、虎子都不把安蒂当外人，好吃好喝好玩的，都是留给这小丫头，但这小丫头却口口声声说要自立，寄人篱下终究算不上一回事儿。显然，烟锅叔把这小丫头当亲女儿供着，她却始终跟烟锅叔一家处不到一块去。

在别人眼里，安蒂要去寻宝，可以看作是小孩子行为，没线索、没目的，就当她是过家家闹上一阵也就算了，但是对凯斯来说，这是一件有可能影响她跟虎子一生幸福的事，如果安蒂坚持不住在这里，或者要回国，凯斯怎么会忍心让她一个人去漂泊？

十三四岁的孩子，说大不大，说小不小，劝又不听，管得狠了，又怕她乱跑，一个不留神，让她躲到哪个旮旯角落里，就算把人累死也找不回来。

原来凯斯不开心的是家庭教育方面的事，朱笑东吐了口气，现在的孩子，在大人眼里就是小皇帝，小小年纪个个都任性得不得了，就说这安蒂要去寻宝，这可是一般的成年人都不敢轻易做出来的事。

可是凯斯说，这事儿，安蒂不仅想象出来了，甚至已经开始做起了准备。

杨薇忍住笑，问道：“都在做些什么样的准备了？”

“体能训练！每天早上背着十几块砖头，去跑什么十公里，还自个儿收集登山、泅渡、探险等用具，我都不知道她从哪儿知道的这些。”凯斯叹了口气，说道。

“都准备多久了？”一听说安蒂都准备上了，朱笑东来了兴趣。

“都有半个多月了，我怎么劝她都不听，这不，今天一早就出去了，除了跑十公里，还说去找线索，都快一天了，还没回来。”

“都快一天了？”杨薇有点咋舌，这孩子都出门半天了，怪不得凯斯担心。

“这个我倒不是很担心，她现在就在她朋友家，刚刚还打过电话回来报信。”凯斯答道。

“嗯!”朱笑东点点头，看起来一切都很正常，安蒂也很听话，做事也很替别人着想，在做什么也会通知家里人，但这只是表面的乖顺，在乖顺的表面下，实际上还是我行我素，没准儿哪天，她觉得时机成熟了，上到“寻宝”的路上，她也会跟家里说上一声，但是要阻止她继续，肯定是万万不能。

杨薇则不然，说花上一点钱，请个家教，或者找个专家什么的来开导一下，或许效果会好得多，虎子又不缺钱，一个不成请两个，两个不成请三个，直到安蒂彻底融入虎子他们这一家为止。

朱笑东笑了笑，安蒂这小姑娘的确不容易对付，要用平常的“政治教育”攻势，肯定是说不上几句话，就会把人家搞个人仰马翻，对待她这样的孩子，得下猛药!

“怎么个下法?”虎子迫不及待地问道。

“这个，我也不知道。”朱笑东摇了摇头，过了片刻，又说道：“要不，断绝她的经济来源，没有钱，她什么地方都去不了。”

凯斯摇摇头：“已经晚了，据我所知，虎子他们给安蒂的零花钱还不少，还有以前我给她的那些，估计都有好几十万元!”

朱笑东吸了一口凉气，怪不得这安蒂难管，多半就是出在钱的问题上，有钱能使鬼推磨，有了钱的人，尤其是孩子，不异想天开那就奇怪了。

“要不，就来个假戏真做!”朱笑东沉吟了片刻，说道，“既然没什么其他的办法可想，不如就顺着她的意思，让她去尝尝探险的苦头，没准儿经历过一次苦难，她就会幡然醒悟，自然而然地融入家庭中来也说不定!”

杨薇嗔怪道：“说什么呢?笑东，你这样会教坏孩子的!”

虎子看了一眼凯斯，没说可以，也没说不可以，但是眼里却是燃起了几分期许。

毕竟安蒂只是一个孩子，要怎么样，还得看看凯斯的意见。

凯斯叹了一口气，沉默不语，去探险寻宝十有八九都是生死攸关的险地，让安蒂就这么去寻宝，哪里肯放心。

朱笑东笑着说道：“我们就当是让安蒂去旅游，把旅游的地方和节目安排得惊险刺激一点儿，这样既满足了安蒂的好奇心，又能把你们的距离拉近，岂不是一举两得。”

“对啊，我怎么没想到这一点！”虎子一拍手，差点跳了起来。

把旅游说成是去探险寻宝，只是说法上的调换而已，这的确是件很简单的事。

凯斯也有些心动，不过，这个计划是好，但是安蒂那丫头鬼精鬼精的，会不会吃这一套？这很难说。

朱笑东想了片刻，说道：“这件事情，我们只能想办法先介入进去，然后再见机行事……”

凯斯想了许久，点了点头：“看来也只能如此了。”

安蒂这小姑娘要去探险寻宝的事，谈到这里就先搁下了，随后朱笑东又说起汪兴成那边需要一个财务监管的事情，凯斯想了想，一口答应了下来。

财务监管的事情刚刚谈妥，安蒂竟然带着两个男孩子回来了。

一个十六七岁，比安蒂略高一点，斯斯文文的，戴着个大眼镜，叫楚大雄，看样子还是个在读学生。另一个稍微矮胖一点，浓眉大眼，一脸的痘痘，是楚大雄的铁哥们秦洋。

两个男孩子都很有礼貌地跟朱笑东等人打过招呼。

这两个家伙见到杨薇，还是忍不住惊叹了一句：“此人只应天上有，人间难得几回看！”

秦洋说话很有胖子的风格。

楚大雄却是仰望女神一般，把手在衣服上擦了擦，才去跟杨薇握了一下手，然后恭恭敬敬地叫了声："杨姐！"

安蒂却是随便跟几个人打过招呼，把带回来的一包东西放回自己的房间里，然后才出来。

朱笑东看着三个比杨薇矮不了多少的孩子，忍不住叹息了一声："现在的小孩子……"

楚大雄跟秦洋算得上是虎子他们的邻居，相隔不远，不过虎子刚搬过来才半年多时间，平日里又不在家，跟他们也不算很熟。

等三个人在朱笑东对面的沙发上坐下，朱笑东很直接地对楚大雄跟秦洋问道："好像今天不是双休日吧，怎么，你们都不用去读书？"

楚大雄不自然地笑了笑："这学期不是刚刚开始吗，学校还在搞军训，还有一个多星期，那对我们来说没什么意思，就请了假。"

"哦！"朱笑东点了点头，又笑着问道："不会算逃课吧？"

"逃什么课啊？这不，我这儿有军训官的批假，也有训导处的批文，我们这叫光明正大！"秦洋胖子似的嘴脸，说什么都振振有词。

"听说，你们有个寻宝计划，准备的怎么样了？"朱笑东又问道。

一听说这事儿，楚大雄显得有些紧张，两只眼睛在镜片后面怔怔地看着朱笑东。

秦洋撸起袖子，露出手臂上隆起的肌肉。

安蒂则靠在沙发上，暗暗地琢磨朱笑东话里的意思。

不等朱笑东再问，楚大雄又说道："我们都跟家里大人商量过了，趁着这一段时间有空，要到野外感受一下，不管最后结果怎么样，就算是一种经历吧，这种经历很难得，或许，会从此改变我们一生的方向。"

秦洋也在一边说道："我们的父母都很开明，认为现在的孩子都是温室里培育出来的娇花，经不得半点风吹雨打，还说，想要让孩子能经得起风雨，就让他们张开稚嫩的翅膀，翱翔在广阔的天空，去和风雨拼搏……"

杨薇"噗"地一下笑了出来，这孩子，诗朗诵啊！

朱笑东一本正经地点点头，说道："很好，有志气，不过一个计划的实施，从酝酿到准备、实施、成型，这中间有无数的细节，可不是一天两天就能做好的……"

安蒂直起身来，说道："朱大哥，你不会是想阻止我们探险吧？这事我们可是准备了两个多月，你阻止不了的。"

"不错，我知道我阻止不了，我不但不会阻止，我还非常赞成，不，是想赞助。"

"赞助？"安蒂一时不明白朱笑东的意思。

但是楚大雄跟秦洋两人一听"赞助"这两个字，差点就雀跃起来。

安蒂听了秦洋的解释，不可置信地看着朱笑东，本来，还打算就让不让去这个问题，跟这位资深的探险家来个舌战，没想到这反倒成了自己一伙儿的。

不会是欲擒故纵吧？

朱笑东一本正经地说道："我手上有一幅藏宝图，地点指明在云南某个地方，不过，这一去一来，还要寻宝，需要的时间很长，肯定会影响到你们的学业，所以……"

说着，耸了耸肩，好像无可奈何。

"时间不是问题！"楚大雄赶紧说道，"从这里到云南，坐飞机也就几个小时，我们总共有十一天假期，也就是说除去来回，中间我们还有九天的时间，九天，相信我们可以做成很多事情。"

朱笑东笑了笑："账可不能这么算，根据我的经验，户外探险大多是极为艰苦的，持续不断长距离地行进、攀援、跨越之类的剧烈活动，你们敢保证在九天的时间里，能够不间断在崇山峻岭之中强行突进吗？"

秦洋傲然说道："我们每天十公里的负重越野训练，可不是小孩子过家家闹着玩儿的，要不然，朱大哥我们比试一下？"

安蒂皱着眉头，问了一句："朱大哥，你让我们去云南，不会是让我们去帮你干犯法的事吧，我可说好了，你赞助什么的无所谓，违法乱纪的事情我们可不会去干。"

"小丫头，你认为我会去干那些事情吗？"朱笑东笑道。

楚大雄对赞助的事特别感兴趣："朱大哥准备赞助我们多少？"

"这个得根据情况而定，不过你们放心好了，赞助费在十万元以上吧，要是任务完成得好，我还有奖励。"朱笑东说。

"十万元以上，是多少？"这次换安蒂追问。

"这样吧，第一期十万元，要是到了第二阶段，我加二十万元，要是完成任务，每个人给二十万元！"朱笑东说道。

对于这个数目的赞助，安蒂没意见，但有意见的是，要是找到宝藏，怎么分红？三七分账，安蒂他们要三成，朱笑东占七成，怎么样？

这熊孩子，还真不是一般的难缠！

七成就七成，朱笑东爽快至极地答应了下来，不过这事必须要立上字据，要不然，有谁反悔，几十万块钱不就白搭了。

安蒂还在想着什么，秦洋跟楚大雄两个人就已经迫不及待，白纸黑字地立下了字据。

随后，朱笑东笑眯眯地告诉三个孩子，时间紧迫，明天下午就启程，到时候，就到朱氏当铺前面集合。

朱笑东跟杨薇以及秦洋、楚大雄几个人又聊了一会儿，就跟虎子他们告辞了，忙着回家准备。

过了好久，安蒂才感觉到好像哪里不对，想了大半天，才突然叫了起来："我们自己的计划呢……"

第二天，胖子到陶都很早，不到十点钟，就到了朱笑东的别墅里，一见面就没好气地说道："东哥，两件事，有好玩的你叫上我，这事儿我感激你，但是，你要我当一群愣头青的保姆，去陪他们发疯，这事儿我鄙视你。"

"你到底要不要去？"朱笑东笑眯眯地问道。

"去，我去，但我是冲着我手下的副总虎子，我告诉你东哥，我老婆马上就要生了，这你是知道的吧，你说你连孩子的奶粉钱都不给我补一点，还让我自费去旅游，我……我不鄙视你鄙视谁去？"

朱笑东嘿嘿地干笑着说道："你青睐我也行，鄙视我也行，冲着我也行，看虎子哥的面子也行，我都不跟你计较！只要你去，记住，是自费。"

"你……"胖子瞪着眼睛，嚎叫道，"你，我说东哥你什么时候成了周扒皮，铁公鸡还留点儿锈呢，你竟然连锈都不留一点儿，整个儿一不锈钢的……"

"我怎么觉得你东哥一点儿都不铁公鸡呢。"杨薇在一边笑着看朱笑东跟胖子两人斗嘴，插嘴说道。

"得！"胖子在沙发上直了直身子，说道，"嫂子，你是一家不知道一家苦啊，你说，这都半年了，哪趟出去不是赔了个叮当响，我可把话撂这儿了，这一趟出去，再要挣不到钱，我把晓娟她们娘儿俩全部接过来，蹲东哥你家里，让你们管吃管喝。"

朱笑东直接没好气地说道："欢迎之至，别说只接王晓娟她们娘儿两个，就算把你们家的七大姑八大姨一块儿接过来，也不会饿着……”

胖子诉完“苦”，又眉开眼笑地凑到朱笑东面前，压低声音问道：“东哥，你是打埋伏吧，能不能提前透露一点儿给我。”

朱笑东怪异地看着胖子：“我不是昨天晚上在电话里就说得很清楚了吗？这一趟只是帮助虎子哥，帮助凯斯嫂子，教育教育几个不听话的孩子，你这脑袋里却想的什么啊！宝藏宝藏，天底下哪有那么多的宝藏让你去找？你怎么就成了一个财迷呢！”

正说着，虎子跟凯斯也过来了，一见面，自然又是一阵亲热。

落了座，虎子跟凯斯两个人连声对胖子说道：“胖子兄弟，这事儿对不起你，让你费心了……”

胖子梗着脖子：“嘿，你们别这么说，要这么说，我还真就不过来了，什么叫兄弟，兄弟有事儿，那就得随叫随到。我可不像某些人，想他了，给他打个电话，磨磨唧唧半天不接，接了吧，没说上两句，就赶紧给挂了，好像耽误他赚钱似的，哼！”

朱笑东知道胖子说的是昨天的事，但是一到晚上，他就打过去了，足足跟胖子聊了三个多小时，还要胖子一早赶过来。

都这样了，胖子要不絮絮叨叨一阵儿，那就不是胖子了。

只是这事情比较急迫，要拖延上几天，就肯定会耽误他们的学习。

也正因为只有几天工夫，胖子才敢抽身出来帮助虎子。

不过，胖子始终就不相信朱笑东仅仅只是为了帮助虎子才要探险，天南地北哪不能去，干吗非要往云南去这一趟，这不是掩耳盗铃吗？

朱笑东解释道：“都这季节了，你还当真让几个孩子往冰天雪地里去打滚？云南四季如春，这季节过去，不冷不热，岂不是正好。”

胖子还要追问，朱笑东拍了拍手，说道：“好了，这些都不用再说了。这一次，胖子、我、杨薇，我们三个都是保姆，虎子到了那边，在前面去探路，凯斯嫂子就在家坐镇，一来汪兴成那边的财务监管离不了，再就是高大哥跟萧大哥两人，我都跟他们说过了，都由凯斯嫂子调配，随时准备后援。”

“这不大好吧？”虎子说道，“老高跟老萧两个，朱老板你还是带在身边比较保险一些。”

胖子也不同意丢下高原跟萧劲两个人，不为别的，虎子到前面去打前锋，又不带上有力气的高原跟萧劲两个，六个人的食物，难道还让三个熊孩子帮着去分担，到头来还不压垮了胖子。

“这次从梁三那边回来，胖子你也没瘦多少啊，我们这是去旅游，你还真以为是去探秘寻宝啊，食物那边多得是，你多带点钱就行了。”

一提到钱，胖子马上又来气了，说道：“到梁三那边去没挣着钱，反倒给他们捐了一百万元，到现在王晓娟还揪住这事儿不放，这次你又让我出钱？东哥你没打算让我回家了是吧？”

杨薇“噗”地一笑：“这次，不会让你出钱了，车费、生活费都我们包了，你只管去玩个高兴，把孩子们带好，就成了。”

“这还差不多！”胖子吐了口气，说道。

接下来，朱笑东把自己的想法说了一遍，大致就是，让这几个孩子到了那边，先高高兴兴地玩上一天，然后虎子在暗中给他们制造点麻烦，让这帮熊孩子吃点苦头，当然，这个时候虎子还不能露面，还得继续设计麻烦，让几个孩子有惊无险地在深山老林里晃悠几天，一直到第八天、第九天，虎子才能出来露面。到时候，虎子要以一个大英雄的形象出现在几个又累又饿，被虎子折腾得差不多了的熊孩子面前，保证让安蒂那鬼丫头既感激又钦佩，绝对把虎子当成心中的偶像，大家就可以打道回府了，至于在“寻宝”的过程中，虎子该怎么干，那就让虎子去临场发挥，现在说多了没用。

“你这是不是有点儿不妥？”胖子提出了他的看法，“小孩子不听话怎么办，抽他一顿不就得了，干吗费这么大的力气？”

“要是能抽，还用得着请你出山。”朱笑东黑着脸说道，“我们中国式的教育方法，对安蒂没用，人家崇拜的是英雄，你没什么本事，人家就不服你，还抽，抽你吧！”

胖子“嘿嘿”笑了笑，说道：“说得也是，安蒂也算是战斗民族的娃子，的确不能让她小看了中国姐夫。”

“你还有什么意见，赶紧提，要不然，待会儿穿帮了，我第一个饶不了你！”朱笑东笑着，呵斥道。

“当然还有。”胖子嬉皮笑脸地说，“我跟虎子换一下，折腾孩子方面，我在行……”

胖子还没说完，差点就挨了一巴掌。

下午，朱笑东、杨薇、胖子三个人到铺子里时，安蒂早就到了，不过，跟她一块儿的就只有秦洋一个人，楚大雄被他爸妈关了禁闭。

安蒂略有些失望，反倒是朱笑东高兴了不少，少照顾一个熊孩子，压力就小得多。

朱笑东再次跟安蒂、秦洋两人声明“探险寻宝”过程中的危险以及必要的纪律，也就是说，这十一天里，大家就是一个集体，不管发生什么事，大家都必须相互照应，一切行动听指挥。

在不知不觉间被朱笑东蒙得白纸黑字签上了名字的安蒂很是不满，比划着提出抗议，回想起来，自己怎么不明不白就成了“杨白劳”……

朱笑东一看，要再耽误下去，极有可能现场就穿帮了，当下也顾不得许多，直接让高原和萧劲两人开了两部车子，把五个人送到机场。

安蒂虽然不高兴朱笑东蒙骗自己，但是一上飞机，却又忘了自己的不满，这位朱大哥经历过无数次奇幻绝险，在她心里也是一位英雄，十三四岁的孩子，心里最崇拜的就是这样的英雄人物。

秦洋从来没有独自一个人出来过，那份新奇和刺激，让他也早就忘了自己是被“骗”来的，一见到胖子，就跟他打得火热，要不是在飞机上不让打电话，秦洋铁定要把楚大雄拽出来。

很快，秦洋还没问完胖子那次湘南的奇诡之旅，飞机就已经在大理落了地，朱笑东为了把事情做得逼真一些，要马上转乘飞机，直赴腾冲。

按照跟虎子的约定，朱笑东等人不能在腾冲停留，而是直接把人带到野人山边缘露营，让两个熊孩子吃点儿苦头，然后打道回府。

可惜的是，胖子这家伙一出机场，就忍不住了，菠萝饭那个香啊！秦洋也是忍不住流口水，这两个人一个德行。

还有烧烤，这可是胖子最拿手的绝活儿，看着路边的傣味鸡，味道是柠檬酸和小米辣的结合，吃起来那叫一个爽！其余的，像什么包上叶子烧出来的包烧脑花、包烧鱼、包烧豆腐等，无一不让胖子眼前一亮。

朱笑东没办法，买了几个香茅草竹笋，让大家边吃边走，路边遇到个卖凉粉的，开吃，到烧烤摊儿上，都不用招呼，胖子先抢了个座儿，恰巧这个时候人多，吃个烧烤还得抢地儿坐，要不然，就只有站着吃了。

如此一来，几个人吃是吃得开心了，但是生生耽误了今天晚上需要赶的路程。

不过，朱笑东看安蒂、秦洋和胖子吃得这样开心，也就只好苦笑着不再去催他们了，反正这一趟出来，本来就是玩儿。

胖子吃到心满意足，安蒂跟秦洋两人却是耷拉着眼皮昏昏欲睡，朱笑东也就没了赶路的心情。

虽然腾冲有朱笑东的老熟人，但是这一次也就只字不提，有杨薇在身边，去找苏忆或者肖薇，都不合时宜。

当晚，就随便找了个酒店入住，一夜无话。

第二天一早，朱笑东等人找了车子，直赴虎子指定的地点。

野人山，缅甸语意为“魔鬼居住的地方”，山峦重叠、林莽如海，树林里沼泽绵延不断，河谷山、大林密，豺狼猛兽横行，瘴疠、疟疾蔓延，而且曾有野人出没，故被称为野人山，是一个十分危险的地方。

在战争时期，中国军队从缅甸撤退，途经野人山，五万多人的队伍，有一半是迷路饿死，另外一半是死于瘴气、蟒蛇吃人、蚂蟥吸血、吃人鼠、蚊叮热病、跳崖或持械自尽。

又因为野人山有着全世界最著名的玉石场——帕敢玉石场，帕敢场区出产的翡翠种老、种好、底净、色正，多为高档翡翠，因此这座宝山也是当地各族军队势力的必争之地。

不过，朱笑东等人的主要目的只是为了吓吓这几个熊孩子，自然不敢把他们往野人山里面带，那边就是缅甸的地盘，又有还没开化的野人，要直接进去，就真成了冒险。

所以，朱笑东跟虎子说，就在边沿两三公里的地段儿转悠几天就成，弄到两个熊孩子筋疲力尽，就万事大吉了，要不然，朱笑东也不会滔滔不绝地开口野人山，闭口野人山吓唬两个孩子。

磨磨蹭蹭到了第一个安排好的地方，朱笑东一看，忍不住笑了出来，原本还想象虎子会选择荒山野岭让几个人去住，没想到虎子却是选择了一处寨子，看来，不但心疼安蒂这小姨子，还照顾着胖子等人。

虎子是腾冲人，地头蛇，所以连向导都用不着找，鬼鬼祟祟地跟朱笑东碰了头，说了下一步的去处，朱笑东特别叮嘱虎子，下一次可不能再安排寨子这样的住处了，看起来一点探险寻宝的意思都没有。

虎子嘿嘿笑道："这不是怕他们经受不住吗？"

"不行，再有这样两次，他们就真当成是旅游了，这违反原来的本意，真一路旅游下去，你的英雄形象什么时候才能表现出来！"朱笑东说，"其实，野人山虽然方圆几百里无人烟，但是早就开发了，再说现在又已经是冬天，早已经没那么恐怖了，在野人山边缘的荒野里转悠几天，并不是什么难事，你别怕两个熊孩子经受不住，他们越早经受不住，这事不就越早结束！"

虎子"嗯嗯"点头应着，然后再次提前出发，去安排下一个宿营点。

虎子走了之后，朱笑东又装模作样地在寨子里转了一圈，然后很是"碰巧"地遇上了出来玩的秦洋跟安蒂。

两个人一听朱笑东说现在就必须整理行装，十分钟之后要向野人山进发，都瞪着眼睛很是纳闷。

"没玩够是吧？"朱笑东故意拉长着脸说道，"我们这是来探险寻宝的，可不是来旅游的，谁要是抱着来玩一趟的目的，那好，现在立刻就回去。"

秦洋心想，走就走呗，反正是坐车，沿途还能看一些平常看不到的美景。

朱笑东撇了撇嘴，说道："想得美，接下来，我们将在这暗无天日的丛林里过上几天，瘴气、蟒蛇、蚂蟥、吃人鼠、蚊叮热病，种种危险随时都在恭候着我们，要怕了的话，现在退出还来得及，要不然，哼哼……"

安蒂一仰小脑袋瓜子，说道："朱大哥，现在已经是冬天了，还会有你说的那些东西？蛇会冬眠的，你不知道？还会有蚊子？记住了，这可是冬天了！”

朱笑东怔了半晌，嘿嘿干笑了两声，说道：“话可不能这么说，要记住，这里是热带，热带好吗？”

安蒂还要据理力争，恰好胖子过来，见到朱笑东跟两个熊孩子理论，当下故意板着脸说道：“怎么，忘记纪律了？那个秦洋，我跟你怎么说的，一切行动听指挥，这么快就忘了……”胖子没说完，肚子里一阵雷鸣。

“哎……”胖子一下子有点慌了神，昨天晚上吃得多了，刚刚在寨子里又放开肚皮吃了一顿，这会儿肚子开始造反了。

胖子一边撤退，一边大叫秦洋，赶紧整理好背包，立刻就要出发。

看着胖子落荒而逃，安蒂和秦洋都抿嘴一笑。

按照设计的路线出了寨子，继续往西进发，而且一出寨子就翻山，朱笑东撇开进野人山的大路不走，专门拣没人走过的地方，带着杨薇、安蒂等人往森林里钻。

按照计划，今天下午得到一个叫野羊沟的地方去宿营。

本来，朱笑东还以为两个孩子会跟不上，所以在时间上预留得还比较充足，毕竟是两个孩子，又背着二十来斤的背包。

没想到两个孩子一进森林，就觉得这才是探险寻宝真正的开始，在新奇的刺激下，两个家伙像是两只兔子，连蹦带蹿，差点连朱笑东也追不上。

倒是胖子，不知道是吃坏了肚子还是怎么的，走不上几步，就吆喝着要去方便一次，十几次下来，不但严重拖慢了队伍前进的速度，人也快快的一点儿力气都没有了。

朱笑东跟杨薇两个人没办法，让胖子先回到寨子里，养好身子再来追大部队，可是胖子咬着牙，怎么说也不肯，还加量吃了止泻药。

两个孩子倒也懂事，每个人都帮着胖子分担了十来斤负重，余下的就只好劳烦朱笑东跟杨薇两个人了。

好不容易翻过山梁，到达野羊沟，天色已经微黑，由于每个人都多负担了胖子那一份负重，一到野羊沟，几个人几乎全部躺在地上了。

野羊沟，也就是条小山谷，谷中流水潺潺，树木参天，中间有块不大的平地作为宿营的地方，环境还算优美。

等胖子勉强做好晚饭，两个孩子早睡着了！

杨薇跟朱笑东两人有些心痛，本想让这两个孩子多睡一会儿，胖子却板着脸，毫不客气地把两个孩子叫醒。

两个孩子睡眼惺忪，端着一缸子半干半稀的晚饭，几乎是半闭着眼睛在吃，甚至吃的什么，是什么味道都不知道了。

秦洋吃了几口，手上一松，勺子都掉地上了，睁开眼来赶紧捡起勺子，往缸子里一伸，都不知道舀没舀着一点儿饭菜，又拿起来直往嘴里送。

安蒂却是吃着吃着，干脆连缸子勺子一块儿掉在地上，人却是脑袋一歪，睡了过去。

见这俩孩子是真累了，胖子嘿嘿一笑，这才是第一天呢。

帮着两个孩子搭好帐篷，把他们塞进帐篷里面。

毕竟到了冬天，又是野人山边缘地带，蚊虫鼠蚁什么的自然也没先前跟他们说得那么厉害，不过为了以防万一，朱笑东还是把带来的驱蛇防蚊的药粉在营地周围撒了一圈。

忙完这些，去试了试安蒂跟秦洋，两个人睡得很死，怎么叫都叫不醒，朱笑东这才松了口气，然后到约定的地点去见虎子。

虎子就在营地以外一百多米的地方，朱笑东他们过去，虎子正背靠着一棵大树，差点就睡了过去。

胖子一见到虎子，第一句话就是："虎子，你怎么搞的，这路难道你就不能选得更艰险一点儿?"

虎子咧嘴笑了笑："这条路已经不错了，再艰险的，恐怕大家都撑不住。"

朱笑东在一旁阻止道："也差不多了，再险，也真不能走了，对了，晚上再给他们来点节目，比去走危险的道路要好。"

胖子咧着嘴笑着问道："东哥想给他们来点什么样的节目?"

第二章
养鬼地

一听说要折腾孩子，胖子来了兴趣。

“狼来了！”朱笑东笑着说道。

杨薇有些顾虑：“会不会吓着孩子们？”

虎子说道：“要说狼，这一带开发也有些年头了，进山打野味的人不少，狼是有，但是已经不多了，不过野象多，要不我们学学野象？”

朱笑东摇了摇头：“学野象，估计这俩孩子巴不得看看野象长啥样儿呢，还是狼吧，小孩子都比较怕狼，你学着狼叫上几声，我们在那边虚张声势，让俩孩子在睡梦里吓上一跳就行了，也不能太过分是不是。”

虎子点点头，又跟朱笑东等人约定，一个小时以后就开始，然后学着狼叫上十几分钟就成。

临走，虎子又央求胖子：“胖子哥，他们两个就是小孩子，背太多了太累，明天，你的肚子就好了，帮助他们背点？”

朱笑东跟杨薇两人都是一怔，胖子这家伙，原来肚子不舒服是装的！

胖子拉着一张脸皮，赶紧说道：“不是，先前是真的不舒服，这不，拉了十几次，又吃了那么多止泻药，肚子里拉空了，这才好过来。”

“胖子，你敢阴我们！”朱笑东跟杨薇两人一起“怒”吼了起来。

胖子一边逃，一边委屈地说道：“真的，我对天发誓，不是诚心要骗你们，真的是拉了十几次才好过来……”

回到营地，胖子怕朱笑东追究他欺诈的罪行，直接就钻进了帐篷。

虎子把时间拿捏得刚刚好，一个钟头之后，准时嚎叫了起来，“呜……”的一声长鸣，叫得整个树林子都为之一抖。

朱笑东跟杨薇两人心里暗笑着，表面上却慌慌张张大叫道：“安蒂、秦洋，快！快起来！狼来了……”

叫声还没完，却发现安蒂跟秦洋两人一人拿着一张弓弩，上面还搭放一根尖利至极的弩箭，早就准备着呢。

朱笑东大吃了一惊，这种弓弩是钢制的，杀伤力极大，百十来米之内可是真正能要命的玩意儿，虽然黑灯瞎火又是在原始森林里，虎子这一学狼叫，没准儿这两个家伙手指一个不稳，可就要惹出大事来。

没想到安蒂拿着弩弓，对着虎子那边笑着说道：“你叫也就算了，千万别靠近，你要一靠近，真把我吓着了，那可就危险了。”

秦洋更是得意，挥舞着手里的弓弩，嘻嘻哈哈地说道：“安蒂，听说狼肉烧烤着吃很香，要不，我们去杀一头狼过来……”

安蒂点点头，就要往虎子藏身那边走过去。

朱笑东三人禁不住头皮发麻，这两个熊孩子！

看着两个小家伙一步步地相互照应着往前走，朱笑东赶紧喝道：“安蒂，秦洋，你们两个别仗着手里有弩箭就可以去杀狼……”

喝声刚落，狼叫声也就戛然而止，很明显虎子也听到两人手里有弩弓，赶紧偃旗息鼓溜了，要不然这俩家伙一阵乱射，岂不是把老命都交代在这里了。

安蒂跟秦洋得意至极，笑着回过头来，“天真无邪”地对朱笑东说道：“朱大哥，这狼叫声一点儿都不像，今天晚上还有什么节目？”

“你……”朱笑东呆住了。

“熊孩子……”一看这架势，他们的勾当都被这俩孩子看穿了，胖子只得叹了口气，说道。

“很好，朱大哥，杨薇姐姐，胖子哥哥，要不我们坐下来，开诚布公地谈一谈？”安蒂收了弩弓，一副胜利者的姿态，说道。

这事情，看来还是穿帮了，朱笑东叹了一口气，到篝火堆边坐下。

见三个大人一脸无奈，都坐到了篝火堆边上，那样子还真是想“开诚布公”，安蒂跟秦洋很是满意地笑了。

恰在这时候，又是一阵狼嚎，是一阵，不是一声，好几头狼的叫声，还有相互间撕咬的声音，相互间威胁的声音，一团杂乱。

一听到这声音，朱笑东跟胖子、杨薇三个人脸色大变，这是真的野狼的声音，还不止一头，起码四五头！

虎子遇上了狼群！

胖子几乎都没多考虑一下，“蹭”地站了起来，蹿进帐篷，抽出两把砍刀，回头把一把砍刀丢在朱笑东面前，说了声：“照顾他们……”自己却像一支箭一般，射向虎子那边。

一听这阵狼嚎，安蒂跟秦洋两人一下子呆了，还真有狼！

两人手里有弩弓又怎么样，一张弩弓上也就一支箭矢，就算两支箭矢能射死两头狼，剩下的怎么办？毕竟两人都是十四五岁的孩子。

朱笑东拿了胖子扔过来的刀，递给杨薇，自己却走到安蒂身边，一把拿过那张已经上了弦的弩弓，很是紧张地四处张望。

杨薇拿着砍刀，像老母鸡护雏一般，把安蒂、秦洋护在自己的“羽翼”之下。

这时，估计胖子已经跟狼群对上了，一阵呼喝，夹杂着几声狼的惨叫，没过片刻，便又声息全无了。

这一刻，朱笑东等人都把心提到嗓子眼儿，有狼受伤是肯定的，但是也不知道胖子跟虎子两人怎么样了！

过了许久，几个人才听见一阵窸窸窣窣的声音，朱笑东一听见这声音，赶紧对举着弩弓的秦洋说道：“快放下，是胖子回来了！”

秦洋依言放下弩弓，果然不到片刻，影影绰绰的灯光下，胖子拖着东西回来。

到了篝火边上，安蒂、秦洋才看清楚，胖子的一身衣物，身前的大部分早已经成了布条儿，应该是被几头狼撕咬抓扯的，不过看胖子的样子，却没受到什么伤害。

胖子跟野狼干架也不是一次两次，对狼的习性可以说是了如指掌，只要手上有称手的家伙，三五头狼根本就奈何他不得。

胖子把手里的一头死狼往地下一掼，嘿嘿笑道：“才四头狼，还不够我塞牙缝。”

杨薇看了一眼地上的死狼，是头公狼，头顶都有一撮白毛，看样子已经成年，不过体型不是太大，瘦不拉叽的，估计是这一带开发得早，狼也没什么丰富的食物，所以个头儿都长不大。

不过，一群狼之中，成年的公狼也就是头狼，其余的公狼不是被赶跑就是被头狼咬死，很显然，胖子拖回来这只肯定就是这几头狼里面的头狼。

朱笑东很是奇怪："一般来说头狼是很狡猾，胖子你怎么一下就能得了手？"

胖子很是高傲地笑了笑："我胖子是什么人，是从枪林弹雨里摸爬滚打出来的，一眼就看出来这就是头狼，所以就重点招呼它。还有吧，估计那几头狼跟这头狼是一家子，看我把它老婆儿子都杀了，它也不走了，直接就跟我拼命，嘿嘿，可惜它们还是弱了点，才四头！"

安蒂、秦洋两人眼里露出对胖子无限的崇拜，只身杀狼，这可是电影里才有的情节。可是，现在亲眼看见胖子这样的壮举，不但在顷刻之间击杀四头野狼，还全身而退，这就是英雄，最值得让人尊敬的英雄！

相比之下，朱笑东跟杨薇，尤其是那个躲在暗处的"人"，"英雄"的光环就不如胖子这样明显了。

如此一闹，几个人也没有了睡意。

胖子英雄了一把，成了安蒂和秦洋两个人的崇拜者，下午让安蒂跟秦洋两人分担背包的事就算了，但是两个孩子还是有笔账要找朱笑东算算。

一听这个，朱笑东苦笑着说："安蒂，其实，你虎子哥他们一家是真心喜欢你，也把你当成他们家的一分子来看，我们这么做，只是想让你们知道，我们绝对没有半点害你们的意思……"

安蒂歪着脑袋，说道："其实你们都错了，我并不是说姐姐、姐夫对我不好，我也十分感激他们能够收留我，但是，朱大哥你知道吗？我也是一个人，是一个独立的有思想的人，有爱好的人，我很不习惯什么事情都让你们这些当大人的一手包办，这对我以后的人生，不会有什么好处！"

安蒂说的老气横秋，朱笑东等人是早见识过的，没想到几个月不见，这家伙老成到了这个地步，还跟几个大人谈起了“人生”。

朱笑东、杨薇俱是被安蒂一席话说得啼笑皆非，一时间答不上话来。

“比如说这次。”安蒂接着说道，“朱大哥你对我们耍了点手段，是为我们好，这我们知道，也理解，可是，既然支持我们来体验一回冒险的生活，那就明明白白说出来也是一样啊！何必要让姐夫鬼鬼祟祟的，还要安排什么‘节目’！我可以很正式地告诉朱大哥，在没有到中国来之前，我过的生活远比现在要复杂得多。”

“可是……”安蒂喘了口气，又接着说道，“事实上，这一次又被证明只不过是你们这些做大人的，又一次越俎代庖、一手包办，朱大哥，这一点，我感到很不满意。”

安蒂开诚布公，但却咄咄逼人，朱笑东跟杨薇简直有些抓狂。

过了许久，朱笑东才说道：“安蒂小姐，很感谢你能坦诚相对，但是我要重申一点，烟锅叔跟虎子哥是中国人，有着典型的中国式爱护家人的思维和方式，或许他们在某些方面做得不够好，但绝对没有半点扼杀安蒂小姐喜好和志向的意思……”

这个道理估计安蒂平日里也听得不少，都有些烦了，所以赶紧转移话题：“现在这种情况下，不管朱大哥是打算让我们在这丛林里溜达几天，还是有什么别的目的，我都希望，能让姐夫跟我们在一起，不要鬼鬼祟祟再搞什么节目出来，这没必要，再说，在丛林里，他一个人很危险的。”

朱笑东等人哑口无言，这熊孩子，怎么骗都骗不了。

倒是胖子，很好奇地问：“安蒂，你们怎么知道虎子在这里的？”

朱笑东使劲白了一眼胖子，虎子在这里不在这里，只要大家咬紧牙关，矢口否认，安蒂就没什么好说的，胖子这么一问，不恰好在几个大人脸上抽了一记耳光。

安蒂笑了笑说：“你以为我们每天十公里负重越野是闹着玩的，今天这一段路，不过也就十来公里，你以为真的就会把我们累得睡着了！”

“你的意思是……”胖子搔着脑袋，问道。

“这么跟你们说吧！”安蒂笑着说，“其实，在寨子里的时候，我就看见朱大哥给我姐夫在一块儿了，我正想过去打招呼，可是，我姐夫却匆匆忙忙走了，岂不是有点不正常。后来我们装睡，也就是想看看你们到底搞什么鬼，没想到朱大哥要姐夫搞点节目出来，咯咯……这个，你们自己都没发现吧，只不过真的引来了几头狼，胖子哥哥是跟姐夫一块儿打死的那几头狼吧！”

胖子竖起大拇指，说道：“厉害，分析得丝丝入扣，不过这狼，还真不是我跟你姐夫一起打死的，我说过了，胖子哥哥我是从枪林弹雨里摸爬滚打出来的，区区三四头狼，还真不需要人帮忙。”

朱笑东一怔，本来胖子一口气杀了四头狼，他也有些怀疑是跟虎子联手，只是没说出来，但是看胖子好像根本没说谎，也就是说几头狼真是他一个人干掉的，那么虎子呢，到哪儿去了？

胖子大大咧咧地说道：“我真没见到虎子，但是在打扫战场的时候，我看见了这个？”

说着，虎子从裤袋里拿出一部手机。

手机绝对是虎子的，这一点朱笑东不会看错，这次过来，几个人包括安蒂、秦洋都是一水准配发的最新款的手机作为联络工具，不过，胖子捡过来的这个手机，看样子已经摔坏了。

杨薇摸出自己的电话，按虎子的号码打了一下，得到的提示是这个号码已经关机，从这一点来看，这个手机的确已经摔坏了。

一见到这摔坏的手机，朱笑东差点跳了起来：“虎子哥出事了！”

杨薇拉着朱笑东，说道：“不会吧，虎子哥也算是身经百战的人，他要出什么事，就算抵挡不了，肯定也会出声示警的，但是我们没听到什么奇怪的声音吧。”

胖子也摇着头：“应该不会，我在那边检查过了，没有打斗的痕迹，可能是虎子哥不小心才把手机弄丢的吧？”

朱笑东有些坐不住了，就算虎子发现有狼，立刻就跑，狼应该去追他才是，没理由留在原地等胖子过去，再说，听见狼嚎，虎子应该也知道肯定是有人在跟狼群搏斗，不管跟狼群搏斗的是谁，他都应该会回来帮上一把的，可是虎子并没有。

现在却没有他的踪迹，又掉了手机，肯定就只有出事这一个原因，虎子会出什么事？

因为只相隔百十来米，朱笑东想了一阵，决定过去看看。

杨薇有些担心，这是原始森林，又黑灯瞎火的，这上哪儿找去。

胖子想了想，这里离最近的寨子只有半天路程，虎子要是发现手机丢了，肯定会急着回来联系这一帮人，实在不行，赶回寨子重新找个手机也不是什么难事，这黑灯瞎火在森林里乱摸瞎闯，肯定不是一件好事，主要是出于对两个小孩子安全的考虑。

要去找，一个人肯定是不行，但是丢下杨薇一个人来照顾两个小孩子，危险肯定倍增，现在已经出现了狼，没准儿还会出现老虎、黑熊什么的，就算是出现一头野猪，杨薇一个人都应付不来，更别说两个小孩子了。

秦洋把脑袋一甩，做了个很酷的动作：“不就是过去看看吗，先前我跟安蒂两个都是摸黑过去的，没什么了不起的！”

朱笑东摇了摇头，营地里的篝火不能熄灭，不论这是规矩也好还是什么也好，营地里不能没有人，从现在起，每个人都有一个任务，胖子负责照顾营地里的安全，杨薇负责每过十分钟跟自己联络一次，两个小孩子负责营地里的篝火不能熄灭。

胖子撇了撇嘴，这一次，朱笑东又要单独行动！

不满归不满，但是虎子出了事，大家心情都不轻松，何况朱笑东也就离大家百十来米远的距离，去查看一下，不要说有电话联系，声音大一点儿吼上一嗓子都能听得见。

这一次，朱笑东依旧是背包不离身，背好了背包，胖子将那把趁手的砍刀递给朱笑东，杨薇特意检查了一遍他的手机，秦洋默默把自己的那张弩弓，还有三支箭矢也递给他以作防身之用。

整理好，朱笑东又叫过胖子，要是万一自己在明天早上还回不来，就带着杨薇和孩子们退回到寨子那边等候消息。

“不行！”胖子激动不已，“不就是过去看看，会有什么万一，何况嫂子每隔十分钟就会联系一次。”

朱笑东摇了摇头：“我说的是万一！什么事都必须有个最后的退路。”

“好！”胖子只得点头答应。

交代完毕，朱笑东拍了拍胖子，又回头看了一眼杨薇和两个孩子，然后头也不回地走了。

离胖子杀过狼的地方的确不远，百十来米，虽然地上盘根错节起伏不平，又伸手不见五指，但是对朱笑东来说却没什么区别。

胖子杀狼的地方是在一棵大树后面，先前虎子就是靠在树上睡觉的。

地上还有三头狼尸和一团凌乱的脚印，估计胖子杀狼也是背靠着大树，直接面对前、左、右三个方向，的确很有经验。

这时候，杨薇第一次打电话过来，信号不是很好，朱笑东立刻就按照约定接通电话，简单说了一句：“正在寻找……”然后就把电话挂了。

胖子又肥又壮，杀狼的时候脚步也是一团凌乱，留下的脚印很深，虎子虽然壮，但没胖子重，留下的脚印就较浅。

大树下这两个人的脚印，还算清晰。

胖子是过来杀狼的，对于脚下的脚印当然也不会怎么在意，能捡到虎子掉落的手机已经实属不易了，至于虎子的行踪，当时想都没去想过。

虎子的脚印超出了胖子杀狼的范围，往北走了不到五十米，又折转往西，这个时候往西，不管怎么走都是正对着野人山深处的，朱笑东不敢想象虎子真会把几个人往野人山深处带。

到了这儿，杨薇又一次打电话过来，朱笑东把现在的情况说了一下，又说准备循着虎子的脚印追下去，杨薇不肯，现在深更半夜的，道路不清方向难辨，稍有不慎，极有可能陷到野人山深处去，这不是好事，至于虎子的行踪，他是地头蛇，应该不会有什么事，即使真有事，把孩子安排妥当，再去找虎子也不迟。

朱笑东有些踟蹰，虎子重要，但是两个孩子也同样重要，关键是自己离开，要再有个什么万一，杨薇又会拼死拼活地来找自己，这可不是能接受的事情。

正在踌躇间，前面不远的地方突然从地下冒出来一朵烟花，朱笑东揉了揉眼睛，没错，的确是朵烟花，准确地说，是一颗信号弹。

虎子在地底下！

朱笑东又好气又好笑，虎子这是在搞什么名堂？不会是不小心掉到地洞或者断崖下面去了吧！

估计杨薇他们也看见了这朵烟花，赶紧打电话过来问，是不是朱笑东遇到什么危险。

朱笑东顾不得许多，直接说这信号弹估计是虎子发射的，看样子遇到麻烦了，让杨薇等人收拾好行装，熄灭篝火，赶紧跟过来。

不到二十分钟，胖子四个人就装备整齐地赶了过来，跟朱笑东汇合。

一见面，杨薇就问是怎么回事，朱笑东指着前面不远的一处草丛说，信号弹就是从那里面升起来的，估计下面是个洞或者是一堵断崖，怕后面杨薇等人胡乱去闯，所以在这里等着。

“怎么办？要不要直接下去看看？”胖子问道。

朱笑东有些担心地看了看安蒂、秦洋两个人，怕他们体力不支，毕竟还是两个孩子。

没想到这两个家伙精神特别饱满，一副随时开拔的样子，尤其是秦洋，怕朱笑东不信，还撸起袖子，露出稚嫩的手臂。

胖子二话不说，刚刚在两个孩子面前英雄了一把，这个时候就更不能狗熊，直接拿了绳子往自己的腰上一捆，另一头就交到朱笑东手里：“不管草丛里是个地洞还是断崖，有绳子保险，我去。”

胖子的英雄形象在两个小孩子面前，霎时间又高大了不少。

像是牵着一头猪一般，把胖子送到草丛边缘，胖子拿了砍刀，对着草丛，一路砍杀过去。

奇怪的是，胖子几乎把朱笑东说地下冒出信号弹的范围砍成了一片平地，却既没发现断崖，也没发现什么地洞。

“这就怪了，先前明明就看见那信号弹是从这范围冒出来的，怎么会没有痕迹？”朱笑东百思不得其解。

安蒂略一思索，说道：“会不会是把信号枪掉在这里了，然后被什么活物触发了扳机，所以才发射了信号弹。”

胖子腰上拴着绳子，真就像是一头被拴养的猪，脑袋钻到草丛里，一圈圈拱开断草，在地上扒拉了一圈，但是根本就没发现什么信号枪。

朱笑东皱着眉头，正要开口，安蒂抢先说了句：“这块儿地方有古怪!”

“有古怪?”胖子趴在地上呼哧呼哧喘着气，从草丛里探出沾满草屑的脑袋，晃了晃，说道：“你可别说这里会突然冒出来两个死人骷髅，那可吓不着我。”

“哼，死人有什么好怕的!”安蒂哼了一声，不知道她是真的不怕，还是不肯示弱。

杨薇低声问道：“安蒂，有什么古怪?”

安蒂指着她面前的一块石头，说道：“我看这石头就有点古怪。”

“石头?”朱笑东低头看了一眼，这一带地方本来就是山沟，有几块碎石冒出地面，也不会有什么奇怪的。

胖子喘匀了气儿，一路爬到安蒂面前，抬起头问道：“哪里有古怪?”

胖子人胖，站起来弯下腰都挺不容易的，所以就干脆直接爬到安蒂面前。

安蒂还没答话，旁边的秦洋也叫了起来：“石头上真有古怪……”

安蒂跟秦洋两个小孩子相隔不远，偏偏也就他们两个发现了地上的石头有古怪。

在安蒂面前的那块石头，露出地面的部分约有一个拳头大小，一两寸来高，白生生的，上面隐隐有些花纹儿。

因为是在杂草丛里，朱笑东又担心虎子的安危，所以根本就没注意这些，现在安蒂跟秦洋两人一说，顿时又生起了好奇心。

安蒂这边的石头，胖子早动手去扒开浮土野草，没用多久，像拔萝卜一般就把这块石头拔了出来，这块白生生的石头露出了本来面目，是一个一尺来高的雕刻!直立着光着身子的小孩子模样，而且还是个男孩子，只是雕工却不算精细，连比例都有些失调。

安蒂觉得很是好奇，从胖子手里要了过来，要细细看上一番。

这石雕刻小男孩的面部却雕得很是狰狞，几乎占据了半个脸部的嘴巴大张着，露出白生生尖尖的牙齿，一看就有一种阴森森恐怖的感觉。

不知道是安蒂怕了还是不屑，赶紧把石雕还给胖子，嘴里还说道："真是粗陋！"

这时秦洋那边的石头也被拽了出来，同样是个男孩子的雕刻，秦洋一看那恐怖的石雕表情，禁不住"啊"了一声，赶紧把石雕扔了出去，秦洋是真的被吓了一跳，直接一屁股坐到了地上。

杨薇赶紧过去扶起秦洋，低声安慰了两句，才把扔掉的那个石雕捡了起来。

"这地方怎么会有这东西？"朱笑东细细看着这两个石雕，自言自语道。

胖子有些着急，问道："这到底是什么东西，东哥，这到底是怎么回事？"

杨薇也问道："笑东，怎么回事？"

"还记得梁三说过的一件事吗？"朱笑东抬起头，几乎是很肯定地说道，"梁三说过，一般的小孩子夭折，是进不得自家的祖坟山的，那是一种习俗，但是据我所知，还有一种更为奇特的习俗……"

"什么习俗？"安蒂迫不及待地问道。

朱笑东说道："有些村里的孩子如果夭折，将不会为他们举行葬礼，甚至连一般的埋葬也会省却，处理方法就是，找一个非直系的亲友，或者请个光棍，将孩子的尸体抬上山，随地抛弃，或者是草草掩埋……"

"有些父母不忍胡乱丢弃自己的孩子，便请人做法，将小孩子的魂魄附着在这些石头雕像上，然后埋葬到这样的一个地方，不过这个地方……"

还没说完，胖子咧嘴说道：“这有什么！不就是说随便丢到乱葬岗，就可以了事了吗？东哥你的意思不就是说这里是个专门葬小孩子的乱葬岗而已吗，直接说出来不就是了，神神秘秘地还说什么风俗，这不吓到小孩子了吗？”

本来安蒂跟秦洋两人还不觉得怎么害怕，可是胖子这么一打岔，两个小孩子顿时脸色煞白，紧紧地依偎着杨薇，秦洋手足无措地望着朱笑东。

胖子见自己口无遮拦，把安蒂跟秦洋两个人吓得有些慌乱起来，顿时笑了笑，又说道：“不就是乱葬岗吗，我们还杀过狼，打过僵尸，可是唯一没遇到过的就是鬼，要不，今儿个抓个鬼出来，给两位小弟弟小妹妹玩玩！”

说着，胖子还坏坏地冲着两个小孩子一笑。

本来安蒂紧紧地依偎着杨薇，这时更是紧张起来，秦洋斜着眼盯着朱笑东，看样子，胖子再要说下去，肯定就要去找保护了。

朱笑东有些恼了，重重咳嗽了一声，呵斥道：“胖子，都什么时候了，你还胡说八道……”

偏偏话还没说完，山谷里便传出来一阵“叽叽……呱呱……”的哭声，小孩子的哭声，清脆，但阴森。

这突如其来的哭声使得秦洋“哇”的大叫一声，直接就扑到朱笑东的怀里，不住地瑟瑟发抖，嘴里还哆哆嗦嗦叫道：“鬼……鬼啊……”

安蒂虽然是外国女孩，对中国的鬼故事知道的不多，但是受了秦洋的影响，也是一个囫囵抱住了杨薇，把脑袋钻到杨薇胸前，就恨不得躲到杨薇身体里去。

那突如其来“叽叽呱呱”的哭声，不但吓坏了安蒂和秦洋，胖子、朱笑东、杨薇也是背脊上一凉，浑身都没来由地起了一阵鸡皮疙瘩。

那声音哭了片刻，渐渐地就隐没了下来，再过了片刻，没了动静，胖子松了一口大气，突然间扬起雪亮的砍刀，摆了一个造型，拿腔拿调大喝一声：“何方妖孽，如此大胆，还不快快现出原形！”

看着胖子那造型，朱笑东要去敲他脑袋的心都有了！

偏偏胖子这一叫之后，半晌也再没了什么声息。

只是这个时候，安蒂跟秦洋两人觉得整个林子里，甚至是整个山谷都阴风阵阵，死寂得有些瘆人。

安蒂躲在杨薇怀里，一刻也不敢松开，嘴里的牙齿咯咯作响，秦洋毕竟是男孩子，胆儿稍微大了一点，过了这一阵，渐渐地放开了朱笑东。

偏偏就在这一刻，“嘶”的一声，再次从胖子先前砍倒的那些草丛里升起一颗信号弹，突然间就升了起来，足足把几个人又吓了一大跳。

这一刻，朱笑东三人算是看清楚了，冒出信号弹的地方的的确确就是在那一片已经被砍倒的草丛边上。

胖子乱砍一通，砍到了方圆十来平方的野草，偏偏却没砍到信号弹升起来的那个地方。

信号弹“嘶嘶”呼啸着升空，片刻之后又落了下来，最终落到树顶上，就消失不见了。

这一刻，胖子醒悟过来，大叫了一声：“虎子……”然后扑到草丛去。

诡异的事情发生了，胖子扑到草丛里，突然一下子就消失不见了。

朱笑东大叫了一声：“胖子……”然后一下子甩开秦洋，猛地扑到地上，地上还有半截绳子，在飞快地往草丛里钻！

那半截绳子拴在胖子的腰上，现在绳子在飞快地往前钻，肯定是带着胖子往其他地方去了。

胖子下落的巨大冲力让死死抓着绳子的朱笑东，呼地冲进草丛，在这一刻，杨薇一把推开安蒂，合身扑到朱笑东身上。

恰恰到了那一片草丛的中心地带，朱笑东跟杨薇两个人总算稳住了身形，绳子在面盆大的一个小口上停住了。

小口子里，胖子叽里呱啦地叫个不停，看样子，估计是狠狠摔了一下，可是，朱笑东很不解的是，面盆大的小洞口子怎么就会把胖子给“吞”了进去？

绳子是松的，估计胖子已经到底了，不过这时候朱笑东手上火辣辣的，那个痛啊，差点痛出了眼泪来。

不过痛归痛，他还是趴在口子上朝着洞里大喊了一句：“胖子，你死了没有？”

过了片刻，胖子才在地下叫道：“我死了，东哥……”

胖子当然没死，而且他很气愤，自己都莫名其妙掉进黑漆漆的洞里了，朱笑东居然问他死了没有，这也叫兄弟！巴不得他赶快去死了似的。

估计胖子无恙，朱笑东稍许放下心来，问了几句下面的情况，胖子回答说，最好下来看看，朱笑东也不多问，爬了起来，将余下的绳子就近找了一棵树绑上，然后拉起缩成一团的秦洋，不由分说，慢慢挤下那个口子。

朱笑东等人下来才发现，这里是个地洞，离地面不过就四五米高矮，不过，洞壁就像一口大瓮，典型的口子小肚子大，要是掉到里面来，外面没有人帮忙的话，怎么也爬不出去。

虎子一个人坐在角落里，胖子稳着绳子，一个个地把秦洋、安蒂轻轻地接了下来。

朱笑东问道："虎子哥，怎么回事？你怎么掉这里面来了？"

安蒂一见到虎子，当下就说道："我就说一个人在森林里乱闯挺危险的，你瞧，要不是胖子哥哥，这不是要出大事了。"

虎子苦笑着说道："对不起，是我没小心，就掉了下来……"

先前，他跟朱笑东等人商议过后，觉得自己真要去学狼叫吓唬两个小孩有些于心不忍，想了半晌决定还是算了，于是还没等到半个小时，虎子就往这边走了，可是没想到不知不觉就跌了下来，当时的确是把虎子摔得发了蒙，后来看清楚这里的地形，知道要是不叫来朱笑东他们，肯定就上不去，正准备打电话出去求救，但是一摸手机，却不知道在哪里弄丢了，无奈之余，只好一边等待时机，一边发射信号弹求援。

胖子在一旁说道："别扯那些没用的了，虎子摔下来伤了脚，东哥，龙鳞你带来了没？"

这一次，因为要照顾两个孩子，不但带了最好的药物，更是没忘记带上仅有的那一片龙鳞，听说虎子摔伤了脚，朱笑东自然毫不吝啬地把龙鳞拿了出来，拿缸子倒了些水，然后用龙鳞蘸泡了片刻，这才把水递给虎子。

虎子喝了龙鳞水，那点伤也算不得什么了，见他喝过了龙鳞水，朱笑东说道："要不今晚就在这里休息一下，明天一早再上到地面上去，这样，也免得晚上要人值夜。"

虎子叹了口气，说道："小朱老板，对不起，我把你们带到了一个本来不该来的地方。"

"这里是一块极阴地，也就是养小鬼的地方……"虎子有些艰难地说道。

安蒂一脸不屑："我们早就知道这里是小孩子的乱葬岗，也没什么啊？什么大鬼小鬼的，这世界上真有鬼吗？"

安蒂这么说着，人却不由自主地往杨薇身边靠了靠，先前那阵诡异的小孩哭声还在脑海里挥之不去呢，估计安蒂的不屑也就是强撑出来的。

“不是。”虎子解释着说道，“这个乱葬岗的确是乱葬岗，不过，葬在这里的小孩子却是被人用来养小鬼的！”

“啊！”安蒂一下子又扑到了杨薇的怀里，还有专门拿小孩子来养鬼的，这太吓人了吧。

朱笑东看了一眼身边瑟瑟发抖的秦洋，说道：“先前我就要跟你们说这事的，可是胖子他……”

“啊……”秦洋发着抖，牙齿打着架，口齿不清地说道，“能不能不说了，这，这地方好……好恐怖啊！我们，我们走吧……”

朱笑东不理秦洋跟安蒂，继续说道：“真实的养小鬼，比你们在电视电影上看到的要恐怖多了……”

“啊！”安蒂也尖叫了起来，“别说了……”

所谓“养小鬼”，顾名思义是养鬼来帮忙办事情，小鬼最基本的食物就是血！刚开始养小鬼的时候，的确是很小的一个鬼，每天吸收的能量可能只是一滴血，慢慢地小鬼长大成“鬼王”，相比之下必须吸收的血也就愈来愈多。符咒师父养小鬼的时候，利用部分符咒是可以控制小鬼的行为以及所吸收血的分量，不让自己被反噬，把小鬼放在他人身上时，小鬼吸收的血就跟符咒师父没有关系，反而是因为已在他人的身上，可以尽情吸血，这种养小鬼的方法，盛行在东南亚一带。

中原地区也有养小鬼的，是茅山术的一种，有心养小鬼的法师，会先打听清楚何处有童男或童女夭折，同时设法取得他们的生辰八字，待尸体下葬后，茅山术士就会趁夜深人静潜到小童的坟前，焚香祭告，施展勾魂术，然后将预先从树上斩下的一段藤茎插在坟头上，令其自然生长。

等到藤茎长得繁茂时，施法的茅山术士会再次起坛运起勾魂大法，使坟中小童的魂魄附在藤上，然后念咒焚符。之后，他必须一面念咒一面操刀斩下坟头的一小段藤茎，再雕成一个寸半高的小木偶，以墨及朱砂画上小童的五官，大功告成后，将小木偶收藏在小玻璃瓶中。

还有一种叫“降头术”，与茅山术有所不同的是，降头师会先到森林去斩一段适用的木头，再用刀子雕成一口小棺木，最后才去找寻童男或童女，甚至是婴儿或未破身之少男少女的坟墓。找到后，降头师会掘开坟墓，取出尸体，让它坐立起来，再以据说是用人体脂肪提炼而成的一种蜡烛烧烤尸体的下巴，直到尸体被火灼得皮开肉绽，露出脂肪层，再让脂肪层遇热而溶解成尸油滴下时，以预先准备好的小棺木盛之，之后便马上加盖念咒，前后念上四十九天，这个魂魄就能听命而供差遣行事，像这样的事，在东南亚一带就比较普遍。

这几样还算是比较平凡的，也有比较阴毒的，比如“偷龙转凤”，这种法术虽是源自茅山，但通晓此术的人会以自己的孩子作为养小鬼的目标，比如“追魂骨”这种法术是将夭折的小童开棺撬出，再开膛破肚，取出肋骨，取得骨头之后，法师再念咒作法，也可以将小鬼收魂，供己差遣，等等。

养小鬼，比起朱笑东跟胖子遇到的养蛊更为奇诡、更加血腥，那些地面上让安蒂、秦洋发现的石头雕像，差不多就是用来禁锢小孩子的魂魄！

说到这里，安蒂、秦洋两个人几乎都把耳朵死死地堵住，不敢听！

虎子苦笑着说：“这个地方，我也只是有所耳闻，也就当成传闻而已，没想到还真的有这种地方，对不起……”

朱笑东笑了笑说道：“我跟胖子两个在湘南遇到的那些事情，一点儿都不比这个差，也没什么可怕的，邪不胜正……”

这个时候，胖子居然发出了“呼噜呼噜”的鼾声。

两个孩子也是耷拉着眼皮，睡意绵绵，可是偏偏又不敢一下子睡过去。

杨薇搂着安蒂，轻轻地拍着，低声说道：“安蒂，睡吧，没事，不是还有你朱大哥和你姐夫吗，不用怕……”

安蒂实在撑不住，但是又不敢睡实过去，老是睡一会儿又醒了过来，确定自己还在杨薇怀里，又眯上眼，再睡过去。

秦洋这家伙实在顶不住了，钻到胖子的怀里，紧紧抱着胖子，也是睡上一会儿就要睁开眼看上一下。

朱笑东跟虎子两个人丝毫没有睡意，因为虎子说这里有条通道，朱笑东也看到了，这条通道很巧妙，通道口遮掩在大树扎下来的根须后面，不注意的话，实在看不出来。

这里有条通道，是一件很奇怪的事，朱笑东自然很想搞个清楚明白，两个小孩子被吓得不浅，为了不让他们以后留下心理阴影，就得把事情搞清楚。

不过现在，看胖子和两个孩子都睡意朦胧，也不能扔下他们，这个养鬼之地，搞不好还真会有什么凶险。

朱笑东也是迷迷糊糊打了一个盹儿，睁开眼，一缕阳光已经从不大的井口折射下来。

两个小孩子一个依偎在杨薇的怀里，一个钻在胖子的怀中，睡得正香。

朱笑东一动，虎子“嗯”了一声，也睁开眼来，憨憨一笑，问道：“今天怎么办?”

“把两个孩子送上地面，我们再进去看看!”为了不吵醒两个孩子，朱笑东把说话的声音压得很低。

“不要……”不知道安蒂是说梦话，还是早已经醒了过来，迷迷糊糊说了一句。

安蒂一说话，杨薇也醒了过来。

“怎么回事?”杨薇稍微活动了一下有些酸麻的胳膊，问安蒂。

朱笑东说道：“是这样的，我跟虎子哥商量，这里有个密道，我们想进去看看，看明白了，再让安蒂他们进来。”

安蒂坐直身子，瞪着朱笑东说道：“先前姐夫才出了危险，现在朱大哥你又要擅自离队，你给我们定的规矩说什么来着，规矩是能有弹性的?”

虎子苦笑了一声，转头看着朱笑东。

这时胖子也醒了，不知道是梦见了烧鸡还是烤鸭，一嘴的哈喇子，都流了秦洋一脸，秦洋还以为是在下大雨。

见几个人都醒了，朱笑东干脆采取了民主表决，让大家一起来决定，是一块儿到通道里走上一遭，还是先探路后跟进。

表决结果倒也没出朱笑东的意外，除了自己稍有异议，其余的一致认为，同生死共进退，安蒂还伸出两根指头，做了个“V”字，耶!

匆匆吃了点东西，朱笑东让大家节约用电，这一趟出来，本来就是来玩的，所带的装备也就是装模作样的那几样，照明器材就几支手电，不节约一点不行。

不过即使只有几支手电，但都是改进型大容量的狼眼，目前市场上最高端的产品，就算是连续使用，一支的使用时间也超过了八个小时，而且，还是可以换电池的。

朱笑东在最前面开路，胖子第二位，后面是杨薇，两个小孩子在虎子前面。

从地面上扎下来的树木根须，密集而且紧致，藤藤蔓蔓缠缠绕绕，朱笑东也是一路“砍杀”过去，丝毫不比在地面上开路轻松。

看来，这个通道应该是荒废了很多年。

通道弯弯曲曲的，朱笑东前进了不到五十米。

这儿又有一个小“天窗”，稀疏的几缕阳光透过树林草丛的缝隙，照射在下面的洞壁上，让人可以清清楚楚地看到下面的一切。

这个天窗的底部稀稀拉拉地有几根骨头，不过不是人骨，天窗离地面不止五六米，估计这些骨头是不小心掉下来的小动物，摔伤了或者是没逃出去，反正最后死在了这里，留下了一堆堆白骨。

安蒂往前窜，几乎是搂着杨薇的腰，连大气儿也不敢出一下，秦洋却是往后躲，差点退到虎子的怀里去了。

过了这个天窗，换胖子到前面开路，前面的通道稍微狭窄了些，也就两个人并排能轻松通过的样子。

不过，胖子这家伙懒，开路也就只开了一条他能轻松过得去的巷道，旁边的根须他也懒得去理睬。

不过这么一来倒是快了不少，需要砍的根须几乎少了一半。

越往前走，穿下来的树根就越是稀少，也细小了很多，显示着从第二个天窗之后，通道跟地面的距离越来越大，能到达通道的树木须根自然就少了很多。

虎子计算了一下通道的方向，应该是横穿野羊沟西侧的山梁，除了通道的角度是慢慢往下之外，逐渐增高的地面地形，也使得树木的根须不容易到达通道之中。

第三章
八臂美女蛇雕

如此，再往前走了五十米远，通道里就没有树根了。

像这样走了一段，朱笑东在后面有些着急起来，胖子慢下来也不见得是什么好事，因为不知道这通道有多长，但是带来的照明物却不多。

前面到底有什么，不但朱笑东想知道，其余几个人也都想知道，但是要把照明物和时间都花费在这通道里，显然是件很不合算的事。

没想到的是，这通道其实并不是很长，只在胖子的带领下，几个人小心翼翼地走了不到十分钟，前面突然一空，众人便进入到一个天然的洞穴里面了。

一看进入到地底洞穴，朱笑东顿时呆住了，很犹豫要不要继续走下去，地底洞穴的复杂，这可是他在不久前领教过的。

见朱笑东踌躇不前，胖子等人停了下来，打开所有的手电，细细检查这个天然的洞穴，不是很高，十多米的天花洞顶，宽窄也就只有十多米，只是不知道这洞到底有多深，出口又在哪里。

这天然洞穴是经过人工改造过的，除了特别大、比较好看一点儿的石堆、石柱，其他地方地面上还算是平整。

朱笑东倒是有些好奇，是谁打通这条通道，又整理了这天然石洞的地面？又是干什么用的？

胖子一句话，又吓得安蒂跟秦洋两个人直往后躲，“还记得我们进洞前看到的那些石头雕像吗，那些是守门的小鬼，这里肯定就是养小鬼的大本营，也就是鬼城了。”

“不是的……”安蒂尖声叫道。

虎子想了半天，他是本地人，可是在他的记忆里，从来就没人提到过这里会有这么一条密道的传闻。

野人山有天然石洞，这个不稀奇，但是凿开百十米的通道，平整不知道多长的洞穴，这得多大的工程，怎么会没有传闻，至于说记载，那更可以肯定地说，没有！

杨薇想了想，说道：“据说边境一带，生活着门巴族群，这会不会是他们的先人留下来的痕迹？”

朱笑东摇了摇头：“门巴人开化不久，能做到这么大的工程，几乎不可能，要知道在不久之前，还把他们叫作‘野人’呢。”

胖子“嘿嘿”地笑了几声，说道：“对，这里要不是鬼城，多半就是野人的老窝……”

一说起野人，胖子更是口若悬河：“关于野人的传说由来已久，最早可追溯到战国时期成书的《山海经》，里面说有一种身高一丈左右，浑身长毛、长发、健走、善笑的‘赣巨人’，或称为‘枭阳’‘狒狒’的动物，是一种人形长高、面黑色、身有毛、若反踵、见人而笑，这种动物就是我们所说的‘野人’。

“还有那个吃粽子的什么什么原，特地给野人写了一首诗，说什么什么兮什么，还有一句叫什么什么兮窈窕淑女来着，意思是说野人看见花姑娘，羞羞答答不好意思之类的。”

虎子知道的不多也就罢了，安蒂的汉语水平远远没达到能读得懂《楚辞》的程度，更不知道吃粽子是纪念屈原，而不是屈原吃粽子。秦洋虽然知道屈原的典故，但是却也被胖子一通什么什么兮什么，而且，居然还弄出窈窕淑女花姑娘，羞羞答答不好意思……搞得一塌糊涂！

朱笑东跟杨薇两人实在是忍不住了，不过以胖子的水平，能知道《山海经》，能说得出来“窈窕淑女”这么有技术含量的话来，也实属不易了，估计胖子闲暇时，随便看了几篇奇闻趣事的大作吧。

胖子指着朱笑东跟杨薇两个人，恼道：“哼，有什么好笑的，我说是鬼城，你们不承认，我说是野人，你们又笑，有本事你们也说出个一二三四五出来啊！”

朱笑东避重就轻，笑着问道：“是继续走还是先退回去？”

说到进退问题，胖子顿时没了脾气，在一边说道：“我们还得再往前走走，反正我们的手电也才用了三分之一，就算遇上什么事，也还有三分之二可用，再说，这一路过来，也不过几百米，道路也不错，撤退也不算艰难。”

秦洋虽有些恐惧，但是看朱笑东跟杨薇神态自若，还放声大笑，心下有些惭愧，在安蒂面前丢了份儿，于是麻着胆子说道：“走，往前走……没，没什么了不起的……”

安蒂这个时候反而起了疑心，认为这不过就是这个中国姐夫又在故弄玄虚而已，这一路上过来，最为凶险的不就是遇到过几头狼吗，除此之外，什么鬼啊的，不是根本就没遇到吗。

想了片刻，虎子说道：“这样吧，我们好好记住这个地方，然后再往前走上一段，不能太远，就五百米左右，不管有什么，只要不是出口，我们立刻退回去。”

朱笑东点点头，几百米远确实不是什么大问题，除了照明物充足，关键是路程不远，从虎子跌下来的那个“天窗”到这里，充其量不过一百多米，确实不算什么大事。

不过，为了以防万一朱笑东还是安排了一下，主要还是照明的问题，两个小孩子手上的手电就暂时熄灭，由杨薇带着安蒂共用一支手电，虎子跟秦洋两人共用一支，朱笑东和胖子两个人就免了。

胖子虽然不满，但是直接让他从保姆翻身做了保镖，心里也还算平衡了些，嘴里哼着“翻身农奴把歌唱……”，屁股一扭一扭地跟在朱笑东身后。

在进入天然洞穴的通道后，几个人在周围做上了大量的记号，确保在任何情况下只要经过这里，就能直接发现记号，然后挥师直往石洞深处。

一路过来，几个人发现，这个石洞并没有什么特别大的岔洞，就算有时发现一个岔洞，也是小的。

如此一来，朱笑东等人悬着的心放下了一大半，只有主洞才有这么大，又有人修筑过，就不会像上次在那个天坑里那么容易迷路，只要不迷路，一切都万事大吉。

如此一来，朱笑东一行人行进的速度就稍稍加快了一些。

大约走了半个小时，按照胖子跟虎子两个人所说的，几百米肯定是有了，但前面依旧是黑沉沉的深洞。

朱笑东停了下来，回头问道：“是不是该回去了？”

“东哥，我就不懂了，以前那个不畏艰难、勇往直前的东哥，怎么就不见了，东哥你是不是老了……这么点事，就磨磨唧唧地像个老太婆似的，一会儿要回去，一会儿又要回去的，你的雄心壮志，你的胆魄，都到哪里去了？”胖子责问。

朱笑东恼道：“胡说八道，什么雄心壮志，跟我们当保姆有关吗？现在有两个孩子，你想残害这两个儿童幼小的心灵？”

没想到，朱笑东的话音刚落，立刻招来胖子、安蒂、秦洋三个人的一顿狂轰滥炸。

“是谁出的主意要到这破地方来的？东哥，你可别说是我出的主意……”胖子深恶痛绝。

“朱大哥，你这话说得可就不对了，这件事你本来就是始作俑者，要残害我们幼小心灵的也是你，跟胖子哥可是一点关系也没有……”秦洋毫不客气地维护胖子。

“朱大哥，秦洋说得对，是你一直都在对胖子哥哥呼来喝去，指手画脚，还有，从一开始就是你对我们图谋不轨……”安蒂说。

“……”

朱笑东欲哭无泪，胖子在这两个熊孩子心中的英雄形象真是无可代替啊！

尤其是这两个熊孩子，说着说着竟然脱离了杨薇跟虎子的保护，直接拥着胖子，要继续往前走。

只是秦洋肚子突然一阵雷鸣，赶紧抱着肚子叫道：“哎哟……不好……大的，大的要出来了……要出来了……”

说着，三下五除二放下背包，飞也似的跑到一堆大石头后面去了。

杨薇笑得眼泪都快流了出来，这一对活宝！

秦洋在石堆后面足足蹲了五分钟才出来，偏偏还一脸意犹未尽。

因为他发现一个比较奇特的东西，一只白色的、透明的小虾米。

但凡在洞里出现的水生物，极大一部分都是白色透明的，这一点本来没什么奇怪，诸如盲脂鲤、洞穴小龙虾、白化蜘蛛等。

秦洋也听说过这一类的洞穴动物，但是亲手抓到实物，那就有本质上的区别，所以才兴奋得一脸意犹未尽。

这是标本，也是以后回去在楚大雄面前炫耀的谈资，要知道，这东西虽然没有眼睛，但是触觉和味觉弥补了它的视力不足，躲避危险的能力反而大大提高，要抓到一只实在不容易。

见秦洋回来，胖子可是等不及了，帮秦洋提了背包就出发了。

走出不远，洞的方向出现折转，这时一条暗河横在几个人面前，暗河不宽，一米多，上面有一块石板，河面很平静，看不出来有流动的迹象。河水清澈无比，手电光照进水里的时候，简直就像是照在一块无色的玻璃上，河底的砾石反射出来五光十色的光亮，美轮美奂，偶尔能看见几只虾以及不知名的鱼，在里面悠闲自得地游荡。

过了小石桥，向前走不远，暗河又横亘在几个人面前。这里的河面就宽了一些，但也就不到三米宽，河面距离地面也将近有一米，亿万年的流水侵蚀，生生在石头上切削出来一道深沟。不过无意间，杨薇把手电往稍远的河里一照，忍不住吓了一跳。

河底有个人背对着几个人坐着！

虎子赶紧把手电光移过来，在极强的手电光照射下，几个人总算看清楚了，清澈透明的河水里果然有一个东西，不过那不是人，而是一个像人的石头。

朱笑东的眼睛锐利，却发现了一点不同寻常的地方。

这不可能是自然生成的人形石头，至少，应该是经过雕刻的！

原因很简单，别看现在河水平静，美得像块翡翠似的，现在可是冬季，基本上没什么雨水，一旦到了雨季，这河里的水不知道有多凶猛，一块数百斤重的石头估计用不了多久就会被暴发的洪水冲走。

也就是说，这河底的人像现在还能留在这里，恐怕不仅仅因为它是一块石头，应该还有什么不被洪水冲走的保护措施。

胖子不信这个说法，你说是雕刻过的也就罢了，谁会专门往水里放个雕刻，又怕它被大水冲走，还什么保护措施，溜鱼啊？好！

就算是溜鱼一般，拴着这石头雕刻，为嘛，为嘛呀，东哥你能说出个头头道道来！

朱笑东不语，下了石桥，沿着横亘的河边，往石像前边走去。

几个人来到石像面前，透过清澈的水看向石像正面，顿时呆住了。

石像的造型的确是坐着的，但是石像的面部更吓人，大大的眼眶里没有眼珠，没有鼻子，张得几乎超过半个脸部的嘴巴，黑洞洞的，最恐怖的是，这尊石像的嘴里也露出尖利的牙齿，整个表情与先前安蒂和秦洋两人发现的小孩子石雕极为接近。让人有种不寒而栗的恐惧。

刚刚才有点兴奋的秦洋，这个时候差点就又要往胖子身后躲去，安蒂也紧紧地抓了杨薇的胳膊，不肯放开。

气氛十分沉闷，过了许久，胖子才开口说道："东哥……这是用来干……干什么的？"

朱笑东跟虎子两人一起摇了摇头，没人知道这是用来干什么的，还有，先前他的猜测也出了点错误，这座石像并没有印象中的保护措施，它就是被人丢到这里的。

不过，这真是有点奇怪，雨季发生的洪水冲不走这尊石像？

朱笑东想了想，弯腰捡了一块火柴盒子般大小的石子，叮咚一声，扔进河里。

河面上激起一朵小小的水花，原本平静得像块玻璃的水面顿时一阵晃动，反光扰得几个人有点儿眼花，不过奇怪的是，朱笑东丢下去的那块石子，在河面不再晃动之后，居然还没落到底！

在手电光中，那块石子如同被一种神奇的力量拖拽着，飘飘摇摇，石子在水里"陨落"的过程几乎达到了惊心动魄的美丽，那一刻，尤其是喜欢看科幻大片的秦洋，差点就以为那块石子是在穿越一处时空，飘荡、悠闲地穿越。

足足过了好几分钟，那块石子才落到石像的肩部，只是石子跟那石像一接触，顿时就像融为了一体一般，再也看不出来那块石子在哪里。

胖子看着那块石子飘落的过程，实在是意犹未尽，一转身找了块巴掌大的石头，对着石像的脑袋“噗通”一声扔了下去。

河面上依旧冒出一朵水花，然后是稍微激烈一点的涟漪，慢慢扩散，直至消失不见。

胖子拉这块石头是片状的，落进水里左右摇摆了一阵，然后一个翻滚，轻轻柔柔地再打着转，旋转着往下落……然后不断地做出各种姿势，简直就是花样百出，唯美至极。

不要说秦洋、安蒂没见过这么美的自由落体运动，就算是朱笑东等人也看得目瞪口呆。

如此美轮美奂的事情，立刻引发了安蒂跟秦洋两个人一发不可收拾的童心，两个人立即商量，要用相机把这一切给录下来。

相机是安蒂的，最先进的数码相机，安蒂拿着相机，对好焦距，才让秦洋往下面丢石头，不过，相机始终是相机，秦洋为了把那一段下落的过程制造得更加漂亮动人，找的也是差不多巴掌大的薄片石。

石块扔进水里后，安蒂却惊奇地发现，照相机没有拍到那种很美丽的画面。

一连试了好几次，每一次都是如此，这就怪了，本来童心大发的两个人，背脊上却突然一凉。

朱笑东摇了摇头，淡淡地说道：“其实不是你们想象的那样，这应该是一种光学现象，大体说，就是水的流速与光线以及周围的环境欺骗了人的眼睛，也就是说，我们看到的并不是实质上的东西。”

安蒂摇着头，不解，胖子追问道："东哥，这水，这石像，你可别说这只是虚幻，我可是亲手扔过石头的……"

杨薇在一旁解释说："这种现象并不稀奇，比如说，我们早上看到的太阳比正午看到的太阳要大，那并不是说早上太阳就离我们近一些，也不是变大了，而是因为地平线上的环境影响了我们的视觉范围，估计这石像给我们造成的就是这种视觉上的差异。"

安蒂跟秦洋当然明白这个道理，不过两个人就是有点不死心，原来几个人看到的所谓唯美画面，其实只不过是一种错觉，这事情，想想也够让人难过的。

胖子见安蒂跟秦洋两人难过，当下转身，抱来面盆大小的一块石头，一边喘着气安慰安蒂，一边没等安蒂把相机准备好，就把石头扔了出去。

石头下坠，"轰隆"一声巨响，砸得水面上冒起一股几米高的水柱，紧接着水花四溅，朱笑东、杨薇等人不由自主地后退了几步，免得水落下来打湿衣服。

即使这块石头很大，砸起了一阵四溅的水花，安蒂的相机依旧没拍到什么。

几分钟之后，几个人再去细看那块石头，不过这一次让大家吃了一惊。

胖子这块面盆大的石头恰好落在石像的头顶上，但是，现在大家看到的那块石头仅仅就像是一片小小的树叶而已！连石像头顶十分之一的地方都不到。

这石像比几个人看到的大得多！

可是，在上面看起来，石像仅仅就跟一个真人差不多大小，怪不得朱笑东先前丢的那块小石子落到石像的肩部之后，就再也看不见了，这种视觉差异，当真是神奇之极。

不过，这也说明建造这座雕刻的人，有着超乎常人的神奇技艺。

拍照是拍不成了，这一阵又足足耽误了一个小时，朱笑东不敢再耽误下去，催促大家赶紧启程。

几个人恋恋不舍地离了这个石像，往前走了不到一百米，绕了两个弯，便出现一段向上的石头阶梯。

阶梯两边矗立着两尊石像，人头蛇身，跟传说中的美女蛇以及以前朱笑东等人遇过的“苦拉”极为相似。不过，这一丈多高的美女蛇雕像居然有四对手臂，八只手掌或者平摊，或者抓捏，或者作擎天柱状，看得人眼花缭乱。

而且面目狰狞，跟先前遇到的小孩子石雕与河底下那座石雕一样，都是一张露出尖利牙齿的嘴巴，几乎占据了半张脸。

幸好两个小孩子先前经历过，也见过两次，要是猛然见到这两座雕像，说不定直接就会吓晕过去。

朱笑东也是惊奇至极，这个地方的雕塑无论是男人或是女人，大人还是小孩子，不管其他部位什么造型，关键是脸上的表情和那一口尖利的牙齿几乎都是一成不变，没有一丝儿改动。

这是怎么回事？或者说，雕刻这些雕塑的人想要表达什么？

虎子脸色凝重，说：“本来，在我们这边有个词语叫‘易武’，意思就是美女蛇，或者蛇精，据说，易武一般就是栖息在附近有宝石的岩石洞里。”

胖子一听说有宝石，立刻挨近八臂美女蛇的底座，细细查探了一番，八臂美女蛇的底座，实际上就是美女蛇的尾巴盘旋而成，上面雕刻了无数的鳞甲，但是这些鳞甲雕工精细，不亚于朱笑东以前见过的那些皇家雕龙画凤的手笔。

这就奇怪了，是什么人在这边陲之地动用如此精良手艺，雕刻出来如此奇怪的石雕？

朱笑东看了一阵，说道：“你们见过这样的手臂吗？”

“什么样的手臂？”胖子问道，“不就是几只手臂吗，有什么稀奇的，我还见过一千只手的观音，数都数不清呢。”

朱笑东摇了摇头：“我说的是手臂，你可要看清楚了，是手臂！”

“不，我就看见它的手掌。”胖子试着要往左边的石像上爬，估计是要看看这些手掌里有没有东西。

一边爬，一边说道：“大老远儿来一趟，也不容易，看看这么多的手掌，是不是要给我赐上一点儿值钱的东西。”

朱笑东“呸”地啐了一口胖子：“我是说，这些雕像，手臂那一段很是奇特，好像没有骨头一般。”

胖子在雕像的底座上往手心里吐了一点口水，搓了搓手，准备往上爬，嘴里应道：“这是石头雕的，哪里会有什么骨头，真要有骨头，那又叫什么石雕。”

跟胖子谈这个，简直是对牛弹琴，朱笑东无奈，转头对杨薇和虎子说道：“普通人的手臂，即使再柔韧，都不可能完成一个完美的圆圈，这是因为人的手臂有两段臂骨，无论如何都会有一定的角度，但是这些手臂看起来根本就没有这样的感觉，是不是很奇怪？”

杨薇点点头：“对！两尊石像，十六只手臂，跟我们相近的手臂我仅仅看见一只，是有点奇怪，这些手，怎么会这么柔软？”

两尊石雕上，除了杨薇说的那一只非常接近人类的手臂之外，其余的十五只手臂几乎都不可思议地扭曲着，有波浪状的，有螺旋状的，最不可思议的一只手臂，几乎就是一个完美的圆。

要说人体能整个弯成一个圆，这不稀奇，训练过的人差不多都能做到，但是单说一只手臂，却绝对不可能。

胖子爬得差不多快要到八臂美女蛇的背部了，再往上不到一米，就能够着那些手臂，胖子说道：“东哥，这就叫艺术，艺术是可以夸张的，懂么？哎……哎……”

不知怎么搞的，胖子没能掌握住重心，整尊石像一歪，慢慢地往下倾倒了下来。

朱笑东等人一看，急道：“胖子！快跳……”

这个时候胖子一脸苍白，哪里还有时间往下跳，只好死死抓住鳞甲，伏在美女蛇的背上，任凭美女蛇轰然倒下。

三米多高的美女蛇轰然倒塌，“哗啦”一声巨响，头、手臂、身子，顿时碎了一地，好在只有三米来高，胖子也不过爬到半腰上，虽然倒塌，又是面部这一边着地，此时，胖子正骑在那半截蛇身上，除了肚皮被鳞甲硌得有些发痛，其他倒也没什么大碍。

朱笑东、虎子等人待尘埃落定，赶紧上前扶起胖子，连声问道：“胖子，你怎么样，没伤着吧？”

胖子嘿嘿一笑：“胖子我可是从枪林弹雨里摸爬滚打出来的，这点儿高度，嘿嘿……”

一看胖子没事，朱笑东又拉着脸呵斥：“胖子，知不知道你这是什么样的行为？你这是毁坏文物，这要传出去了，没准儿会给你惹来大麻烦的，你怎么就这么不知道轻重！”

胖子抓着脑袋，嬉皮笑脸地说道：“东哥，我错了，下次爬那边那尊石像的时候，我一定注意……”

胖子嘿嘿笑了两声，然后大模大样地在那些已经碎掉的石块中寻找八臂美女蛇手中的东西。

有几只手臂已经粉碎，胖子也不嫌恐怖，找了半天，找到一只比较完整的美女蛇手掌，拿到朱笑东面前，要他帮忙瞧瞧，看看上面是不是曾经拿着，或者握着什么东西。

这石雕的手掌，几乎比正常人的手掌大了一半，毕竟是石头的，挺沉，朱笑东不接那只手掌，没好气地说道：“胖子，你不是要找值钱的东西吗，这只手就很值钱啊，不过，这石雕很邪气，你可别半夜里做噩梦。”

“嘿嘿……”胖子笑着说道，“东哥，你用不着吓我，梦再恶，它也就只是个梦，我们可是从枪林弹雨里摸爬滚打出来的，比噩梦可怕的东西，我们也不是遇到一次两次了，对不对？”

说着，胖子又把那手掌看了一遍，朱笑东不肯指点，只好自己来研究。

没想到朱笑东却说道：“胖子，你就在这里陪这两个美女蛇吧，我看这阶梯，做工虽然不算精细，但是也不算粗陋，上面有个藏宝库什么的也说不定。”

胖子一听，连忙丢了手里的手掌，笑眯眯地说道：“东哥分析得有理，这美女蛇有什么好陪的，又跟我们不一样，再说，地主老财真要有东西，也不会摆在自己看不到的地方，嘿嘿，快走快走。”

朱笑东带着杨薇和两个小孩子，一边往阶梯上走，一边有意无意地对虎子说：“虎子哥，你还记不记得我们在雪山上看到的那个神庙？”

虎子当然记得，自己还差点在神庙里丢了性命。

杨薇心细，早猜到朱笑东可能是说这里的石像多半跟那个神庙有什么关系，不过那一次，杨薇稀里糊涂地就听了他的甜言蜜语，最终没能到雪山上去，现在说这里有关系，也不知道到底是什么关系。

果然，朱笑东说道：“那庙里的石像，我感觉跟这美女蛇有种同出一源的感觉，不知道虎子哥有没有这种感觉？”

虎子抓了抓脑袋，不好意思地说道：“对于这个，嘿嘿……我只知道，那个庙里的石头神像很大，很怪，很少见，其他的，我也说不出个所以然来。”

朱笑东笑了笑：“不，虎子哥，我要说的，恰恰就是这几个方面，很大，很怪，很少见，八只手的美女蛇，这是根本就没有见到的，甚至连传说都没有。”

胖子在一边有些艰难地挪动着脚步，偏偏却又不甘被朱笑东冷落：“的确是这样，传说最多的，比如说，千手观音，三头六臂的哪吒，这些都是被人熟知的，但是八只手的美女蛇，还真没听说过，这不是中国的神像吧。”

“对了，虎子哥，你先前说，你们这边的美女蛇又叫‘易武’，这应该有来历的吧，说来听听！”杨薇说道。

虎子回答说：“传说有条叫‘武莱’的花王蛇，听说勐惟迪哈国王的公主是个绝世美人，就把公主抓了回去，后来有个叫罕伦的猎人救出了公主，但是却遭到了同伴的陷害，差点死在武莱的洞里，不过，后来罕伦又救了一个龙女，龙女就是傣语里的易武，也就是美女蛇，后来美女蛇送了很多珠宝给罕伦，并把他送回勐惟迪哈，最后与公主结成恩爱夫妻。”

杨薇轻笑一声，说道：“嗯，和我们知道的美女蛇不同，我们知道的美女蛇传说，一般都是凶残、恐怖的……”

“不对！”胖子大声说道，“谁说美女蛇都是凶残恐怖的，白娘子白素贞，青蛇青丫头，她们也都是美女蛇，但是我一点儿也不觉得恐怖，就更不用说凶残了，谁说她们凶残恐怖，那就是嫉妒，跟老和尚法海一个德性。”

见朱笑东回过头来，估计又要贬驳自己，胖子赶紧说道：“虎子不都说了，那个叫罕伦的，最后不是让美女蛇送了很多珠宝，又把罕伦送回去跟他老婆团聚，你们能说美女蛇是凶残、恐怖的吗？”

“估计要是遇上胖子你，你一定会多救几次美女蛇，对不对？”朱笑东笑着说道，“那样你不但可以多多赚来珠宝，还可以平平安安地回去跟王晓娟团聚。”

胖子腆着脸说：“多救她几次倒也麻烦，只要她一次多给点珠宝就成了……”

朱笑东等一干人顿时无语。

说话间，已经上到台阶顶端，这里应该是洞里地势最高的地方。

就在几个人的右边，居然有一堵依据石洞而砌的墙壁，墙壁上有扇圆门，是木质门板，门半开半掩，估计门后面应该是一个岔洞。

胖子见了这道门，几乎想都没想就踏上门前的台阶，直接去推门。

只是没想到的是，这门经他一推竟然轰然倒了下去，估计是多年没有维护，加上洞里湿气太重，木门早已腐朽，连碰都不能碰一下。

朱笑东有些气恼，胖子这家伙，今天不到两个小时，毁了一尊石头雕像，又打坏了人家大门，这要被人知道了，不知道要招来多少麻烦。

尤其是两个小孩，胖子那举手投足之间就杀了几头恶狼的英雄光辉形象，简直就被他的财迷、鲁莽遮盖了不少。

谁知道胖子这家伙根本就不在乎，回头笑了笑，还说：“这里就是易武庙，我就进去找易武讨点珠宝出来，然后就让她送大家回去跟家人团聚，嘿嘿……”

见胖子要独自进去，朱笑东又怕他涉险，当下只好让虎子跟杨薇看好两个小孩子，自己跟胖子一道去看看。

门背后的确是个岔洞，但是并不深，也就七八米，差不多就是一间普通的屋子，不过里面并没有几个人想象中的菩萨、雕塑之类，倒是有不少石头台子，估计是当床用的，另外桌子凳子都是石头的，还有一个用几块石头垒起来的简易灶台，一切都显示这里曾经有人住过。

胖子看了一圈，一脸晦涩，值钱的东西一样也没找到。

这美女蛇是不是太抠了！

“去你的吧！”朱笑东一边往外走，一边没好气地说道，“看不出来这里就是一处工匠的住所吗？值钱的东西，你以为美女蛇真的会眷顾你？”

胖子不甘心地东张西望，跟在朱笑东后面，一边走一边说道：“那可说不定，胖子我人缘好，又有好手艺，你说真要有美女蛇，她不眷顾我眷顾谁去……”

见两个人这么快就出来了，杨薇问道：“怎么样，有什么发现吗？”

朱笑东摇了摇头，就是一处工匠的住所，没有什么发现。

既然没什么发现，胖子出了那道门，也不停留，继续往前走。

可是，越走大家就越是奇怪，按说，这长达数百米的石洞，光是平整地面就不是一个小工程，但是工匠的住所也仅仅就只有朱笑东跟胖子两个人看过的那一处，整个洞里就再也没有了其他的住所了。

过了这里，再往前走了不到一个小时，前面就露出一团光亮，是自然光，也就表明现在立刻就要出洞了。

果然，那团亮光越来越大，两个小孩子应该是在黑暗里待得久了，见了亮光，几乎就是奔跑着扑向洞口。

可是，到了洞口，两个孩子又傻了眼。

洞口是在一处二三十米高的石壁上，脚下是一片绿意森森的峡谷丛林，而远处，是一片连绵的群山，以及茫茫的原始森林，看样子，几个人是穿过了黄羊沟的一处山脉。

朱笑东问现在怎么办，是回过头再次穿过洞穴回到黄羊沟，还是从丛林里爬山返回。

两个孩子坚持不想再走这洞了，虽然路好走一些，但是少了新奇，没什么意思。

见两个小孩子坚持要另外选路回去，胖子心痛不已，这一次，看来又要空手而归了。

朱笑东却是惦记着这段不长的洞穴里的不解之谜，那千篇一律的雕像表情到底是怎么回事？就算如胖子所说，那是夸张的“艺术”，又怎么会与相隔千里的雪山上那座神庙里的雕像如此相近？花这么大力气，洞里却没找到一个主要的“点”，这是为什么？

所以朱笑东倒是很想再回去看上一遍，是不是漏掉了什么。

可惜的是，两个小孩子，还有虎子都坚持着，现在离黄羊沟不远，说不定天黑之前就能回到黄羊沟，要是走洞里回去，没有新鲜感，气闷。

既然大家都坚持，朱笑东也只好收起自己的好奇心，没法子，这一趟出来就是为了照顾两个小孩子的，比不得以前专门出来探险，可以搞个一清二楚。

三十多米的崖壁，还丢了一根绳子，几个人花费了两个小时，才全部安全落到地面，这时候，几个人才发现，这个选择很可能是错的。

从那个洞口下来，有一堵高达百米的岩壁，关键是这堵崖壁不知道有多长，要想翻过这堵崖壁，直接回到黄羊沟，几乎是不可能的事情。

两个小孩子倒是很轻松，走呗！不就是多绕一点路吗？谁还在乎这个。

为了稳妥起见，朱笑东拿出地图看了一下，地图上显示，黄羊沟这道山梁如果往北走，将近四十公里就可以回到腾冲边上的小寨子，但是往南走的话，前面二十来公里就有一条进野人山的公路，但是要回腾冲的话，就必须多绕将近三十公里路。

仔细算一下，其实往南走还是比较划算，上了公路就有可能搭上便车，有车，这三十来公里路根本就算不上什么。

统一了意见，再看看时间，二十多公里路，估计今天是赶不到公路边了，原始森林里的二十多公里，可比不得在大公路上走，何况几个人的负重都不算轻。

不过，有方向，有地图，食物饮水又都不缺，再说最多不过就是明天就能找到那条公路，所以几个人也不怎么担心，一路上优哉游哉地在峡谷丛林里往南行走。

才走一小段路，两个孩子又叫嚷了起来，饿！从早上到现在，就简单吃了两次食物，热水什么的都没喝上一口，不要说两个小孩子，就是胖子自己也感觉饿得不行了。

选了个比较宽敞的地方，生火煮饭，森林里有的是柴火。

不过让大家遗憾的是，这一趟出来，没有捕猎的高手，抓不到野味，就没法子吃上胖子的烤肉了。

不过，这次带来的粮食除了简易的干粮，最多的就是大米，胖子把米饭煮得香喷喷的，早就饿了的两个小孩子都忍不住流出口水来，再加上胖子勉强找了点儿野菜，一顿饭也还算丰盛。

吃饭的时候，朱笑东发现秦洋低着头，本来也没注意，但是没过片刻，却发现他眉飞色舞起来。

朱笑东细细一看，原来他见地上有一群小小的黑蚂蚁，正抬着儿粒米饭艰难地往杂草丛里钻去，秦洋看得有趣，干脆就挑了一团米饭，放到身边不远的地方，看着小蚂蚁不停地来搬大米粒儿。

没想到这个稚气的举动，不一会儿就招来一大片小蚂蚁，秦洋拿了根草棍去拨动饭团，阻拦蚂蚁，不时发出一阵嘿嘿的笑声。

没想到的是，没过片刻他就笑不出来了，就在搬饭团的蚂蚁忙得热火朝天之际，惹来了一群奇怪的蚂蚁，这些蚂蚁个头儿比先前那些几乎大上一半，差不多有一公分长短，这些蚂蚁冲进蚁群，几乎是毫无怜悯地就开始屠戮那些小蚂蚁，不到片刻，那些搬运饭团的小蚂蚁就死伤狼藉。

看着这场毫不留情的屠戮，秦洋跟安蒂叹息了一声，没来由地开始痛恨起那些大蚂蚁来。

朱笑东笑了笑说道："那些大蚂蚁其实不是蚂蚁，它们是蚂蚁的天敌，食蚁蛛，它们也有天敌，比如蟾蜍、蛙、蜥蜴、蜈蚣、蜜蜂、鸟类等。"

正说话间，一阵窸窸窣窣的声音响起，从远处草丛里不断蹦出来一些东西，丛林蛙开始聚集，一霎时足有数百只之多，那些蚂蚁一般的食蚁蛛顿时慌成一团，竞相躲避，但是它们的速度哪里及得上一跳老高老远的丛林蛙。

看到这些丛林蛙，胖子兴奋地大叫起来："哈哈，赶快抓上一些，我再给你们烤上一顿青蛙大餐……"

胖子的话还没说完，朱笑东喝道："快走……"

秦洋跟安蒂，甚至杨薇都莫名其妙地看着朱笑东，蚂蚁被食蚁蛛吃了，食蚁蛛又被钻出来的丛林蛙围歼，这可恶的食蚁蛛正报应不爽，何况胖子还打算逮几只青蛙，做一顿青蛙烧烤，怎么这就要走。

就在杨薇、秦洋等人还在惊诧之际，草丛又是一阵摇动，杨薇一看那种摇动，顿时脸色大变，也是忍不住大喝一声："安蒂，快跑……"

胖子手里逮着两只青蛙，一看那草丛里的声势，顿时也顾不得了，扔了手里的青蛙，转身就跑了起来。

那些青蛙也是连蹦带跳，直追朱笑东他们。

后面，不知道多少大大小小、长长短短的蛇，潮水似的跟了过来，胖子这个时候根本就顾不得他的英雄形象，简直是抱头鼠窜。

幸好，朱笑东才出声示警，虎子就感到大事不妙，直接背了自己的背包，又把胖子的背包也提在手里。

朱笑东拉了秦洋，杨薇拉着安蒂，那生火煮饭的炊具不到片刻，就陷入蛇群当中。

胖子这家伙本来不怕蛇，还经常抓蛇来吃，但是遇上这潮水一般的蛇群，哪里能不害怕，那些金环蛇、银环蛇、蝮蛇什么的，都是剧毒之物，别说被咬到，就是看着这一大群，腿都软了。

本来，这一群蛇围歼了那些丛林蛙，也就没必要紧追着朱笑东他们了，可是好死不死，如此多的蛇引来了它们的天敌。

毒蛇在自然界中却并非“常胜将军”，在生存竞争中也不免常成为其他动物的手下败将，口中佳肴。

偏偏追赶着这一群蛇的东西，竟然是让人闻名色变的红蚂蚁，又叫食人蚁，或者行军蚁。

这些蛇似乎也知道它们已经是大难临头，俱是舍命奔逃，原先胖子等人还唯恐毒蛇伤害他们，但是没过多久就渐渐明白过来，大家都是逃命者，在恐怖的食人蚁面前，同是天涯沦落的人和蛇。

最为恐怖的是这些食人蚁的速度，朱笑东等人狂奔不已，但是始终就只能将食人蚁甩在二十多米的距离之内，有些特别巨大，甚至是搭上了“顺风车”的食人蚁，几乎就在朱笑东他们身后不足十米远。

不过，这样的食人蚁只是少数，毕竟爬到一条蛇背上，一口咬下去，蛇因为疼痛难忍，自然就停下来死命挣扎，但是这一挣扎，不过一刻，就成为了一具白骨。

不知道多少蛇都成了累累白骨，巨大的食人蚁似乎开始把朱笑东等人也列为这次要猎杀的目标。

不幸的是，秦洋在慌乱之中被一根树藤绊倒了，待朱笑东把他拉起来时，已经站立不稳，估计是伤到了脚。

朱笑东毫不犹豫地扔了自己的背包，一把扛起秦洋，再次奔跑了起来。

虎子拿了胖子的背包，胖子的背包可不算轻，虎子跑了一会儿，实在架不住了，大叫着要胖子赶紧来帮忙拿背包。

可是现在这个情况，哪里容得一丝一毫的耽误，杨薇当机立断，喝道："虎子哥，别要背包了，扔掉……"

可是虎子不舍，几乎所有的食物都在胖子的背包里，扔了就等于让自己走上了绝路。

朱笑东也大喝道："虎子哥……扔掉背包……"

虎子犹豫之间，脚上顿时一痛，搭上顺风车的食人蚁已经有一只咬上了他的腿，虎子不得已一巴掌拍掉这只咬住自己的食人蚁，然后扔掉自己的背包，把胖子的背包抢了回来。

胖子这个时候也是毫无余暇，安蒂虽然被杨薇拉着，但一个小女孩子见到这么多的毒蛇毒虫，脚都软得直打颤，哪里还能跑得快，胖子见状，不由分说扛起安蒂，跟杨薇一前一后死命奔跑。

足足跑了二十多分钟，食人蚁居然落后了一大截，乘此机会，胸口已经差点要炸开的朱笑东等人赶紧停下脚步，稍微喘上一口气。

食人蚁的速度虽然迅疾，但是比起人来说还是稍微慢了一点，反正一时半会儿摆脱不了，能喘上一口气，哪怕是稍微恢复一点儿体力，就可以争取巨大的优势，一味死命奔跑，到最后精疲力竭的时候，也就是食人蚁共进美味晚餐的时候。

秦洋那一跤摔得很厉害，估计小腿骨都给摔裂了，现在连站都站不稳，朱笑东赶紧拿出那块龙鳞，泡了点水，让秦洋喝了一口。

几个人还能歇上一口气，那些蛇就没那么幸运了，到了这会儿，根本就没看到有什么蛇能幸存下来。

就在这时，食人蚁又跟了上来，有好几只先头部队都爬上了胖子、虎子等人的衣服。

拍下这几只食人蚁，几人不敢耽搁，依旧是朱笑东扛着秦洋，胖子扛着安蒂，赶紧再往前跑。

如此再跑了一段，再停下来喘上几口气，可恨的是，食人蚁居然不离不弃，舍命追着几个人不放。

间隙，胖子喘着气大叫："东哥，快想办法，要不然我可支撑不住了……"

朱笑东一边跑，一边答道："我哪有办法可想，这玩意儿靠的是触觉和味觉，我们跑着，地面有震动，我们身上又有气味，想欺骗它们都不成。"

杨薇顺手在背包里摸出来一瓶杀虫剂，迅速在地上喷出一条线来，然后让大家后退一些，站在稍远的地方，看看杀虫剂是不是能抵挡上一阵。

几个人按杨薇说的退开十几米远，一边凝神看着杨薇喷过杀虫剂的地方，一边准备好再次奔逃。

不到几分钟，潮水似的食人蚁涌了过来，在杨薇喷过杀虫剂的地方略略顿了顿，突然像被激怒了似的，竟然不顾一切地冲过杨薇设下的防线，发了疯般追赶了过来。

胖子大呼小叫："糟糕，杀虫剂买到冒牌的了吧，没什么作用啊！"

朱笑东大喝："快跑吧你……"

这一次，因为都想看看杨薇的杀虫剂是不是有效，因而把距离拉得很短，偏偏杨薇的杀虫剂不但没起到阻隔作用，反而让这些食人蚁发了疯，爆发出惊人的速度，朱笑东等人顿时惊讶不已。

几个人一连奔跑了将近半个小时，才稍微恢复到原来的优势，不过这一次，朱笑东等人再也不敢停下来休息了，而是将逃命的速度稍微放慢了些。

秦洋含着眼泪连声检讨，都是自己，要不是当时自己童心大发往地上丢了一团饭，就不会引来大量的黑蚂蚁，引不来黑蚂蚁，就不会有食蚁蛛，就不会有丛林蛙，就不会引来蛇，更不会引来这些恐怖至极的食人蚁，是自己制造了一场屠杀。

看秦洋说得悔恨，朱笑东说道："秦洋，我们并没有责怪你的意思，但是这却是事实，本来，在丛林里是严禁胡乱丢东西的，有什么东西要丢，也都必须集中起来，然后挖个坑埋掉，这是经验，也是自然界的规律。"

"幸好现在是白天，要是在晚上，让这些食人蚁盯上，那可就只有死路一条了。"胖子在一边悻悻地说道。

正说着，几个人鼻端又闻到飘过来的一股臭味，很浓烈的酸臭味。

朱笑东一怔，回过头去看了看，又扯了一片细柔的草叶儿拿在手上，森林里没有风，后面的食人蚁还挺远，好几十米。

看到这一幕，朱笑东脸色大变了起来，喝道："前面也有食人蚁，赶快……转向……"

喝声中，前面倏然出现一股一模一样的食人蚁，密密麻麻一大片，少说也有十几米宽，不过，前面堵住去路的食人蚁显然还没被激怒过，慢慢吞吞优哉游哉地一路啃食着青草嫩叶、朽木枯枝。

只是在几个人脚步震动下，好多食人蚁都停了下来，摆动着触角，好像很好奇地"看"着这几个人。

顷刻间，这群食人蚁也弃了正在啃吃的食物，好几只食人蚁试探着向他们追了过来。

朱笑东等人哪里敢停留半分，都是撒开了子夺路而逃。

偏偏前面堵截的这一股食人蚁在片刻之后与后面这股追兵汇合，不知道是受了影响还是刺激，竟然也发起疯来，两股食人蚁合二为一，疯狂追击起朱笑东他们来。

朱笑东等人慌不择路，跑到一片比较开阔的地方，回过头来一看，差点就要长叹一声："天亡我也……"

两股食人蚁合兵一处，少说也有数百万只，潮水一般，起码也有十几米宽，好几十米长的一大片。

在食人蚁的追逼之下，朱笑东等人不敢停留，虎子甚至都扔了胖子的那个背包。

没办法，秦洋跟安蒂两个人跑不快，胖子扛着安蒂跑了这一段，早已经累得上气不接下气，而朱笑东背着秦洋也好不到哪里去，他们都需要替换。

如此一来，四个大人的背包就剩下杨薇的还没扔。

虎子替胖子接下安蒂，刚刚往前跑没多久，就再也不跑了，前面是一道沟谷，怕是不止二三十米宽，沟谷底下是一条湍急、轰轰作响的河流，河水撞在林立的乱石上，溅起老高的水花，看着都让人眼晕，偏偏几个人站的地方，离那河面少说也得有二十来米高。

回头看过去，食人蚁群也惊人地逼近到了只有百十米的距离，再有不到几分钟，肯定就会将几个人团团围住，最后只留下一堆白骨。

这个时候要回头再去找其他的路肯定是不可能了，朱笑东不敢犹豫，一个箭步跨到杨薇身后，拿出两根绳子，一把射绳枪，瞄准河对岸的一棵大树，把绳子射了过去。

还好，准确命中树干，朱笑东让杨薇放下背包，腰上拴了绳子，赶紧把绳子带过去。

这当儿，杨薇也不敢客气，取下一个保险扣卡在射绳枪的钢丝绳上，然后双脚一蹬，“哧溜”一声，保险扣和钢丝绳摩擦，冒出一溜刺眼的火花。

在几个人胆战心惊之中，杨薇十分快速地滑过河面，眼看将要撞到大树，只见她身子略略一躬，提起一只脚在树身上一蹬，总算是停了下来。

杨薇安全抵达对面，来不及喘一口气，立刻解下腰间的绳子在大树上绕了两圈，大叫：“好了……”

朱笑东这边早把绳子固定在一棵大树上了，见杨薇那边发出信号，立刻让虎子背了安蒂，第二个过河。

然后是胖子，偏偏胖子这家伙到了这一刻，还想要跟朱笑东客气，说自己太重，但是过河的时候又不能丢下秦洋，两个人一起上又怕扯断绳子，让朱笑东没了退路……

朱笑东看着已经只有二十来米远的食人蚁，生平第一次在胖子屁股上踢了一脚，怒吼了一声：“快滚……”

现在已经是刻不容缓的时候，哪里还能容得胖子啰唆，他几乎是强行抓起秦洋的保险扣，一把将秦洋推了出去，然后推着胖子挂上保险扣。

胖子这家伙果然不同凡响，二十多米的绳子又是斜着向下，别人都是“哧溜”一声就到了对岸，被杨薇轻松地接了下来，偏偏胖子这家伙才滑到一半，绳子就被拉得比对岸还低，胖子整个人也就直直地掉进了水里。

第四章
深山中的原始聚落

就在朱笑东跟在胖子屁股后面勉强上了对岸，回过头来之际，几个人看到了惊人的一幕。

那些食人蚁居然抱成足有箩筐般大小的一团，直接从朱笑东他们先前立足之处滚了下来，就像是一块块的石头，悍不畏死地从那边的崖上掉落了下来。

一时间，那边的崖上前赴后继，何止滚下来数百上千团。

所幸的是，掉下来的蚂蚁团大多落进激流汹涌的河水里，侥幸落在那边岸边的也是在岸边驻足不前。

看着恐怖的食人蚁最终消失不见，朱笑东又发现一个严重的问题，没有了食物，丢失了大部分的装备，最严重的是，丢掉了地图！

安蒂拿出手机，试着打出一个求救电话，可是，这里一点儿信号也没有，秦洋、虎子也拿手机试了试，都苦笑着摇了摇头。

也就是说，从现在起已经跟外界断绝了联系，没有地图，不知道自己身在何处，也就是说现在迷了路，丢了背包，没了食物，就是弹尽粮绝了。

何况，这条河流就目前来看，并不是向南而是向西，要顺着河流往下游找出路，又担心那些食人蚁跟过来，更别说万一顺着这条河进入到缅甸去了，还不被人当偷渡的给抓起来。

朱笑东叹了口气，确定了一下方向，还是决定按照原计划往南继续走，因为南边有条进出野人山的公路，无论如何，只要找到那条公路，大家也就得救了。

一路上，秦洋的情绪却很低落，不按原路返回黄羊沟，这是他第一个站出来坚持的，后来吃饭的时候，又用饭粒儿逗蚂蚁，害得大家丢了装备不说，还差点全军覆灭，这一切，几乎都是因他而起。

安蒂也不太开心，这两天遇到这么多事，黑暗、恐惧、刺激无时无刻不包围着这个小女孩子，探险寻宝的艰难实实在在是她没有想到的，看来，当初坚持要出来探险寻宝，实在是太过荒唐了。

朱笑东也高兴不起来，出主意让两个小孩子亲身体验探险，对于教育孩子来说，这个方法实在还是太过严酷了，反而不如胖子所说的“小孩子不听话，抽他……”来得简单有效。

不过，这个时候胖子反而没心没肺地开心了起来，没有了背包负重，一身轻松，说到让两个孩子亲身探险这事，胖子反而大大夸赞了朱笑东一番，不知道是诚心的还是故意的，一番夸赞下来，不但让朱笑东心情沉重，就连两个小孩都被搞得要哭了。

到了下午，两个孩子都走不动了，不得已再次停下来休息，朱笑东叹了口气，把杨薇背包里仅有的一点食物拿了出来，分给两个孩子。

秦洋不肯要，现在六个人就剩下两块干粮，说实话，以秦洋现在的胃口，真要吃的话，这两块干粮他一个人吃也不够。

就因为不够，秦洋才不肯要，其他几个人都没得吃呢。

朱笑东却以命令的口吻说道：“吃掉它，如果因为你这又一次的任性惹来什么后果，那将是毁灭性的。”

安蒂也不忍就此独食：“我们现在虽然很饿，但是还能忍，何况你们饿着肚子，到时候再有什么事，我们怎么办？”

“听话！”胖子饥肠辘辘地两只眼睛盯着那两块食物，一边吞口水，一边说道，“我们是从枪林弹雨里摸爬滚打出来的，知道吗，那一阵儿……呃，我们十天十夜没吃过东西，水米没粘牙，所以我们是经过特殊训练的……”

“不对，人要是不吃东西，还能坚持几天，要是连水都不喝，连几天都坚持不了，胖子哥哥，你就别再糊弄我们了，我们分着吃！”安蒂拿着那块食物，准备分给几个人。

“别胡闹了！”朱笑东喝道，“赶紧吃，吃了自己走路，你们饿得走不动了，我们才更麻烦！”

朱笑东说的是实话，几个大人饿一天，稍微喝点水还能挨过去，小孩子要是饿上几个小时，连走都走不动，到时候几个大人轮流来背，那才是最大的麻烦。

安蒂跟秦洋两人被一喝，眼泪顿时流了出来。

看着两个小孩子一边流泪一边吃东西，朱笑东心里也是猫挠一般难受，不过朱笑东期望，这种难受会让这两个任性的家伙得到一个很好的教训。

两个小孩子吃了近半个小时才吃完，吃完之后，很是用心地把残渣垃圾收拾得干干净净，用一个袋子包了，然后埋到地下。

看着两个小孩子能吸取教训，朱笑东的心情还算是好受了不少。

接下来，几个人在丛林里一连走了两天，却根本没见着那条所谓的公路。

直到这个时候，朱笑东等人才发现，他们极有可能已经陷入真正的野人山里了。

现在的野人山，大部分都是无人区，估计就算是生烟火求救也是白搭，无奈之下，几个人只好折转向东走。

不过好在秦洋跟安蒂两个人还有两把弩弓，在中途的时候胖子跟朱笑东两个人射杀了一头三十多斤的小野猪，但随后却也差点遭到野猪群的报复，胖子提着小野猪跟朱笑东两人狂奔了近一个小时才逃脱野猪的报复。

几个人心惊胆战之余，也还饱餐了一顿。

这天早上，几个人刚刚爬上一道不高的山梁，突然听到山脚下传来一阵凄厉的叫声。

这是人的叫声，朱笑东等人顿时又喜又忧，喜的是终于发现了人影，忧的是这种叫声，他们再熟悉不过了，那是人在临死之际发出来的绝望的惨叫。

朱笑东不敢妄动，几个人先藏在大树背后，然后拿出望远镜，透过丛林的缝隙看了过去。

山脚下，一条小小的溪水旁边，正发生一起惨案。

几头体形巨硕的野狼正在攻击三四个身上披着破布片的土著人，四个土著人中只有一个是男人，但此时他已经受了不轻的伤，浑身都是鲜血，不过他也显得很顽强，依旧还在跟几头体形硕大的野狼搏斗，地上还躺着两具狼尸。

另外的三个人两个是女人，一个还是孩子，可怜的是，那个孩子跟其中一个女人这时候已经倒在血泊之中，另外的那个女人无力地挥舞着手里的一根木棒，想要赶开不时偷扑上来咬一口的狼。

一看到这个情景，朱笑东把手里的望远镜一丢，大喝一声："救人！胖子，上……"

喝声未毕，自己已经蹿了出去，杨薇捡起望远镜稍微一看，顿时脸色大变，从背包里抽出砍刀，紧紧地捏在手里，不住地四处观察，唯恐自己也陷入狼群。

山顶到山脚也不过就是四五十米的距离，朱笑东几乎是连滚带爬，眨眼间就冲到狼群的外边。

胖子这家伙更加迅速，干脆屁股坐地直接滑下来，甚至比朱笑东还快，可不幸的是，这家伙一时之间没掌握好方向，自己却“乒”的一声骑上了一棵碗口粗的小树，脑袋也在树上撞了一下，差点就撞晕过去。

胖子“嗷”地痛叫一声，扭曲着脸，好不容易从骑着的树上一歪身子，晃晃悠悠地站起来，一手捂着脸，一手捂着裆，在原地打了好几个圈，才算看清了狼群所在，准备将一腔的痛苦全部发泄到几头狼的身上。

朱笑东却是早就跟狼动上了手，因为自己的背包丢失，没有了砍刀，又加上自己一时激动，连秦洋的弩弓也没拿，几乎就是直接抓了两块石头在跟狼肉搏。

这群狼其实也不多，仅仅六七头而已，突然间遭到强有力的袭击之后，几头狼似乎怔了一怔，但是随即更加疯狂起来，直接转头扑向朱笑东跟胖子两个。

朱笑东虎吼一声，“呯”地一拳打在一头狼的脑袋上，那头狼顿时一声哀嚎，满脸的鲜血迸溅出来，更加增添了几分恐怖。

这头狼负痛至极，偏偏一时之间又看不见对手，于是张着一张血盆大口乱撞乱咬。

不幸的是，这头狼偏偏遇上了憋着一肚子邪火的胖子，胖子一伸手，抓住了这头狼的顶花皮，抱着狼头一拧，只听“咔嚓”一声脆响，硬生生把这头狼的脑袋掰了个翻儿。

另一头狼趁机从背后将两只爪子搭在胖子的肩膀上，张开血盆大口，只等胖子一回头，就一口咬断他的咽喉。

胖子哪里会上这个当，直接一缩脑袋，两手搭住狼爪，将两条前腿往前拉，同时脑袋又伸了出来，死命顶在狼的下咽喉上，顺势往地上一躺，直接用后背把狼压住。

胖子那体型，一匹普通的马都经受不住，何况一头受了伤的狼，被胖子一压，简直就像被一座大山压住一般，那头狼直接就把舌头伸了出来，在胖子身下勉强抽搐了几下，便不动了。

朱笑东这边，两个人对付四头狼，无遮无拦又是赤手空拳，几头狼见朱笑东厉害，顿时不再强攻，而是采取缠斗，本来很麻烦的，不过这个时候，虎子、杨薇也从山上下来了。

虎子拿了杨薇的砍刀，杨薇却拿了安蒂的弩弓，秦洋也是张弓搭箭，如此一来，四头狼就有点儿不够看了。

杨薇瞅准机会射出一支弩箭，直接从一头狼的胸腹间射了进去，那头狼顿时一声惨嚎，倒在地上。

因为虎子有砍刀在手，更是横冲直撞，不到片刻便砍死一头，砍伤一头，另一头却被朱笑东和先前那个男人一起活活打死。

被虎子砍伤的那头狼伤在脑袋上，虽然见势不妙临阵脱逃了，但是估计也活不了多长时间。

打死了几头狼，那个土著男人却根本没多少高兴，而是一转身扑到地上的那个女人身边，哀声大号起来。

这会儿，胖子跟虎子两人主动把秦洋跟安蒂带得远远的，血腥跟死人暂时还不能属于小孩子的世界。

朱笑东跟杨薇两人蹲到那个小孩子身边，看了看小孩子的伤势，很重，胸口上都有一块肉不见了，不过还有一缕如同游丝的气息。

一看这小孩子还活着，朱笑东不敢耽误，从怀里取出贴身收藏的龙鳞。

杨薇早就打开了水壶，拿了一个小缸子倒了半缸子水，递给朱笑东，朱笑东用龙鳞在水里蘸泡了片刻，待那水变得金黄，才收好龙鳞，又慢慢地往那孩子嘴里灌。

那个土著人抱着女人哀哀哭泣，根本就没看小孩一眼。

朱笑东把金黄色的龙鳞水倒了一半在那孩子嘴里，余下的又洒了一些在孩子的伤口上，然后让杨薇拿出来一些纱布，好好地包裹起来。

趁杨薇包扎那孩子的伤口之际，朱笑东转头去看那个土著人怀里的女人，一看之下，禁不住叹息了一声，这个女人的脖子早已被狼撕烂，已经气绝多时。

龙鳞的确有治伤的奇效，但却不是能够起死回生的仙药，对于已经死去了的人，依旧没有半点功效。

接下来，朱笑东又调了半缸子龙鳞水，递给那个在一旁失魂落魄、身上有几处伤痕的女人。

那个惊魂未定的女人迟疑地看着朱笑东，不过，她看见朱笑东一行奋不顾身地跟狼搏斗，又跟杨薇两个人救助那孩子，估计也不会害她，迟疑了一阵，还是把那半缸子龙鳞药水接过去，一口气喝了下去。

过了一阵，没想到那个小孩子突然自个儿坐了起来，而这个女人身上的伤口也是一阵发痒，几乎在片刻之间，那些伤口就愈合了。

那女人简直不敢相信这是事实，或者说是碰上了几个神仙，怔了半晌，突然扑到朱笑东脚下，嘴里咿咿呀呀的，又用额头触着朱笑东的皮鞋，然后又指指那个已经死去的女人。

朱笑东明白，这个女人是在乞求自己去救那个已经死去的女人，可惜的是，人死不能复生，这是大自然的规律。

过了许久，那个被杨薇包扎好的孩子居然站了起来，摇摇晃晃地走到那个男人身边，伸手推了推那个已经死去的女人，也是咿咿呀呀说了一阵。

朱笑东听不明白他们在说什么，但是估计这个女人跟孩子都是在劝说那个男人——人死不能复生。

那个男人听了那小孩子的话，慢慢放开那个女人，转身跪到小孩子面前，恭恭敬敬地对小孩子磕了一个头，然后站起来，跟那个女人一齐又跪到朱笑东面前，双手高举过头顶合十，行起了五体投地的大礼。

朱笑东哪里敢受这样的大礼，赶紧把两个人扶了起来，不承想一动之下，牵动了那男人的伤口，那男人顿时痛得龇牙咧嘴。

朱笑东又好气又好笑，都伤成这样了，居然还死要面子，当下又泡了一杯龙鳞药水，递给那个男子喝了。

那个男子喝了龙鳞药水，过了不到片刻伤势就恢复了，自然又少不了要对朱笑东跟杨薇两人顶礼膜拜一番。

经过这一阵折腾，朱笑东算是看清楚了这几个人的长相，男的估计也就三十多岁，长相挺普通的，那个女的不算漂亮，时刻跟男子依偎在一起，看样子应该是这男子的老婆，或者是最亲近的人。

最奇怪的反而是那个小孩子，十来岁，看样子比安蒂他们还小，不过却有种气势，跟这两人显得格格不入，有种卫南疆跟朱笑东他们在一起的那种感觉，虽然不是刻意要表现出来，但却是本来很高贵的那种感觉。

朱笑东试着用英语跟他们沟通，但是三个人摇头，表示听不懂，三个人也是叽里呱啦变换了好几种语言，但是朱笑东也是听不懂，既然听不懂，这几个人是什么身份，也就只好忍住不问。

看了看大致的方位，朱笑东指了指腾冲的大致方向，没想到三个人弄明白朱笑东要去的方向，都是一脸惊恐，表示那个方向很是危险，绝对不能靠近。

因为言语不通，他也不知道那个方向到底有什么危险，为什么不能靠近。

不过，三个人极力邀请朱笑东等人跟他们走，这一点倒是懂得的。

叽里咕噜说了一阵话，那个男的找来一根碗口粗细的木棒，看着死去的女人发了一阵呆，这才找来藤条，开始捆绑女人的手和脚。

先前朱笑东看这个男子找来木棒和藤条，还不知道这人要干什么，但是一看他拿着藤条去捆那女人的手和脚，顿时明白过来，这是要把这个已经死了的女人带回去。

朱笑东想了想，把躲在一边手上拿着砍刀的虎子叫了过来，吩咐虎子用最快的速度做一副简易的担架。

这个女人死得挺可怜的，让她好好躺着回去更合适一些。

有虎子和闻声赶过来的胖子，一副担架不到半个小时就做好了，接下来那个男的跟那个女人一起，把死了的女人抬上担架，杨薇觉得不忍，打开背包取了一件衣服，盖在那具尸体上面，遮住她的头部，免得孩子们看到了害怕。

做完这一切，本来要就此分手的，但是那男子跟女子以及那个小孩一齐露出期待的眼神，希望朱笑东等人能够随他们一同前去。

朱笑东想了很久，又跟胖子等人商量了一阵，胖子一咬牙说道："好事做到底，送佛送到西，再说，他们是地头蛇，跟着他们也好过在这地方乱闯！"

杨薇也比较赞成这个说法，毕竟现在几个人算得上是弹尽粮绝、孤立无援了，跟着三个人一块儿走，至少可以寻到一些补给，这几天，两个孩子都没能好好吃上一顿饭。

商议完毕，虎子便跟那个男的一起，抬了那具女人的尸体，在那个男子的带领下，再次折转方向，向西而行。

临走，男人颇费心机地把那四头狼的狼头割了下来，用藤条串在一起，挂在自己的胸前，朱笑东虽然不明白这个男人为什么要这么做，但是人家有这嗜好，或者是为给死去的女人报仇，自然也不便阻拦。

经过半天的跋涉，男人居然把朱笑东他们带到一个小小的寨子里。

说是寨子，也许不恰当，在一个四面环山的小盆地里，无数的木头桩子围成一个比足球场还大的圈子，中间是十来座茅草房子，看样子，这个寨子里的人口并不兴旺。

这些木头桩子上挂满了头骨，猪、牛、马、羊、蛇、虎、象，甚至还有不少的人头骷髅，看上去白碜碜，瘆人至极。

一看这个阵势，朱笑东等人顿时明白过来，现在自己这几个人恐怕还真的是免费出了一趟远门，都跑到国外来了！

还没进寨门，男人首先解下四颗狼头，一颗颗插在一排木桩上，然后恨恨地朝那几颗狼头吐了几口唾沫，这才带着朱笑东等人往里走。

寨子里的男女老少像迎接英雄一般，站在入口的栅栏两边，迎接这个男子跟小孩，更有不少看见朱笑东等人觉得十分稀奇的小孩子，围着朱笑东等人蹦蹦跳跳，叽里呱啦大声叫喊着。

让朱笑东等人搞不懂的是，这些人欢呼着迎接这男子跟那个小孩以及那个女人，对已经死去的女人却置之不理，好像根本没有那一回事似的。

迎接的几个壮汉子从胖子跟虎子两人手里接过担架，很随意地往那些木桩边一放，然后拥着几个外来的客人往寨子中间走去。

寨子中间早有人堆起了一堆干柴，看样子是准备今天晚上来个篝火晚会的，而且旁边还摆着已经杀好的野猪野羊之类的动物。

胖子一看到这个，顿时心动不已，可惜的是自己的背包丢了，要不然，有那些佐料用在这烧烤晚会上，肯定让这些土著人终生难忘。

不过，接下来的事情却让朱笑东他们吃了一惊。

一群土著对朱笑东等人做了简单的欢迎仪式，随后就要他们围坐到那堆干柴边上。

坐就坐吧，尤其是胖子，那可是求之不得，好几头野猪野羊，这难道不是要烧烤的节奏？

偏偏几个人才刚刚坐定，就有人把那个已经死去的女人抬了过来，而且直接架到了柴火堆上。

天呐！这是要“分而食之”？

据说现在有些原始部落有自己独特的风俗，会将死去的亲人吃掉，这是他们悼念的一种方式，也不能说不尊重死者。

朱笑东自然是吃惊不已，在这些古老的部族之间，要是给你任何食物你都必须得吃，吃得好，那就是部族人的朋友，要是不吃，或者吃得遮遮掩掩，那就是瞧不起，不尊重这个部族，得罪了这个部族，就是他们的死敌。

先前有些兴高采烈，幻想着要放开肚皮吃上一顿异国风味烧烤的胖子，差点就要吐出来了。

杨薇脸色煞白，几个大人实在万不得已也就罢了，但是安蒂跟秦洋还是小孩子啊！

没想到虎子看了一会儿，却眉开眼笑起来。

朱笑东转头去看，虎子微笑着点了点头，才解释说：“我们将要看到一个最原始、最神秘、最盛大的火葬仪式，听说这些原始部族的人最尊重死者，那些猪啊羊的，都是敬献给逝者的，活人哪里能吃得到！”

还有这事！胖子吞了一口口水，有些委屈地说："这是闹得哪一出，那些猪啊羊的，活人不吃给死人，这是浪费，极为严重的浪费，不知道现在食物有多金贵啊，不行，我们去跟这里管事的人说说，得阻止他们这种铺张浪费的行为。"

"胖子，注意你的言行举止。"朱笑东阻止胖子继续说下去，"这不单是简单尊重少数民族的遗风余俗，更是要团结国际友人，最最重要的是，我们是不能因为你一己之私，把脸都丢到国外来。"

明白了自己的担心只不过是子虚乌有，杨薇也插了句嘴："你们两个，能不能少说两句，在国际友人面前窃窃私语，一点礼貌也没有。"

朱笑东跟胖子两个人对望了一眼，一起嘻嘻笑了起来。

几个人得意忘形之际，一个戴着鬼傩面具的人，看样子是这里管事的人坐到了朱笑东等人中间，看样子，也没把他们这一群人当成外人，连主客都没分！

不过，这个戴着面具的人身后倒是站了一个很瘦弱的年轻男人，看样子是被这个头儿请来当翻译的，果然，这个家伙在戴面具的人转头吩咐了一句之后，就开口说话了。

先是唧唧咕咕地说了一通，见朱笑东等人听得一愣一愣的，又改了一种语言，这种语言很接近越语，朱笑东等人依旧是两眼一抹黑。

期间，朱笑东用英语问了一句："这是什么地方？"

没想到那个瘦弱的男子也是一愣，没听懂。

安蒂也用英语，还有另一种语言，估计是接近印第安土语的一种说了一遍，那瘦弱的男子跟那个戴面具的人听得大摇其头，不懂。

这不是鸡同鸭讲、对牛弹琴吗？

朱笑东实在不得已，连最普遍的英语都听不懂，干脆就用汉语好了。

“请问，这里离中国有多远?”朱笑东用很标准的普通话问道。

那个瘦弱的男子顿时吐了一口气，忍不住说道：“你们是中国人啊!”

朱笑东、虎子、杨薇和胖子等人差点就倒了下去，绕了半天，这家伙还会说中国话啊!

那个瘦弱的男子摇了摇头，汉语并不是很熟练，很多地方可以说还词不达意：“不是很懂，但是我的爷爷是很早以前掉队的中国军人，只是他水土不服，去得特别快……”

胖子激动了起来，一把拉着这个瘦弱的男人，简直有点泣不成声地说道：“兄弟，我们就是从你爷爷娘家来的，专门来寻找你们这些漂泊在外的亲人，兄弟啊，我们可算是找着了，你们过得还好吧!”

胖子说得又快又急，又是一副找到失散多年亲兄弟的表情，这个充当翻译的年轻男子虽然听得不太懂，但是看着胖子的表情，也着实激动了一把。

不等胖子跟那个瘦弱的翻译亲热完，朱笑东就迫不及待地问：“兄弟，这里离腾冲有多远?”

瘦弱的翻译摇了摇头，表示不知道“腾冲”这个地方。

杨薇换了个方式问：“从这里往北或者往东走，多久能见到人烟?”

瘦弱的翻译摇了摇头，往北走，一直都不会有人烟，往东少说也得十五天，而且凶险异常。

不会吧?朱笑东抓着脑袋想了想，就算是野人山，往北就是喜马拉雅山脉南麓，那里水草丰美，不可能没有人烟，往东走，要是直线的话，绝对不会超过两百公里就是中国境内，那里人烟多着呢，野人山能有多大，不就方圆几百里而已。

想来想去，只能认为是这个瘦弱的翻译没走过那么远的地方，根本就是人云亦云，以讹传讹。

“那么最近的公路，离这里有多远？”杨薇问。

“最近的公路，离这里有一天的路程。”瘦弱的翻译答道。

问了瘦弱的翻译这么多的问题，那个头儿显然有些不耐烦了，低声对翻译说了一句话。

这翻译脸上一凝，随即又讪讪回了几句，这才回头对朱笑东说：“大祭司向你们道谢，他很感激你们救了他的儿子……”

怪不得那个小孩看起来就有种高高在上的气质，原来是这个大祭司的儿子！想来，那个跟他一起的男子和那个女人就是这孩子的随从了。

这翻译点点头，这一次，因为与另一个部落之间有个交易，为了锻炼这个孩子，本来是大祭司带着一块儿去的，后来这个孩子在那边颇受优待，就多玩了一天，没想到回来的时候遇上这事，还死了一个专门照顾孩子的随从。

又是因为孩子任性！

这么一说，安蒂跟秦洋不自觉地低下了脑袋。

翻译说，这次多亏有朱笑东他们出手相救，才让几个人免于全部遇难，这一点大祭司十分感激，不过，听那两个随从说，朱笑东有一种神奇的药物，能够在顷刻之间让人起死回生，大祭司很想看看。

一听说大祭司想要那片龙鳞，胖子差点就嚷了出来，这土包子，这是要恩将仇报了不是，这龙鳞，撇开是治伤的奇药不说，仅仅只是这世界上仅此一片的珍贵，哪能是随便就能看看的，还想据为己有，这简直就是不厚道。

朱笑东脸上也有些难色，不是他心痛这龙鳞珍贵，现在手上还有两个小孩子，这万一有个磕磕碰碰、大伤小口的，要送医院那就麻烦了许多。

吃的用的，朱笑东都可以丢，但是这片龙鳞，无论如何也从来没丢过，为的就是关键时刻能保命，现在这大祭司说要看看，恐怕据为己有的心思要多上一些吧。

翻译叹了一口气，在原始丛林里伤病横行，一个人要是生了病或者受了伤，基本上只有等死的份儿，能拥有一种立刻就能祛病去伤的灵药，不知道可以挽救多少人的性命，想当年，老爸才两三岁，老爷子就上天去了……

翻译说的声情并茂，朱笑东也有些黯然，想当初在那个孤岛上，要不是那片龙鳞，自己、杨薇以及所有的人，还不都得死在那么多的海盗手上，多亏了那片龙鳞，才让朱笑东带着几十个人反反复复打退几十次海盗的进攻，最终得以逃生。

可以说，有龙鳞在身，就等于开了外挂，就多了无数条生命，如此人间唯一，谁会心甘情愿拱手送给他人。

见朱笑东实在不肯，翻译只得转头跟大祭司说，大祭司沉默了半晌，便不再言语。

一时间，气氛很是尴尬。

不过，没过片刻，就有人用一只银盘子端了些东西过来，盘子上面搭着一块红色布片，看不出来盘子里装的是些什么东西。

不过朱笑东一看那银盘子，顿时皱起了眉头。

端银盘子的是个女人，估计是文化差异，审美观点不同，这个端银盘子的女人很是肥硕，体格都跟胖子差不多了，跨步走动间，全身的肥肉一颤一颤的，每走动一步，简直是地动山摇。

这个皮肤棕红得有些发黑的肥女人，风姿摇曳、风情万种地走到几个人面前，很是“优雅”地跪了下去。

这时，大祭司站了起来，走到那肥胖的女人身边，掀开那盘子上的红布。

胖子的眼睛顿时直了，盘子里是几串宝石珠串，在阳光下，宝石的熠熠光芒晃得胖子有些眼花。

大祭司拿了一条比较长的宝石串儿，摊在手上，仰头向天，叽里呱啦大声说了一通，才把宝石串儿戴到朱笑东颈上，并且弯腰向他致意。

只是大祭司戴了面具，看不清他的表情，但是，按照胖子估计，肯定是有些肉痛才对。

翻译在一边说，这是大祭司为了报答朱笑东等人救了自己的族人以及大祭司的儿子，特地将本族最好的宝贝赠送给他们，作为答谢之礼。

胖子心花怒放，赶紧对翻译说：“其实这也就是小事一桩，再说，路见不平，拔刀相助，那可是我们中国人的美德，用不着这么大力回报。”

翻译脸色一僵，问：“你是不是不想要？”

胖子赶紧赔着笑脸说：“不是不是，看这些宝石粒儿大，质地好，这么贵重的东西，又是大祭司的一份心意，不说这事我出过力，你我都是兄弟，就说只是为了增进我们两个民族的友谊，王八蛋才不要！”

大祭司把第二条宝石串儿戴到杨薇的脖子上，这才拿起第三条，没想到这第三条宝石串儿就只是一条手链。

大祭司把这条手链戴到虎子的右手上，又向天叽里呱啦说了一通，估计是在向天祈福，保佑虎子之类的，跟朱笑东和杨薇两个人那一通一样。

胖子一看虎子都是一条手链儿，顿时就泄了气，干吗先给东哥他们两口子，而且还是项链，自己也出过力啊，怎么就只能得到一条手链儿，而且，这也就罢了，干吗还得在虎子后面，这张老脸该往哪里放去？

朱笑东差点在胖子屁股上踢了一脚，人家这么正式地答谢你，你还挑三拣四，你这思想素质！

大祭司终于把一条手链戴到胖子手上，不过，向天祈祷之类的祈福仪式却给简略了，叽里呱啦就几句，一点儿也不热烈隆重。

这就让胖子有些不满了，你说这都打过狼出过力，要么就一视同仁，干吗还要分得这么清楚，这大祭司太过小气了。

不过，这话胖子没说出口，但凡有不满的意见，这会儿说出去，旁边有个勉强能听得懂的翻译，一说出来，岂不是又要多事。

偏偏轮到安蒂跟秦洋两个人的时候，大祭司拿的又是两条项链，虽然比朱笑东跟杨薇两个人项链上的宝石粒儿小了些，但毕竟人家那是项链啊！比虎子跟胖子的手链要长了一半多。

这一阵祈福送项链手链的仪式，足足过了半个小时才完成。

这时翻译才解释：大祭司说，朱笑东、杨薇，两位是上天派来保佑族人和他儿子的天神转世，要供奉的当然得最好的，而虎子跟胖子两个是天神身边的勇士，理当得到最好的战士护身物，而两个小孩子就是天神身边的侍者，理当得到最好的保佑和祝福。

这等级分得可真够森严的，胖子暗自咕哝了一声，不过，一想到自己才打死两头狼，就得了个串珠手链的奖赏，这串珠链少说也该值几十万、上百万元吧。

一想到这个，胖子又高兴了起来，上次杀狼，自己一个人都杀了好几十、上百头狼，命都差点丢了，可没人送上半毛钱的奖赏，这次怎么也值了，倒是今后，希望多多救这大祭司的儿子两次，每次就两头狼，岂不是发了。

接下来，大祭司绝口不提龙鳞的事情，只是带着所有的族人尽情狂欢，就是跳舞，那是一种简单而古拙的舞姿，接近朱笑东等人从电影上看来的非洲部落舞，简单、热烈、古拙。

狂欢之后才是进食，胖子等待这一刻可是等得嘴里都有些发苦了，不过这些食物除了大部分是原始丛林里的瓜果，肉食却是少得可怜，最多的是一种不知道什么粉熬成的半干不稀的糊状食品，胖子吃起来几乎就是索然无味。

稍微吃了一些，胖子便去寨子里找人要了些调味来，自己调味自己吃，当然，留下的也不少，以备后用吧。

入夜，才是正式火葬那个死去女人的仪式，依旧是跳舞狂欢，那几头羊啊猪的也被投到火中，算是真正进献给死者了，直至那个女人和几头猪羊都被烧成一撮灰烬，整个仪式才算结束。

第二天一早，朱笑东去找来翻译，跟他说，因为时间关系，自己不能耽误太久，必须得现在就走。

翻译把朱笑东带到大祭司的茅草房里。

朱笑东简明地说明来意，大祭司挥了挥手，也没有强留的意思，但是翻译说，大祭司很想带朱笑东去一个地方。

稍微犹豫了一阵，朱笑东还是答应了下来，不过，要带着杨薇、胖子他们。

大祭司也不在意，又跟翻译说了一句什么，翻译点了点头，先出了茅草棚子。

不到片刻，空地上就聚集了寨子里所有的青年男子，包括昨天带朱笑东等人过来的那个男子，一共十二个人，个个都拿着竹弓长矛，神情亢奋，像是要出征的战士。

一看这阵势，朱笑东心里顿时有些别扭，这不会是去攻打另一个部族吧，这可不是个好事儿。

可是，杨薇在朱笑东耳边说，你都答应过人家了，不去肯定是不行的，要不就去看看，真要是大祭司发动战争，咱们就在半路上溜之大吉，管他们谁打死谁，咱们不参战。

胖子在一旁说：“真要是干群架，我们自然不能去参战，要说到跑，爷们可是从枪林弹雨里摸爬滚打出来的，就他们这十几个人，肯定是不够看的。”

朱笑东点点头，也只好如此了。

没想到，翻译过来跟几个人解释说，在他们不远的地方，有祸害始终为祸这寨子里的人，之前派人前去围剿了数次，无不是大败而归，大祭司说，这一次有朱笑东他们这些神人相助，定能消除此祸患。

一听翻译这么说，朱笑东顿时愣住了，半天才回味过来，这到底是翻译口误还是自己理解错了，大祭司不就是说带自己去一个地方么，怎么就成了为民除害呢！

胖子一听要为民除害，居然一点儿犹豫都没有，反而腆着脸劝朱笑东：“东哥，不说这是你答应过人家的事，路见不平，拔刀相助，这可是东哥你的一贯风格，再说，这又是为民除害，你要不答应也就罢了，答应了又犹犹豫豫的，这可是把脸都丢到外国来了，为了世界人民大团结，胖子我义不容辞。”

朱笑东虽然知道胖子绝对不会仅仅只是要“世界人民大团结”这么简单，应该是在想着要弄一条自己这样的宝石项链戴戴，不过胖子说得也让朱笑东没多少退路。

这事明摆着，那个大祭司就是冲着自己身上的龙鳞才摆下这么一道，要自己跟着去为民除害，就算自己不动手，还能够眼睁睁看着受了伤的人就地倒毙，到时候还不得赶紧掏出龙鳞化了药水救护伤者。

既然这样，朱笑东只好找安蒂跟秦洋两人借了弩弓，分配给胖子跟虎子，又准备了一些箭矢。

箭矢寨子里多得是，这些人平日赶山打猎，备下了不少。

而且今天，他们把带的箭矢都涂上了毒药。

一看这阵势，朱笑东心里还是颤抖了一下，要杨薇留下来照顾两个孩子，可是杨薇哪里肯，说这两个孩子就先放到寨子里，也没什么大问题。

偏偏安蒂跟秦洋很是乖巧，知道几个大哥哥是出去打仗，都表示暂时留在寨子里，不会给朱笑东等人添麻烦。

没有了后顾之忧，这时候寨子里的男壮丁也已经准备妥当。

朱笑东一看，除了战备物资准备丰富，另外食物补给也还算充足，尤其是食物，都是经过特制的肉干，虽然没有先进的塑料袋包装，但用的也是竹筒密封着的，碗口大的竹筒，一个人都背了十好几节，看着就像是背着个炮弹。

不过相比之下，朱笑东这边的砍刀、弩弓，就比这些人的武器要先进足足一个时代。

看到这个，胖子更是兴奋："东哥司令员同志，下面请你做战前动员……"

朱笑东没好气地丢给胖子一句："少说话，机灵点，别让异国他乡的友人给你立上一块英雄纪念碑……"

胖子一个立正，答了声："是!"然后又很是怀疑地问朱笑东，"东哥司令员同志，你这是咒我死还是咒我活啊，你是要我前进还是后退啊！是勇敢一点还是怯懦一点儿?"

虎子和杨薇两个人都"噗"的一声笑了出来。

见朱笑东无语，胖子又自言自语咕哝了一句："英雄纪念碑肯定是得让他们立，还得让他们像供祖宗一样供着我才行……”

出了寨子，在大祭司的带领下，一行人向南而走，越往南，地势越险恶，有时候竟然还是走在悬崖峭壁上。

朱笑东就感觉有些奇怪了，是什么样的祸患，连这样的悬崖峭壁都挡不住。

翻译一边喘着气，一边比划着解释说：“是人形妖怪，大约有两个人那么高，那个小腿都有人的腰这么粗，吼声像打雷，力大无比，碗口大的树轻轻一折就能折得寸断……”

朱笑东一怔，不会是长臂猿或者“野人”一类的东西吧，那可是好多国家都列为保护动物的东西，这样打不会犯法吧。

翻译一笑，露出白森森的牙齿：“我只是听说而已，究竟是什么样子很少有人能够说得清楚，和它打过仗的人，不是死了，就是不记得了。”

“怎么会不记得?”朱笑东有些纳闷，死了就不说了，活着的怎么会不记得了?

“活着的大多都疯了!”翻译简单回答道。

胖子窜上前，对朱笑东说：“东哥司令员同志，根据准确的情报，敌人火力异常凶猛，这一仗，我们是不是要暂时先作战略撤退?”

朱笑东瞥了一眼胖子：“想当逃兵?”

“这叫战略撤退……”胖子嘿嘿笑道，“我的字典里，从来就没有‘逃兵’这两个字，不过，在敌强我弱、敌众我寡的情况下，我们就只能采取机动灵活的迂回战术!”

朱笑东没有理睬胖子。

下了悬崖，是一处比较空旷而且平坦的山坳，这片山坳，朱笑东他们落脚这一边地势稍高，是块不大的空地，空地背后七八米的地方就是一片树林，另一边是一片沼泽地，沼泽地的面积不大，估计也就百十来米。

一下到这个山坳，到了空地上，大祭司就把他的族人分散开，而且放下所有的装备，又跳起了那种热烈、古拙的舞蹈。

胖子大叫："这是要引蛇出洞还是要打草惊蛇啊，就是要决斗也用不着这么张狂吧，留点体力待会杀敌立功不成啊，非要浪费在这莫名其妙的舞蹈上，这要是敌人来个突然袭击，这些人不是死得很惨？"

"别胡说……"朱笑东低声喝道，"这是大祭司在激励士气，做战前动员和热身运动，以必死的决心去挑战敌人。"

胖子不屑："还说会打猎，就凭他们这样，打个鸟，吓都吓跑了，不跑的他们也干不过，不挨饿才怪！"

"人家有人家的经验，有人家的智慧，胖子你嘀咕个啥！机灵一点儿，别遭了埋伏就成！"朱笑东小声呵斥胖子。

杨薇拿着砍刀，朱笑东的长矛算是近防，胖子、虎子两个人的弩弓才是远程武器，朱笑东要胖子注意，两人就张弓搭箭，密切注视着舞蹈现场的前方。

这时候，舞蹈进入高潮部分，十几个人一边跳，一边一起高叫："易武……易武……"声音震耳欲聋。

一听这些人的叫声，朱笑东等人的心一下子就提了起来，不知道这些人所说的祸患，会不会是几天前见到的八臂美女蛇！

真要是那玩意儿，可就糟了！

胖子抹了一把汗水："据我所知，这世上不可能有那样的生物……"

朱笑东"呸"了一声，啐了胖子一口，说："胖子，你可别说你在梁三那个天坑里见到的东西只不过是眼睛花了，或者产生了幻觉，这世上，你没见过说不通的东西多了。"

一说到梁三那里见到的东西，胖子一下子面如土色，那个恐怖啊！现在还心有余悸。

虎子虽然后来听说胖子他们见过未知的恐怖生物，但是终究只是耳听为虚，心里也就没有多大的压力，不过一想到那个八臂美女蛇的雕像，心里也是有些打鼓。

朱笑东看了看这里的地形，当下吩咐胖子跟虎子两个，赶紧做上一个大弓弩。

“要多大？”两个人一起问。

朱笑东指了指不远处一根碗口大小长得笔直的小树，说道：“要用那根小树作为箭矢……”

“这得多大的弓弩啊？就算是做好了，又有谁搬得动！”胖子低声咕哝。

杨薇在海岛上曾经跟阿国和林富财亲自布置过陷阱，自然知道那种巨大的弓弩要怎样摆弄，于是带着胖子跟虎子，开始寻找合适的树木。

大祭司带着他们的人，可能是一段舞蹈跳完了，或者是跳累了，一个个大汗淋漓地坐到地上，开始生火做饭。

偏偏这个时候，不知道什么地方传来一阵“叽叽呱呱”的小孩子一样的哭声，跟朱笑东等人在黄羊沟那晚听到的哭声极为相似。

一听到这哭声，大祭司他们那帮人顿时炸了锅，一个个慌忙拿起了武器，看样子是准备迎敌。

胖子和朱笑东等人都有些鄙夷这个大祭司的做法，这叫哪门子战斗啊，这不是活活叫人来送死啊！就算是打草惊蛇，引蛇出洞，大叫几嗓子不就成了，还非得要把人折腾得筋疲力尽才甘心。

翻译有点慌张，悄悄退到后面，跟正在制作箭杆的朱笑东说：“据说以前是仪式完毕，还得过上好几个时辰，那个才会出来，今天怎么一下子就出来了？”

朱笑东懒得多说，指了指胖子、虎子那边说：“赶紧过去帮忙！”

翻译不懂，这个时候扳树砍树的，是要干什么？

朱笑东说：“这是我们的规矩，凡是战斗之前我们都要祭祀，跟你们跳舞一样……不过，需要人帮忙，越多越好。”

翻译一听这话，虽然有些怀疑，但还是赶紧回过头去，大叫了几声。

人是过来了几个，不过这些人由于言语不通，最关键的是手上没有像他们那样的砍刀，最多也就是帮虎子他们拉拉绳子，朱笑东想要多做几支箭，却是一点儿也帮不上忙。

那小孩子似的哭声哭了一阵，渐渐地隐灭，半天也不见动静。

朱笑东告诉翻译，让大祭司千万不要放松警惕，没准儿那个祸害这会儿正等着大家懈怠，然后来个出其不意。

翻译有些半信半疑地去跟大祭司说了，没想到大祭司说，前面是一块沼泽地，那祸害还离得远，没有半天时间不会过来。

朱笑东哪里肯放心，拿了望远镜递给大祭司，又教给他使用方法，没想到那大祭司拿着望远镜看了一会儿，倒是觉得眼睛有些晕，还不如自己占卜来得准确。

无奈之际，朱笑东只得自己拿着望远镜，把前面的沼泽地带细细观察了一遍，不过，确实如他们所说，没看见什么异常的东西。

既然那祸害真的没来，朱笑东便回过头去，催促那几个帮忙的人，赶紧制作箭矢。

在几个人的帮忙之下，又因为条件所限，杨薇只做了两张威力大的弓弩，不过，因为只有一把砍刀，所做的箭矢到目前就只有三支而已，第四支还在赶制中。

偏偏这个时候，朱笑东突然就有了一种很压迫的感觉，那是一种危险来临的感觉，这种感觉很是灵敏。

他赶紧拿起望远镜，几步越过躺在地上的大祭司几人，站到最前面去观察。

可是大祭司一脸不屑，他的占卜结果告诉他，这祸害今天上午是不会过来的。

可是朱笑东却在望远镜里看到一个可怕的景象：在不远的沼泽地里，一根像蛇一样的尾巴正慢慢地向这边滑动。

只是那条像蛇的尾巴上裹满了沼泽地里的污泥，行动又极为隐蔽，要不是他这双眼睛，恐怕还真没人看得出来。

不管这条蛇一样的尾巴是不是他们口里的祸患，总之那家伙冲到这些人面前，就是巨大的危险。

朱笑东赶紧出声示警：“有东西往这边过来，只有五十米了……”

杨薇等人正忙着赶制第四根箭矢，一听朱笑东示警，赶紧汇集到弓弩边上。

两张弓弩，两根箭矢已经搭在上面了，一旦发现目标，就立刻可以触发。

几人忙得不亦乐乎，但是大祭司等人依旧稳如泰山，不为示警所动，占卜上说，今天上午那个祸害是不会出现的，再说，大祭司也仔细看过沼泽上面，根本就没有那个祸害的痕迹。

朱笑东站到一架巨弩后面，紧紧盯着沼泽地里的那条尾巴，准备先给它来上一箭，偏偏这个时候前面的几个人都站了起来，准备去拿些食物开饭。

他急得大叫了起来：“让开……让开……那家伙只有三十来米了……”

第五章

激战蛇妖

这时，朱笑东才深深体会到言语不通的痛苦，前面那几个人转过身来，莫名其妙地看着他，其中一个甚至还拿着食物，向他们举了举，示意现在已经开饭了，可他们就是站着不肯挪开身子，让那条蛇尾巴一样的东西终于穿过了最佳狙杀范围。

眼睁睁地错过了猎杀那条蛇尾巴的机会，朱笑东终于明白了以前那些人怎么死的，笨死的，还有就是被大祭司的神力给蒙死的！

不过这个时候着急也没有用了，那条尾巴一样的东西已经到了十几米之内，如此巨大的弓弩根本不可能拥有那样的射角，唯一的机会就只有等那东西主动发动进攻，至少跟前面的几个人一般高，或许才有机会射杀。

朱笑东可不敢闲着，让虎子过来守着自己这张巨弩，另一张让胖子守着，同时又大声警告，危险已经来临，要虎子跟胖子两个人自己掂量着发射巨弩，尽可能一举射杀任何有危险的东西。

他自己则拿了从安蒂那里借来的钢弩，装好箭矢，飞快冲过大祭司那帮人，站到了最前面。

这时那条沾满污泥的尾巴突然消失不见了，但是它没能瞒过朱笑东的眼睛，就在前面沼泽里四五米远的地方，那东西已经伸进沼泽里，估计是在做最后的准备。

可是，那尾巴的头部却仅仅隐藏在沼泽里的一丛野草下面，这一切也没瞒过朱笑东的眼睛。

朱笑东哪里还敢客气，瞄准那东西的头部，直接扣动了扳机，“嘣”的一声钢弦脆响，那根特制的箭矢直接就没入那东西藏身的野草里。

一瞬间，从沼泽里冒出来一股数丈高的污泥柱，同时，一阵刺耳至极的小孩子哭声震得所有的人心里都是一阵发麻。

朱笑东射过了一箭，根本来不及装上第二根弩箭，那股泥柱一般的东西就落回沼泽，腥臭至极的污泥四散飞溅，落了他一脸。

偷袭成功，朱笑东不敢久留原地，在射完那一箭之际转身就飞跑开来，一边大喊：“开火……开火……”

可惜的是大祭司他们这一伙人根本还没反应过来，有好几个人嘴里都含着满嘴的食物，一个个就像石化了的雕像，呆呆看着刚才发生的一切，根本就忘记了自己是来战斗的。

朱笑东一边往回奔跑，一边大声喝叫，直至到了大祭司他们这一群人身边，大祭司他们都还没反应过来。

当他回过头才发现，大祭司他们为什么呆住不动，也明白在黄羊沟那个洞里看到的八臂美女蛇到底是什么东西的原型。

这是一条极为巨大、极为怪异的三头蛇，中间是一颗长着一张嘴巴占据了大半个脸部的人头，血盆大嘴里全是白森森的利齿，光是看一眼就觉得恐怖至极。

或许是因为朱笑东所站的位置形成了视觉差的关系，这个脑袋跟他们在黄羊沟看到的那些雕像的头部和表情，简直是一模一样。

两边的脑袋也就跟人的手臂粗细，嘴巴里面是一伸一缩的信子，不仔细看，绝对就是一只手的造型。

只是这个时候朱笑东一惊，来不及多想，在大祭司等人一片惊慌之中张开钢弩，搭上第二支弩箭。

此时已经有一个人被三头蛇左边的头咬住了手臂，只是轻轻一甩，那个人的手臂也被甩得齐根而断，鲜血如涌，惨叫着滚了开去。

朱笑东第二支箭矢装好，回过头来稍作瞄准，箭矢就飞了出去，不过这一箭却射偏了，白白浪费了一根原装的箭矢。

那边，胖子跟虎子一起高喊，要前面的人让开，而三头蛇仅仅离巨弩不到十米远，又加上三头蛇已经上了空地，正是用巨弩射杀的好机会，偏偏大祭司的族人这个时候才缓过神来，七八个人一起拿了长矛拼命抵御三头蛇。

前面的人杂七杂八搅在一起拼命，急得两人满头大汗，始终不敢发射巨弩，唯恐射不中三头蛇，却误伤了大祭司的族人。

胖子红着眼睛大骂了起来，这叫什么事啊，战略上的错误也就罢了，偏偏战术上还要弄出这样的错误，就算是送死也用不着这样啊！只要几个人稍微让开一点点，不就可以给三头蛇来个一箭穿心！

幸好朱笑东那第一箭突袭成功，刚刚伤到三头蛇的一只眼睛，使得三头蛇虽然狂怒至极，但也因为瞎了一只眼威力大减，纵使如此，这三头蛇也着实恐怖，碰到嘴边的就咬，没碰到嘴边的就撞，肩膀上的两个脑袋更像是两只灵活的手臂，咬、抽、撞、打，招招都狠毒至极，活像一个面相恐怖的独脚巨人，不住地袭击大祭司的族人。

估计大祭司被吓得早就面无人色了，虽然隔着鬼傩面具看不到他真正的脸色，但是从他躲在一边不住地发抖，腿上还有一层亮晶晶的液体来看，大致也能猜得到他的脸色不会好到哪里去。

倒是大祭司的那些族人这个时候极为英勇，举着长矛标枪跟三头蛇殊死搏斗，要不是先前一通乱舞，这个时候体力上稍有不济，未必不能跟三头蛇打成平手。

朱笑东一连发射了三箭，落空了两箭，毕竟他不是用箭高手，要是换了加里森或者佟格格，这凶物就算不被射死，肯定也成了刺猬。

就在他踌躇无计只得左右躲闪之时，一支弩箭带着呼啸声直直地贯入了三头蛇右边的那颗蛇头里，一刹那间，那颗头就无力地垂了下来。

原来是杨薇射出的箭，居然发挥了奇效。

等于失去了一条右臂的三头蛇估计是发现这一次跟往常不同，这些人类中间有高手，再要缠斗下去肯定不会有好果子吃，于是打算就此开溜。

偏偏这个时候，“呜”的一声利啸，不知道是胖子还是虎子发动了巨弩，碗口粗的箭杆几乎是擦着朱笑东的头皮，“噗”的一声射中三头蛇左边的脑袋。

巨弩箭杆由于是现做的，箭尖并不见得有多锋利，只是巨弩力道大得惊人，虽然没能直接洞穿三头蛇左边的脑袋，但是强劲的力道还是带得它往右边一甩。

巨弩箭杆射中左边的脑袋，余势未衰，竟然带得它翻了个身，“噗”的一声摔了个四仰八叉，不仅如此，巨大的箭杆还将那个脑袋死死钉在了地上。

三头蛇如同小孩子受到惊吓一般“哇哇”大哭了几声，使劲一挣，竟然将左边那个脑袋活生生挣脱掉。

不过，这凶物左右两个脑袋都失去了，中间那个脑袋的眼睛上又还插着箭矢，可以说，这个时候三头蛇的威力已经去了八九成。

不知是这畜生发了蒙还是事已至此要决一死战，活生生挣掉左边的那个脑袋后，居然奋不顾身地再次朝这些卑微的人类横冲直撞过来。

而且，这一阵冲几乎是势不可挡，碰着的被一下子撞出去老远，没碰着的被飞起来的人顺带着撞开，场面一片混乱，几乎失控。

这个时候，两支巨弩箭杆接踵而至，可惜的是一支落了空，一支却仅仅只是擦着三头蛇的身侧，把三头蛇的右侧身子撕开了一道口子。

大祭司没有算错，朱笑东跟杨薇两个人这个时候才是真正的生力军，两个人默契配合，一个人装箭矢，一个人掩护射击，虽然是且战且退，但是在顷刻之间，让三头蛇连吃了三四根箭矢，其中一根箭矢还成功地射在了这东西的咽喉上。

不过，到此时朱笑东才算明白过来，这三头蛇除了咽喉那一段部位能轻易刺穿之外，其他的地方都是皮坚肉厚，射穿了坚韧的皮甲，对三头蛇来说也是妨碍不大，何况俗话说：打蛇要打七寸，但是始终没人能够真正伤害到它的七寸要害，分开站立就形成了这三头蛇怎么打也打不死的局面。

转瞬之间，朱笑东、杨薇两人手里的箭矢用光，又回到了毫无还手之力的境地，不得已，两人左右分开站立，同时大叫：“胖子，射它……”

这个时候，胖子跟虎子两人已经是满头大汗，手忙脚乱。

巨弩的威力巨大，但是要射出一箭也极为麻烦，胖子说：“这跟发射导弹差不多，导弹威力不小，但是要发射一颗那得费多大的力气啊！最麻烦的是，导弹威力大，但是绝对不是多得像大米一样数都数不清，咱们这虽然不是导弹，但是那数量绝对比导弹还金贵，就四支啊！最后一支还是半成品，何况咱们的导弹发射车，不！是巨弩，又不是能够自动操控的。”

朱笑东一边左闪右躲，一边大声怒骂，胖子这家伙，死到临头还胡说八道，得赶紧想办法啊，要不然，待会儿回去直接让国际友人给咱立个英雄纪念碑。

朱笑东发怒骂人也是逼不得已，大祭司的族人这个时候已经死伤一片，连一点支援掩护也给不了，何况这时的三头蛇已经把追捕的目标定在了他跟杨薇两个人身上，对两人穷追猛打。

还好，就在千钧一发之际，胖子大叫：“东哥司令员同志，发射准备完毕，请指示……”

“指示你个头……”

胖子嘴里这么说，根本就没等朱笑东把话说完，直接就发动了巨弩，这只半成品的巨箭发出奇怪的“呜呜”声，撞向三头蛇。

不过，不知是胖子还是虎子发射巨箭的准头实在太差，加上又是半成品，给三头蛇造成的伤害并不是很严重，这最后的一根巨箭差点脱靶，顶多算是擦了个边儿。

三头蛇身受重伤，在这一刻突然意识到巨大的危险，不是来自这两个已经毫无反手之力的卑微人类，而是树林子那边能够接二连三发射出巨大威力的东西。

不过，畜类终究是畜类，知道树林子有威胁的东西，却不知道这个时候那两张箭矢已尽的巨型弩弓已经没有任何杀伤力了，倘若乘胜追击，虽然是个惨胜，也好歹是个胜，此时三头蛇惧意一生，扭头便跑，“扑通”一声扎进沼泽，不过片刻便消失无踪了。

看着三头蛇带伤已逃，刚刚因为没了弹药赶过来帮忙的虎子跟胖子两个人跑到朱笑东两人面前，喘着粗气查看他们的伤势。

朱笑东一看来扶他的是胖子，笑眯眯地问：“胖子，是你射的第一箭吧，很好……”

胖子得意洋洋地回答说，“那是，俺胖子可是从枪林弹雨里摸爬滚打出来的，怎么样，这头功可得要算上我一份……”

话还没说完，朱笑东便勃然大怒：“算你个头，你知不知道那一箭有多危险，差一点就直接串着我的脑袋，让我和那美女蛇来个亲密接触，你还要头功，我打你个头……”

见朱笑东发怒，胖子一点害怕的意思也没有，反而腆着脸继续吹嘘了起来：“东哥司令员同志，其实你不晓得我的箭术有多高超，纪昌，你认识那家伙吧，据说那家伙选一根最细的牦牛尾巴上的毛，一端系上一个小虱子，另一端悬挂在自家的窗口上，将箭射过去，箭恰好从虱子的中心穿过，而悬挂虱子的牦牛毛却没有被射断，这箭术够神了吧……”

朱笑东虽然怒容满面，但是却疑惑地看着胖子，问：“是神啊，可那跟你有什么关系？”

胖子笑着说：“其实跟我半毛钱的关系也没有，我只不过想要学那样的箭术而已，今天一试，嘿嘿……还算是首发命中……”

朱笑东一张脸都绿了，爬起来就要追打胖子。

不过，这个时候虎子很是不好意思地说，其实，第一根巨箭是他射的，差点伤到了朱笑东，自己也很后悔，实在是有些对不起了。

朱笑东对虎子的态度顷刻间就转变过来，反而安慰说：“没关系，其实那一箭射得很好，可以说给了美女蛇一次致命的打击，没有那一箭，今天的战局肯定不是这样……”

说得虎子脸却红了起来。

胖子对这种双重标准大是不满，凭什么自己就被骂了个狗血淋头，对虎子就大加赞赏，好像没有那一箭，今天大家都只有等着让国际友人立英雄纪念碑似的……

杨薇不等胖子说完就推了他一把，说：“别在这里胡说八道了，赶紧去帮着救护那些受伤的人……”

胖子被虎子拉着又蹦又跳，不甘心至极：“我不服，你们这是打击我幼小的心灵……”

大祭司的族人一伙，这个时候只有两个人还算完整，那就是大祭司和那个瘦弱的翻译，这两个家伙根本就没参战，其余的十几个人，两个人一个缺了胳膊一个少了腿，有六七个断了肋骨，还有两个到现在还昏迷不醒，一个已经阵亡，一个失踪了，还有一个发了疯。

虽然打得三头美女蛇重伤而逃，但是这些人也算得上是全军覆灭，要不是有朱笑东等人参战，铁定都成了美女蛇的美味晚餐。

受了伤的，无论伤势有多严重，朱笑东都是药到伤好，但是对于已经死亡、还有那个发了疯的，却无能为力。

他兀自叹息了一阵，或许，这世上绝对不可能有十全十美的东西存在吧。

大祭司以及他的族人都亲眼见证了龙鳞药水的神奇，一个个再次五体投地，然而亲眼看到朱笑东等人的神勇，就算都想要把那块龙鳞据为己有，却没人敢动手。

救助完大祭司的族人，朱笑东用望远镜仔细检查了一遍沼泽，确信没有半点美女蛇的踪迹，这才放下心来。

偏偏这个时候，胖子又站到他身边，神神秘秘地说：“东哥司令员同志，你有没有听过一个传说……”

朱笑东看了一眼胖子，淡淡回答说：“知道我先前为什么骂你?”

胖子老脸一红：“东哥司令员同志教训得极是，作为一支具有绝对战斗力部队的主官，第一条就是胜不骄败不馁，我先前仗恃这点小小的功劳就骄傲自大、志满意得、沾沾自喜、不思进取，的确是犯下了不可饶恕的错误，这一点，我自己也是深恶痛绝，不过，我会引以为戒，向其他英勇的同志好好学习……”

“拉倒吧你！”朱笑东笑得皱起了眉头，打断了胖子的话，“赶紧休息一下，然后尽快再做上一些准备，接下来，我们还有一场硬仗要打！”

胖子嬉皮笑脸地说：“对了，东哥，我想说的正是这事……”

朱笑东“嗯”了一声，却没继续说下去。

胖子接着说：“东哥，不是有个词叫作‘除恶务尽’吗，你看这个三头美女蛇虽然被我们重创，但是毕竟没把它弄死，它要是逃回老巢之后，养好了伤，或者告诉了她老公美男蛇，那岂不是要回来报仇雪恨，呃，别这么看着我，美男蛇我只是用来打个比方，这个你懂得，嗯……说到哪里来了，对了，我们在这里也不可能待上一年半载对吧，甚至十天半个月都不可能待得下去，可是我们一走，美女蛇美男蛇什么的又过来残害我们的国际同胞，到时候肯定是十倍百倍地报复，你说这事……”

“你想直接追到它的老巢里，来个斩草除根？”朱笑东眼睛都不带眨一下，问胖子。

“差不多就是这个想法吧，这叫帮人帮到底，送佛送到西，解救国际劳苦大众于水火，也是我们无上的光荣和责任。”胖子厚着脸皮回答。

朱笑东笑了笑，却一针见血地对胖子说：“理由倒是冠冕堂皇，大约你是听说过，有异兽之处，必有奇宝这个传说吧，你哪里是想解救国际劳苦大众于水火之中，是想去抄了美女蛇的家吧。”

胖子嘿嘿一笑，露出一副“知我者，东哥司令员同志也”的表情，很是讨好地要去帮他捏捏背捶捶肩。

朱笑东赶紧制止住胖子这暧昧的举动，说：“根据我的观察，这美女蛇的老窝就在附近不远，要去抄它老窝也不是不行，不过……”

说了一半，却又住了口，明显是在吊胖子的胃口，跟朱笑东在一起待了这么久，他哪里不知道，不过胖子装出一副急不可耐的样子，笑问：“东哥司令员同志不会是有什么顾虑吧，没关系，我理解，要不，把作战计划说出来，我们大家伙儿一齐参详参详。”

朱笑东想了想，说道：“这美女蛇的厉害，你们也是亲眼见过了，你想要去抄它的家底，我不反对，但它要是就赖在老窝里不出来，你能奈它何？别说我没告诉你，说不定它就等着你去，然后留着你陪它！”

胖子摇了摇头：“这美女蛇有什么好陪的，虽说是占了个‘女’字，但是看那个样子我都没心思了，再说东哥你又不是不知道，家里那口子，哪里能容得我乱来。”

朱笑东眯起眼睛，笑了笑说：“既然你想去抄这美女蛇的老窝，又不想陪着美女蛇，那你还不赶快想办法把它给灭了，然后大摇大摆进去抄它的家。”

“对！还是东哥司令员同志有眼光，小弟我深感佩服，俺这就去准备。”胖子兴奋不已，现在的确只能先引蛇出洞，实施域外抓捕，最后嘛，自然是高高兴兴地去，然后满载而归！

只是没走几步，胖子又感觉到有什么不对劲的地方，不过，这什么地方不对，一时之间又想不出来。

这一仗，大祭司的族人损失不小。但是三头美女蛇的状况也是大家亲眼所见，失去了左膀右臂，又身负重伤，所以说大祭司与他的族人也算是获得一点点胜利，回去足足可以在他们的历史上写下一个神话。

不过，大祭司也就仅仅满足于现有的战果，并不打算乘胜追击，反正能在历史上写下一个神话，现在他自己又好好的，这就是皆大欢喜，至于后面的事，就交给下一任，或者子孙们去解决吧。

忙得不亦乐乎的胖子一得知大祭司等人要撤退，顿时嚷了起来："这是谁想的招儿，先是战略错误，然后又是战术错误，这些错误我们也就不说了，好歹在咱们东哥司令员同志英明的指挥下，我们经过艰苦卓绝的斗争，付出惨重的代价，终于弥补了你们先前犯下的错误，这个时候你们却宣布要逃跑，你们族人兄弟的性命就白白搭进去了？我严重怀疑是不是有人通敌，明明马上就能够聚歼敌人的，你们当中的某些人却放蛇归山，养蛇为患。"

胖子这话说得很重，很明显是指向大祭司，说的翻译脸上神色大变。

要知道一个部族之中，大祭司的地位仅次于族长，不仅是为了预测占卜还是与某位神明保持和谐关系的存在。

通俗地说，他就是一个神棍头子，不过，这个神棍头子不但能获得众人的认可，还有极大的权力，部族之中的事大到部族争斗、耕种收获、婚嫁丧葬，小到蚊叮虫咬、头痛脑热，都必须由这家伙搅和。

只是有的神棍很高级，高级到可以主持国事，像这个大祭司，根本就是才从祭司幼儿园出来的，要不然，怎么会做出来这种丧尽天良的事。

胖子一张嘴，连大祭司八辈祖宗的根儿都掀了个遍地开花。

翻译屁颠儿屁颠儿回去一说，估计大祭司也大为光火，在部族中这么久，哪个敢这么对他无礼！

于是大祭司双手向天，口中念念有词："我哩咕噜哪嘛……"

被朱笑东等人救治过的那些族人，顿时拿起弓箭长矛，对准了他们一行。

在一边忙得热火朝天的朱笑东一看这阵势不对，顿时大吃了一惊，赶紧站了出来，问那翻译，这是怎么回事？

那些族人见朱笑东往中间一站，一个个不由自主地往后退了几步，这是唯一一个正面跟美女蛇抗衡，并且让美女蛇大败而逃的男人，光是那份神勇，还真没人敢小觑。

见他站了出来，翻译期期艾艾地上前，把大祭司现在就要撤退的想法说了一遍。

沉默了片刻，他才招手把大祭司叫了过来，又要翻译把自己说的话翻译给大祭司听。

朱笑东只说三头美女蛇就在天上，是天上的神豢养的宠物，这个宠物不老实，被魔鬼诱惑了，也成了魔鬼，化身成为三头美女蛇，专门来祸害你们，而现在这几个人就是专门来收服这个魔鬼的，要是现在大家齐心协力，收服了这个魔鬼的化身，神就会降福于你们部族，让你们五谷丰登，人畜兴旺，要是现在就放了这魔鬼的化身，不出数日，你们部族就会有血光之灾，灭族之危。

这些原始的部族人天不怕地不怕，人命在他们眼里都是小孩子过家家，但是一说到神啊鬼的，这些人顿时冷汗直流，头都不敢抬起来。

翻译还没把话翻译完毕，其中一个族人甚至抛开了手里的标枪，“扑通”一声跪倒在地上，冲着朱笑东行起了五体投地的大礼。

有了第一个，紧接着稀稀拉拉几个人都把手里的武器扔了，跟着跪在地上。

不过，朱笑东就算是信口瞎说，也没有忘记提携大祭司一把：“我们就是得大祭司的感召，才特地过来为你们除魔灭害的，大祭司说现在就要撤退，无非是看到战况惨烈，心生恻隐，体恤族人，但是，与血光之灾和灭族之危相比，这又算得了什么？有神保佑着大家，魔鬼马上就会被消灭……”

如此一来，大祭司居然第一个就匍匐到了他的脚下，看样子鞍前马后为朱笑东效劳，也会在所不辞了。

接下来的事情就简单了很多，除了胖子，虎子、杨薇两个人各自带了一队人马，在小树林子里忙了开来。

这一次，朱笑东把巨弩增加了一部，原因是有几乎全部的大祭司族人参加备战，时间又充足，巨箭都准备了十多支，基本上每一部巨弩都有四五次发射的机会。

另外，在沼泽边缘以及空地上，朱笑东又让人把一两尺来长的树枝钉在地上做成木钉，并且排成只留两条弯曲通道的木钉阵。

在沼泽边缘，他还让人把易燃的干柴干草堆了一长溜儿，防止三头美女蛇发现上当之后，再次来个脚底抹油，当然，防止发生山火的措施也做到了极致。

做完这一切，朱笑东才让胖子去准备开饭，自己却带着所有人把具体任务划分到个人，三头美女蛇再来了，哪几个人负责诱敌，该怎么退，哪几个人负责放火，截断美女蛇的退路，引弓放箭，在怎样的情况下才能发挥最大的威力等，简单地说，就是练兵。

这一次，胖子自然是乐呵呵充当了一次大厨，大祭司的族人带来的食物虽然是些肉食，但是那味道有些单调，胖子在寨子里的时候就找了些调料，现在就大显功效了。

那些食物经过胖子重新打理，还没等他开口喊开饭，那些正在操练的人一个个都扔了武器，像饥饿的蝗虫般直扑胖子的厨房重地。

朱笑东抹了一把汗水，苦笑着跟杨薇说："幸好，我们的合作仅此一次，真要把他们训练成能听指挥能打仗的部队，还不知道要费多少精力！"

这些家伙心智未开，又因为言语不通，能够勉强照着吩咐去做就已经是很不简单的事情了，按照正常人的要求却绝对办不到。

只是杨薇有些担心："不管怎么说，这些战略和方法传授给了这个部族，不知道会不会对其他的部族造成巨大的伤害？”

人的贪心是没有满足的，尤其是大祭司这个家伙，虽然表面上臣服在朱笑东脚下，但是在安排战阵制造大威力弓弩的时候，这个家伙一直都是十分仔细地看了又看，将来，要是拿这些玩意儿去掠夺残害别的部落，那可就是他的罪过了。

朱笑东看着一脸担忧的杨薇，顿时一拍脑袋：“我怎么把这一茬儿给忘了，现在我们该怎么办？”

杨薇想了想说：“现在也没有什么好办法了，因为那些机关巨弩都让大祭司瞧了个仔细，唯一能做的就是到时候用完了，把那些东西都毁了，另外，你先前不是自诩是神派来的吗，到时候再用神的口吻警告他一下，不让他们去掠杀别的部族。”

朱笑东淡淡地笑了笑，说：“你知道我说那些话是信口开河，随便吓唬他们的，估计大祭司其实是知道我们几个在他的族人面前表现神勇，如果不服从我们的话，不管怎么样的结果，他的地位都将不保，正是这一点被他看透了，他才表示顺从我们的，至于神啊鬼啊什么的，说大祭司相信，我都不相信。”

“别人没你那么多心机！”杨薇咯咯笑了一阵说，“我都不知道什么时候你有这么多的心眼儿了。”

朱笑东苦笑不已：“你也说了，其余的人都是分工合作的，一个人只做一件事，但是大祭司这个家伙却把整个过程都仔仔细细看了一遍，没准儿心里早就在盘算着到什么时候用这些东西来对付我们。”

杨薇撅着小嘴儿说：“应该没你说得那么可怕，再说，我们又不图他什么，还救过他的儿子，又帮他们打三头怪蛇，他们应该感恩都来不及，怎么会把弩弓对准我们呢。”

朱笑东摇了摇头：“你不懂得权力之间争斗的厉害，我们的出现可以说动摇了大祭司的地位，他拿这些东西来对付我们也不是没有可能，哼哼，不过，他最好不要动什么心思，否则……”

杨薇脸上一变：“笑东，不是在海岛上的那种情况，我不希望你再次……”

在海岛上的时候，朱笑东一支枪，狙杀过不少想要置大家于死地的海盗，也打破了他不想沾上人命的原则，虽然是处于那个环境中，不得已而为之，但这事一直都是他心里的一块禁地。

刹那之间，朱笑东没来由地有些茫然。

食物并没全部烤好，可是那些家伙就等不及了，以至于都不等胖子喊开饭，直接就从火上抢了用树枝穿成一串串的烤肉，然后一哄而散。

胖子这家伙早有预谋，给朱笑东三个人留了双份，至于他自己，那可是管饱。

就在大家尽情享受胖子给大家带来的美味佳肴时，那“叽叽呱呱”的婴儿哭声又响了起来。

一听到这个声音，大祭司的族人又是一阵慌乱，好几个人连手上的烤肉都吓得掉到地上了，看得朱笑东禁不住大皱眉头，这些人的战斗力……

听声音都还没接近沼泽地呢！

朱笑东泰然自若地吃完烧烤，然后才开始按部就班地指挥所有的战斗人员进入预设阵地，并要他们做好自己的本职工作。

这一次，在最前面诱敌深入的依旧是朱笑东跟杨薇两人，两个人最有默契。

手上拿的依旧是两把钢弩，不过，虽然没了原装箭矢，补充的箭矢却多准备了一倍，另外朱笑东配备了一支标枪，杨薇依旧拿了那唯一的砍刀。

凭着朱笑东的眼神，再加上高倍望远镜，很快就发现了那条三头美女蛇的踪迹，那条三头凶物这个时候耷拉着两个分叉脑袋，就在沼泽地的对岸，急匆匆地不时哭上一声，似乎想要直接从沼泽地过来，但是又知道这边危险，一直都在沼泽地那边徘徊。

沼泽地那边也不过百十来米，胖子等人用肉眼都看得见。

“东哥司令员同志，那美女蛇禁不住咱们的食物诱惑，准备来跟我们约会了，一切准备就绪，请东哥司令员同志指示……”

朱笑东收好望远镜，张弩搭箭大声喝道：“没有我的命令，任何人都不得胡乱开火……”

本来，百十来米的距离正是弓弩的射程之内，如果是正常的对阵，这个距离绝对是最佳的杀伤范围，只是现在手里兵力有限，寥寥十几个人，四个人掌握着巨弩，又分了两个人埋伏在两边，准备点火截断美女蛇的退路，如此一来，能够动用弓箭的人也就四五个而已。

何况，要是惊到了美女蛇，从此一去不复返，岂不是所有的努力都白费了。

三头美女蛇在沼泽地边缘徘徊了一阵，最终还是一边哭叫着一边钻进沼泽，往这边爬了过来。

朱笑东一见这家伙进了沼泽，大喝了一声：“胖子，准备……”

只是三头美女蛇钻进了沼泽，勉强往前走了十几米便不再前行，将整个身子都藏进了沼泽地的污泥里，只露出半个头来，而且是转头看着后边，至于他们这边却好像并不是特别忌惮。

朱笑东顿时觉得奇怪，难道说这三头美女蛇也来了个诱敌深入，还想把自己这边的人诱进沼泽地里再决战！

见它迟迟不肯过来，朱笑东忍不住焦躁起来，时间拖得越久，对人反而越不利，在极度紧张的情况之下，很容易让人把那根紧绷的弦崩断，就算神经足够大条，绷得久了也容易让人心生懈怠，尤其最让朱笑东放心不下的就是大祭司那一帮人，要是手上一个发抖什么的，弄支巨弩箭矢出来，自己跟杨薇两个不就不明不白地挂了。

见三头美女蛇根本没有过来的意思，朱笑东不敢让杨薇也久留此地，干脆带着她回到巨弩旁边，跟虎子胖子等人汇合。

就在此时，胖子大叫了一声："东哥，它过来了……"

朱笑东吓了一跳，转头看去，只见三头美女蛇以极快的速度向自己这边游了过来，偏巧，这时朱笑东鼻子里闻到一股异味，酸臭，很熟悉的酸臭味。

这股味道杨薇也闻到了，脸色顿时大变："是食人蚁……"

怪不得三头美女蛇明知道这边有危险还磨磨蹭蹭地在沼泽里徘徊，敢情那家伙是遇上了食人蚁，被逼无奈，本来想躲在沼泽里，但是它也必须要呼吸，而无孔不入的食人蚁肯定不会给它这个机会。

想明白这一点，朱笑东大喝："快点火……"

在沼泽边缘早就堆上了无数柴火，本来是要阻断美女蛇的退路，这时不得已只能先点起火来，阻挡这畜生以及食人蚁过来。

翻译按照朱笑东的吩咐，早将汉语"点火"这个词让那两个专门点火的人牢牢记住了，这时候听到命令，那两个人自然是引燃柴火。

不过因为美女蛇游动极快，在两条火龙还未合拢之际，三头美女蛇便哭叫着冲了过来，刚刚上岸，其身后的火龙便连成一线。

只是美女蛇一上岸便发觉不对，才往前游动不到几米，便被地上的木钉戳了好几下，虽然没能戳破坚厚的皮甲，但是对其行动还是造成了极大的不便。

朱笑东等人见火势没能阻止住美女蛇，不得已之下大喝了一声"放箭……"喝声中，手上的钢弩也射出一箭。

大祭司所有的族人这时候都是以弓箭为主，现在三头美女蛇离得稍远，地上又有木钉阻碍，大大减慢了行动，这些人几乎将弓箭的威力发挥到了极致。

虎子跟胖子的两张巨弩一连发射了两支巨箭，可惜都因为巨弩太过笨重不易瞄准，都脱了靶，倒是大祭司的族人控制的那张巨弩射中了三头美女蛇的腹部，巨大的冲击力贯穿了它的腹部，穿了个对过。

这时，本来就重伤在身的三头美女蛇已经是强弩之末，在布满木钉的地面就难行至极，这个时候腹部又挂上了一根几十斤重的木杆巨箭，再加上那些涂满毒药的弓箭雨点一般直往颈项喉咙等部位钻，三头美女蛇根本就没了招架之力。

不到片刻，这凶物胸腹以上的部位就被箭枝插的像个刺猬一般，尤其是胖子的最后一支巨箭，直接给了它致命一击。

胖子那一箭射出去，刚好直中七寸，极大的冲击力生生地把三头美女蛇钉在了离火龙不远的空地上，三头美女蛇的尾巴缠着那根巨箭绕了两圈，稍微蠕动了一下，就躺在地上不再动弹。

这一刻，所有的人都沸腾了起来，祸害这个部族长达数年之久的三头美女蛇终于就此消除，从此，这个部族的人就可以高枕无忧，还有什么比这事更振奋人心呢!

翻译差点搂着朱笑东跳了起来，可是朱笑东脸上并没有半点高兴，而是对翻译说，赶紧让人撤退，后面还有一群更恐怖的食人蚁，那些玩意儿可不是巨箭弓弩能对付的。

没想到翻译听明白他的意思之后，不屑地说："小蚂蚁算什么，没什么可怕的……"

说话间，已经有食人蚁绕过那一条火龙，直接扑向倒毙了的三头美女蛇。

见翻译和大祭司等人无动于衷，朱笑东一行人虽然脸色煞白，但是也只得强忍心惊，勉强看下去。

从火龙旁边绕道的食人蚁有不少经不住烟熏火烤，直接掉进火里，顷刻间被烧死不少，毕竟火势正当凶猛如此一来，估计穿过火龙的食人蚁不到三分之一。

这玩意儿估计比三头美女蛇要笨上了那么一点，前面一只食人蚁过了火龙，后面的便络绎不绝，不计生死，即使烟熏火燎也在所不惜。

不过，就算只有三分之一的数量，那阵势也极为恐怖，密密麻麻一大片，起码都有好几十万只，估计正是他们先前遇上的那群，从崖壁上抱团跳下河里，在河里幸存下来的，所以虽然恐怖，数量却并不是很多。

那些食人蚁并不过来攻击人，而是直接爬到三头美女蛇身上啃咬了起来。

不到一会儿，三头美女蛇就只剩下一副白生生的骨架，其余的皮肉简直连一点渣滓都没留下来。

吃光了三头美女蛇的食人蚁很是奇怪，甚至像喝醉了酒一般在原地打了几个转，就倒在地上，几条细腿蹬了蹬直接不动了，不多一会儿，所有的食人蚁都“安静”了下来。

看着如此怪异的场面，朱笑东目瞪口呆，后来翻译解释了一遍才明白过来，食人蚁最怕这个部族的一种毒，如果哪里发现有食人蚁，只需要用这种毒杀一头猪或者什么的动物丢在那里，它们过来一吃就会全部倒毙。

胖子大呼冤枉，早知道有这事，那一次也不会被一群小小的蚂蚁追赶得连滚带爬、屁滚尿流，甚至连背包什么的都全部丢失一空。

说着，胖子又死乞白赖缠着翻译说，好歹帮他搞上几十斤，有那东西，这以后再到丛林里闯荡，就用不着被几只该死的小蚂蚁追得漫山遍野乱跑一气了。

翻译苦笑着说：“那种毒很是珍贵稀少，一年下来也找不到一斤，到哪里去给你找几十斤?”

朱笑东没好气地丢了句：“别听这家伙胡说八道，这家伙就是图个新鲜，那是毒，你以为是老酒还是饮料，给你几十斤!”

第六章

黄金尖塔

两人斗嘴的当儿，大祭司却带了几个人慢慢靠近三头美女蛇的尸骨，脚下踩着死去的蚂蚁，噼噼啪啪像是炸鞭子，偏偏这些人丝毫不觉得恐怖。

一看大祭司的动作朱笑东就知道，这三头美女蛇的脑袋哪怕是成了两个骷髅，肯定也保不住了。

果然，大祭司是冲着三头美女蛇的骷髅头去的。

这一点儿也不稀奇，早前看过护送大祭司儿子的那个汉子，就把死狼的头带回寨子作为英雄的标志，受到人们极为热烈的欢迎。

对于这个部族的人来说，狼还只是最普通不过的敌人，像这三头美女蛇的脑袋那可是稀罕之物，何况，这家伙危害部族多年，要拿这玩意儿回去一显摆，所有人还不得把这大祭司当成神一样供着。

不出所料，在回到寨子前那一刹那，整个寨子里的人，无论男女老幼齐刷刷一片跪倒在大祭司的脚下，大行五体投地的大礼，不过，这是后话!

大祭司小心翼翼地取下三头美女蛇的头骨，立刻就捧在手里，十几个族人当时就刷刷跪倒一片，恭恭敬敬冲着大祭司行了一个大礼，也不顾地上一片死翻了的食人蚁。

大祭司受礼已毕，才带着所有的族人回到没有木钉的空地上，居然又跳了一次“广场舞”，那阵势，看得朱笑东眼泪都差点流了出来，这里的破规矩，怎么干什么事都要先跳上一段“广场舞”再说啊。

时间不长，这“广场舞”算是结束，那个翻译气喘吁吁，但是兴奋不已，跑过来对朱笑东说：“这三头美女蛇有收集珍宝的习惯，接下来，我们就要去它的巢穴……”

胖子一听还有这事，那嘴巴都笑得合不上了，看来这一趟铁定是要赚个盆满钵满，当下跟翻译说：“那还等个什么啊，赶紧走呗……”

艰难地穿过沼泽地，又翻过一道山梁，眼前的一幕，让几人实实在在大吃了一惊。

这道山梁背后是一个极为规则的圆形盆地，盆地面积不大，最多一万来平方，但是地面上几乎看不到别的地方那种高大的热带树木，有的仅仅只是一些低矮的杂草。

最让几人吃惊的是，盆地中间是一座极为奇怪的建筑物，说是奇怪，那是因为这座建筑物很明显不是常见的神庙塔宇之类的，或者说不是在国内常见的那种庙宇，这实实在在就是一座精致的宝塔形金字塔。

这座金字塔除了精致，最让朱笑东等人想不到的是，两米来高的门洞旁边居然矗立着在黄羊沟看到过的那种雕像，八臂美女蛇！

三个脑袋的美女蛇，几人不但亲眼见过了，而且还亲手弄死了一条，那家伙的脑袋骨头都还在大祭司手里呢，要说稀奇，这已经算不上稀奇了，可是由此联想，这世上会不会真的有九头蛇！

九头鸟、九头蛇，这些东西朱笑东等人大多耳熟能详，毕竟现代的人知识层面广阔，加上千百年的传说以及科学幻想的出现，甚至都有了“异形”这样的怪异生物，但是，这毕竟只是传说。

今天几人在除掉三头美女蛇后，这个观点被大自然的神秘莫测给彻底颠覆了。

朱笑东瞠目结舌、十分机械地跟在大祭司等人身后，进到这个金字塔的门洞里。

这座金字塔本身体积不大，也就十来米高，门洞里边一段通道，距离也不长，仅仅三四米，通道里弥漫着一股浓浓的臭味儿，地上也留下不少皮屑鳞甲之类的东西，看得出来，这里的确就是那条三头美女蛇的老窝。

不过胖子对这股臭味儿大是不满，说：“这家伙还叫美女蛇，有这样臭的美女吗？这应该叫臭女蛇还差不多，一点清洁都不懂……”

胖子嘴里说着，脚下却不慢，现在这一帮人直接来抄三头美女蛇的老巢，正大合他的心意。

不过，朱笑东跟杨薇两个人注意到那些墙壁上的雕刻花纹，不过，让两个人吃惊的是，那些墙壁上的花纹居然没有一处显示有“人”。

其中一幅长达三米的浮雕壁画很是吸引两人。

或许别人难以理解这幅浮雕上面所描述的事情，但是朱笑东跟杨薇两个人却是只看一眼，就大体明白过来。

上面描绘的是一个奇异的物种，也就是“八臂美女蛇”，它本身并不是起源于地球，而是跨过时空来到这里，至于是什么原因，来这里干什么，画上并没有交代，不过，还真让胖子说对了，来的不但有八臂美女蛇，还有一条八臂美男蛇，然而，总共就只有这么两条。

来到这里之后，也就懒得再回去了，或者说是回不去了，于是，这两条怪蛇就在这里安营扎寨，繁衍后代，只是不知道出于什么原因，它们的后代并不兴旺，少得可怜不说，还出现了畸形变异。到后来，由原来的八臂渐渐畸形到六臂、五臂，甚至三臂、两臂、独臂的都有，可以说这两条八臂蛇的后代沦落到了山穷水尽，只能与蛇虫为伍的地步了。

不仅如此，它们还遭遇到一种这里的天敌——大蚂蚁，估计也就是当时的食人蚁，按照图形上的比例来看，当时的食人蚁比朱笑东他们现在遇到的还要恐怖得多，当时的食人蚁仅仅只是头儿，起码得半米来长，半米长的食人蚁，那得有多恐怖！

于是，就有了到处躲避食人蚁的避难之所，估计黄羊沟那条修改过的洞穴就是它们的避难所之一，只是后来无意之中被人闯入，看到如此可怖的八臂美女蛇雕像，便认为那是恶鬼，加之当地民俗，视为夭折的小孩便是此恶鬼做的恶，自然就少不了弄出恐怖面目的小孩子雕像。

唯一让朱笑东不解之处就是，这壁画上明明白白地显示，八臂美女蛇确确实实是八只手臂，而不是今天所看到的像手臂一样的脑袋，而且，壁画上那些畸形的美女蛇后代也确确实实就是手臂。

杨薇看了半天，给出了一个比较“合理”的解释：“在原始丛林里生存，多几双手，反而不如多个脑袋来得实际，尤其是面对恐怖的食人蚁，至少可以看得仔细、看得清楚一点儿，简而言之，为了适应生存环境，出现的进化……”

朱笑东当然明白这个所谓的“进化”，但却不足以解释得通这种怪异的现象，只是又找不出更合理的解释，也就只好暂时相信“进化”这一说。

刚看完这幅画，那边胖子他们发出了一声惊呼，朱笑东怕他们遇到什么不测，赶紧跟着进到里面。

里面是一个正方形的石室，十来平，地上堆满了“珍宝”，各种各样的动物骨骼，其中不乏人类的，白生生的，满地都是。

这就是胖子和翻译所说的珍宝？

胖子跟虎子两个人站在这堆尸骨边上发呆。

朱笑东很讽刺地看着胖子：“胖子，这些珍宝不错，赶快装啊，随便一样拿出去，少说也值十几、二十块……”

胖子抓了抓脑袋，很是懊恼：“早知道这样，我们干脆活捉了那条三头美女蛇，就算是卖给动物园少说也得好几百万元，可惜，这是吃不穷，穿不穷，算计不到一世穷啊。”

对几人来说，这遍地的骷髅文钱不值，但是对大祭司他们那一帮人来说，这可是千金难求的无价之宝。

看了一圈，确实没什么值钱的可以收集，胖子兴趣索然，不过想到这一次能够为国际友人铲除如此之大的祸患，回去怎么说这大祭司也会再给来点奖赏吧，胖子又高兴了起来。

救他一个孩子，每个人最少都给了一百万元的宝石珠串，这一次救的可是他的族人，也不贪心，给个能值千儿八百万元的也就满足了。

朱笑东白了一眼胖子：“你能不能别老在国际友人面前想着钱，人家会鄙视你的！一副资本家的嘴脸。”

胖子嘿嘿一笑说：“我们这是为了正义，见义勇为的行为在外边，那可是有奖金拿的，救一个人起码都好几万元。东哥你说，我们这一趟救了他们多少人，折成钱那该得多少，嘿嘿，再说，我们流血流汗、拼死拼活，他们不表示一点儿这也说不过去啊。”

朱笑东懒得理他，反正又没什么可以搜刮，还是到外面去等大祭司他们吧，免得一个不好，再被他们误会要觊觎他们的珍宝！

杨薇、虎子都比较赞成朱笑东的说法，胖子恋恋不舍，却又骂骂咧咧地跟在几人身后，往通道里走。

往回没走几步，胖子看着那些石头墙壁忍不住好奇地问：“我看过很多电影电视里的情节，一般来说，这样的地方肯定都是有很多值钱的东西，东哥，要不我们找找，看看这墙壁上有没有暗门机关之类的东西!”

说着，胖子还忍不住，顺手捡了根动物骨头，“乒乒乓乓”地在墙壁上敲了起来。

没想到这一敲，还真敲出了问题。

不知道胖子是敲了哪一个地方，地面突然就震动了起来，一时之间，墙壁上的石头碎裂，掉落的石块轰隆隆声大作。

朱笑东拉着杨薇一边左闪右躲往外跑，一边大声怒斥胖子：“你这个家伙，走到哪儿，哪儿就被你搞得一塌糊涂，从来就没消停过，你简直就是一专门搞破坏的……”

胖子连手里的骨头都忘记丢了，双手抱着脑袋连蹦带跳一边逃命，一边大叫：“不对啊东哥，这个三头美女蛇的老窝，寿命只能到今天，我只不过是碰巧起了一点催化作用而已啊……”

好在通道不长，也就几米，而且又不高，掉下来的石头块基本上对几个人没什么伤害。

大祭司的族人可就没这么幸运了，每个人都串了一大串兽头骷髅，严重影响了逃命的速度，而且，这一帮人也没风格，一点儿都不懂谦让，几乎是一涌而出，光是被卡在通道里几乎就超过了三十秒。而后，后面的人踩着前面的人拖在地上的骷髅，前面的人摔倒，后面的人也走不动，最后面的人想要从摔倒的人身上爬过来，拖着的骷髅又卡在别人身上，反而成了别人抵挡落石的肉盾。

一番挣扎，十几个人也就出来了七八个，余下的连影子都看不见了。

看着七八个满面血污，但是依旧舍不得扔弃那些头骨的人，朱笑东等人俱是摇头苦笑，俗话说“人为财死，鸟为食亡”，这些家伙死到临头都还舍不得抛弃这些“珍宝”！朱笑东除了苦笑，倒也真的无话可说。

底下的震动愈来愈激烈，几人不敢在此地久留，准备按原路撤退，偏偏过了片刻之后，震动居然停了下来。

本来已经跑到盆地边缘的胖子不由自主地停下脚步，抹着汗水，喘着粗气，回过头去看了一眼，只是他这一回头，顿时挪不动脚了。

停止震动之后的金字塔露出了它的本来面目，一堆砾石之中，黄灿灿的另一座圆柱形东西暴露了出来。

胖子忍不住大叫了一声：“黄金塔……原来石头金字塔中包裹着的是一座黄金塔……”

听见胖子的叫喊，朱笑东等人回过头来，只见在日光的照射下，一个尖头的金黄色塔形建筑反射出令人心动的光芒。

还真就是一座黄金铸就的宝塔。

所有的人都停下了脚步，再次瞠目结舌地看着这座黄金宝塔。

不知道过了多久，胖子发出一声喊叫，不顾一切地返身跑了过去，这是有史以来，他第一次见到这么多的黄金！

接下来，大祭司的族人、虎子等人，全部都返身折了回去，浑然忘记了刚才发生的惨剧。

原本十来米高的石头金字塔外壳，这个时候成了一堆砾石，几乎掩埋住黄金塔的一半多。

朱笑东等人爬上砾石堆，这才发现，这黄金塔的直径，最少都不会低于五米，最难得的是，这黄金宝塔表面异常光滑，光亮如新，找不到任何一点突出或者瑕疵。

“发财了……”胖子激动地瘫坐在砾石堆上，差点就泪流满面，这得多少黄金才能制造出来这么大的一座黄金宝塔啊！怕得要好几千吨、上万吨吧。

胖子已经开始计划该怎样和家里的人联系，然后怎样才能顺利把这座黄金宝塔运回去，再然后，当然是怎样出席各式各样的采访节目，提高自己的身价……

不想朱笑东一句话破灭了胖子的美梦："这是什么地方，你以为你可以据为己有？"

胖子很不情愿地回到现实，这不是国内，就算是在国内，这么重大的发现，哪里还有他插手的份儿……

何况，这是国际友人的地盘，搞得好，什么也就不追究了，免费送两张车票或者飞机票，当成一次免费旅游，谁叫他们出来的时候连个正式的手续都没有，搞不好，遇到个游击队，直接让一伙人都高举双手，稍有反抗，格杀勿论。

这样的事情，他可是经历过的。

如此一来，胖子又蔫了下去，这不是个小件儿啊，都几千吨、上万吨，就算动用国家力量，也未必一下子就能顺利搬出这原始莽林。

胖子含泪忍悲，呜咽着跟朱笑东说："哥……这事儿……我们……我们就算了吧，就放这儿，谁爱要谁要……我们搬不走……"

朱笑东安慰似的拍了拍胖子的肩膀，问："你想清楚了？不要这么大一堆黄金了？"

胖子一张苦瓜脸，泪水都快流了出来："哥，你别刺激我了，行不，我求你了……"

"好了好了……"朱笑东笑着站起来，"最多这一次回去，我去跟大祭司说，你才是他们最大的功臣……"

一听这话，胖子顿时转怒为喜，在大祭司面前要是能捞到一个头功，比眼睁睁看着这黄金宝塔暗自伤神要来得实际，不管大祭司能给出多贵重的报酬，那都是自己应得的，那是自己用血汗换来的，就算走遍天下也是理所当然，正大光明的。

胖子一转眼没了悲愁，有的只是兴奋，但就在这时，地面又开始震动了起来。

而且，这一次震动来得又快又急，一来就是剧烈的震动，还伴随着隆隆的轰响。

胖子一边蹦蹦跳跳地逃跑，一边大叫："东哥……看来国际友人的敌人又要发动反攻了，我们该怎么办？"

"跑啊……"朱笑东最烦的就是胖子这家伙，都在逃命了偏偏还要胡说八道，留一份力气保命不好吗？

这一次震动来得剧烈至极，就在几人刚刚爬到盆地边上时，盆地里"轰隆"一声巨响，冒出一股遮天蔽日的黑烟，几乎将整个盆地都掩盖在烟雾之中。

一片云海里，一根金亮的圆柱体无声无息地飞了起来，速度极快，不过片刻就消失在碧蓝的空中。

……

回到寨子，大祭司果然受到朱笑东猜想的那般热烈的欢迎，至于那几个失踪和疯了的人，依旧被忽略了过去，只是抬回来的唯一的那个死人被放到柴火堆上，等待寨子里的人跳上一阵狂欢的"广场舞"之后，才会点火化葬。

这一次，大祭司等人带回来的动物和人的头骨不少，不过这些人并没把这些珍宝插在寨子外边的木桩上，而是在大祭司的带领下，跳了一段舞之后，全部送到一块空地边上，然后很是谨慎地"种"进了地里。

不错，的确是"种"进了地里，就像农民种土豆、红薯一般，一垄一垄的，一个坑里放上一个做种子。

看得围过来看热闹的安蒂跟秦洋又是一阵心惊肉跳。

朱笑东等人也不明白大祭司为什么把这些拼命带回来的“珍宝”，当成土豆、红薯种子种到地里，于是，几个人一起去问捡了条命回来的翻译。

没想到翻译语出惊人，这些骨头，本来是被三头美女蛇当成食物的，蛇的消化能力极强，但是骨头之类的还不能完全消化，有骨头在肚子里，三头蛇肯定不会舒服，于是就在丛林里找一些极为珍贵的草药帮助消化。也就是说，这些留下来的骨头，尤其是头骨，经过三头美女蛇体液和药物浸泡之后，就成了一种价值极高的“种子”，这种“种子”会长出来一种植物，具体是什么样的植物，翻译的汉语水平有限，也没能具体形容出来，大约就是类似灵芝草或者人参之类的灵药。

胖子一听还有这种事情，当下就要求翻译无论如何也得把骨头种子分一些给他，好歹找这些种子回来，也有胖子一份功劳。

朱笑东在一旁说：“拉倒吧胖子，你也不看看人家这是什么环境，你带上几个头骨回去摆你们家阳台上，不说会不会长出来植物，光是那样子只怕王晓娟就不会让你进门。”

胖子嘻嘻笑着说：“我们家阳台上自然是不能摆种这玩意儿，不过东哥你那别墅地方宽敞，种上十颗八颗的也没人会反对，反正嫂子胆儿大，不会怕……”

说笑归说笑，胖子倒也没真的要十颗八颗，连一颗都不会要，不过，对于大祭司的做法倒是很有些意见。

这家伙，首先就蒙了大家一把，要大家去送死，而且在战略战术上错误百出，这样的大祭司阴险、歹毒，做事情根本就不考虑后果，专做损人利己的事，更谈不上光明磊落，作为一个部族的最高领导人，怎么能这么没有素质！

“算了，胖子……“朱笑东劝道，“这是人家的家事，属于内政，我们的政策是不干涉人家的内政，今天的事儿完了，赶明儿我们一拍屁股就走人，他们有什么矛盾，根本不关我们的事情。”

胖子点点头，一本正经地说：“什么叫不关我们的事，看见不平的事，我们就算不亲自动手，动动嘴拿出舆论攻势，纠正国际友人的错误做法，这也是我们应该做的！我们这叫战后总结！”

朱笑东苦口婆心地劝胖子：“大祭司的动机是好的，你想想，在这样的丛林里，缺医少药，借助我们的力量，从根本上解决他们族人的就医问题，这是何等伟大的事情，所谓成大事者不拘小节，为了人民的福祉，大祭司也算是忍辱负重了，这一点，我决定，大家都不要计较了！”

胖子虽然不满意，但是朱笑东这么说，他也就闭了嘴。

这时，翻译又屁颠儿屁颠儿跑过来，说是大祭司有请。

几个人便一起跟着翻译又到了大祭司的草棚子里。

大祭司依旧是戴着面具，只是这一次却把翻译直接赶了出去，显然是有话单独跟朱笑东等人要谈。

不过让人有点担心的是，这翻译走了，大祭司就算有话说，双方又怎么来沟通。

没想到的是，大祭司一开口，几个人又大吃了一惊。

“感谢你们为我的族人所做的一切！”大祭司说的是汉语，而且字正腔圆，很地道的普通话。

胖子惊得爆了一句粗口话：“你会说我们的话啊！”

朱笑东赶紧拉住胖子，就算会说汉语，那也不是什么奇怪的事。

谁知道大祭司接下来说的话，简直就让朱笑东吃惊得无话可说。

“的确没什么稀奇，我本来就是中国人……”

朱笑东可以想象自己会遇到一个特别聪明的部族人，也可以想象自己是遇到了一个披着人类的皮，有着人类外形的外星人，但是万万没想到这个大祭司居然是个中国人，确确实实是自己的同胞！

“前些年，国内闹运动，我爹娘带着我偷着跑出来，没想到跟你们一样，遇到了这个部族，机缘巧合，成了他们的大祭司，唉，这一待，就到了现在！”

胖子忍不住问：“这么多年，你就没想过要回去？”

大祭司叹了口气：“回不去了啊！我爹娘害怕，一直到死都没说清楚我是哪里人，我能回到哪里去，再说，我五个老婆也不让我回去。”

胖子扳着指头说：“天哪，你有五个老婆？”

“这个还是次要的……”大祭司叹着气说，“最主要的是，我的父亲也是死在三头蛇的嘴里，年轻的时候我就想着报仇，到后来就想着要解开这三头蛇的谜，到了现在，三头蛇的谜解了，而我，也就年迈力衰了。

“对不起，先前我也不敢相信你们，不敢相信你们真的只是在丛林里迷了路，以为你们跟那些淘金者一样，会为了一己私利，甚至会不顾一切滥杀我的族人，所以……”

朱笑东等人理解大祭司的心情，何况他是自己的同胞，就算稍微有点过分，还是一笑之间就过去了。

大祭司不愿意回去，一是因为不知道自己出身何地，二来，有寻根的时间，还不如为族人多办点事情来得实际。不过大祭司说，生活在这莽莽丛林里倒也逍遥自在，这里没有欺诈，没有勾心斗角，更没有险恶世道，在他看来这里就是一处世外桃源。

对于朱笑东提议的回去看看，大祭司淡淡地回答说，这里既然是个世外桃源，自然就不足为外人道也，一切顺其自然就好。

见他不为所动，朱笑东也就只好作罢。

至于不为外人道也，不让外人来打扰这里人的生活，朱笑东拍着胸脯说，保证绝对不会对外泄露半个字。

一阵唏嘘过后又说，自己因为有事缠身，明天一早就要离开，希望大祭司指点一条明路。

大祭司说，既然要走，也不挽留，明天一早，就派个人给朱笑东当向导，把他们送到离这里最近的公路上去。

朱笑东等人自是大喜。

次日黎明时分，几人启程，没想到大祭司让人牵来一头牛，牛背上驮了两个藤条筐子，路上吃的用的都是寨子里准备的，尤其是食物，极为丰盛，另外这一头牛驮的这两筐子东西看样子极为沉重。

朱笑东一看，大吃了一惊，稍微跟杨薇商量了两句，就将怀里的龙鳞拿了出来，恭恭敬敬递给了大祭司。

胖子一看，心里很是不满，自己一伙人流血流汗，就算是自己的同胞，毕竟都是帮过忙的，甚至还帮他报了仇，解了谜，到头来却连论功行赏的话都没有，更没看到什么奖赏答谢，就拿点食物盘缠给打发了，这同胞也太小气了吧。

朱笑东在胖子的屁股上踢了一脚，呵斥他不准胡说。

离了寨子，在路上他才跟胖子解释："这龙鳞虽是神奇，但是能使用的次数有限，使用的次数到了，龙鳞的药性也就没了……"

还没说完，胖子便追问："那片龙鳞还能用几次？"

"如果一次一次用的话，顶多还能用一百来次……"

"天哪，自个儿拿在手里，那就是多了一百多条命！东哥，我都不知道你是怎么想的？"

"没看见这头牛驮的两筐子东西？"朱笑东笑了笑说道，"大祭司送给我们这么大的厚礼，我们怎么能没点表示，礼尚往来，我才把龙鳞送给他们的，反正就算有龙鳞，也不能保住我们一辈子，再说大祭司拿去也是救人，我们不能太自私了。”

胖子莫名其妙地看了看牛背上的那两个筐子，什么东西啊，值得东哥拿着救命的东西去换，黄金啊。

可是牛背上那两口筐子，里面被一层草席包裹得很严，胖子试了几次，都没弄清楚里面到底是什么，所以就更是有些纳闷。

一路上，秦洋跟安蒂不住地问虎子跟胖子，这一次又遇到些什么东西，见有得卖弄，胖子自然是丢了纳闷，口若悬河地跟两个小家伙说起这一次的种种艰险和朱笑东的“英雄”事迹。

几个人走了一天，天黑之前，果然就看到了公路。

不过，这条公路上的车辆并不多，打发走了向导，几个人就守在路上等待过路的车子。

只是，一直到第二天早上，才有一辆拉木材的大货车要到腾冲的一个小镇上去。

司机很是怪异地看着这几个人，用土话问了几句，虎子是腾冲人，几句话交谈下来，应承到了小镇上，每个人给司机两百块钱，算是车费。

司机大喜，大人小孩一起算，这一趟额外多了一千二百块钱的外快，当下下车帮着朱笑东等人把两个筐子也弄上了车。

上了车，司机问：“这两筐子里是什么东西？真沉，像是石头一样……”

朱笑东敷衍着说了几句，然后上了车。

车子拉着木材，路也不算好走，全是土路，一路上颠颠簸簸，一直到了下午才到司机说的这个小镇。

下了车，朱笑东在小镇上找了邮局，取了些钱打发了司机，又找了个地方替杨薇等人的手机充了电，一边充电一边联系凯斯。

一通电话，凯斯很是焦急，好多天都没联系，她就让高原跟萧劲赶到了腾冲，估计正在计划寻找他们呢。

朱笑东把目前的情况说了一遍，让凯斯放心，现在天晚了，估计明天就能回家。

挂了电话，让她去跟虎子煲电话粥，朱笑东又拨通了高原的电话，高原跟萧劲的确已经到了边城，不过他们那边出了点事情，一时之间不能跟几人汇合了。

朱笑东忙问，发生了什么事情？

高原在电话也没细说，怕他担心，只说在这边出了点交通事故，很快就能处理好。

朱笑东告诉高原，在边城那边有个朋友叫肖天成，万一交通事故处理不好的话，就去找肖天成，高原匆匆答应了一声，就挂了电话。

当晚，几个人找了一家比较干净但是很简陋的小宾馆，在二楼开了几间房间，打算明天一早让虎子带着安蒂跟秦洋先回陶都，胖子出来这么久了，而且这一趟的任务也完成得比较圆满，就先回京城去陪王晓娟。

虎子没说什么，反正安蒂跟秦洋现在乖多了，再说他们的假期也快完了，护送他们回去才是重中之重。

倒是胖子这家伙，难得一个人溜出来一趟，反正高原他们两个也有事，过去看看再回去，大家伙儿一起回去，路上热闹。

朱笑东严肃地把胖子、虎子、杨薇几个人叫到一块儿，然后指着箩筐说："胖子，其实你的任务比谁都艰巨，因为你必须把这些翡翠送回去！"

"翡翠！"胖子的眼睛瞪得比牛眼还大。

"翡翠？"杨薇很是有些诧异，都没打开过，朱笑东怎么会知道里面是翡翠？

虎子也很是好奇地问了一声："翡翠？"

朱笑东叹了口气："这一点你们都没想过吗？这两个筐子里的东西这么重，跟石头一样，大祭司再怎么想送礼，也不可能随随便便送我们几块破石头对吧？野人山里有世界上最好的翡翠矿床，大祭司要送的除了翡翠，还能有什么？"

胖子一听送的是翡翠，当下迫不及待找来工具，几下子划开草席，扒开草席一看，顿时眼睛都绿了起来。

筐子里装着的绝对是上乘的种老、种好、底净、色正的翡翠，不但质量好，而且多，两个筐子里的翡翠加在一起，少说也有好几十斤。

胖子惊叹着说："这么看来，大祭司同胞还不算是个小气的人，嘿嘿，我们这一趟救了他的族人，流了点儿血，流了点儿汗，也算是值了！"

"所以，我才把龙鳞回赠给了他！"朱笑东说。

一说起龙鳞，胖子又有些痛心疾首："东哥，不是我说你，虽然龙鳞只能使用几十次、百来次，但那是救命的东西，我都真没想到，你居然二话不说就送了出去……"

"可是，大祭司的族人比我们更需要龙鳞！"杨薇在旁边说道。

"需要……"胖子愤声叫了起来，"大祭司同胞需要医药，我们完全可以拿钱采购一批，什么防毒的抗毒的，什么舒筋的活血的，什么治病的救人的，维生素 A、B、C、D、E……我们完全可以买上几吨给他们送过去，用得着把龙鳞都丢给他们吗？"

朱笑东懒得跟胖子胡说八道，直接说："这些翡翠价值不小，你看这次该怎么分？"

一说到分翡翠，胖子的态度立刻转变了过来，嘻嘻笑着说："东哥，这些东西，直接就分了也不好办，要不我们估个价，然后你跟杨薇嫂子算五成，余下的，我们四个人平分，如何？"

这一批翡翠全都是个儿大水头好，种地都不用说的上乘极品，还多，好几十斤！按粗略估计起码也得价值上十个亿，要按胖子所说，朱笑东跟杨薇占一半，余下来的五成，胖子虎子等人都还起码有一个亿。

只是胖子这家伙平日里开口闭口就提钱，一副老财迷的样子，但是真要分钱的时候却又极为慷慨，这也是朱笑东最喜欢他的一点。

不过朱笑东笑了笑，说："全部平分了吧，这一次大家都出了不少力气，对了，我们两个那一份，就暂时先投到我们的玉石加工厂里作为原材料，让赵师傅跟周四他们先用上去。"

杨薇有些担心，安蒂跟秦洋还是十来岁的孩子，一下子就跨进了亿万富翁的队列，会不会受不了，尤其是安蒂那孩子，这么小就成了亿万富翁，以后会不会更加飞扬跋扈？

朱笑东想了想，安蒂的那一份暂时就由虎子跟凯斯帮忙保管着，反正虎子是她唯一的姐夫，到安蒂真正长大成人了，再给她也没什么不妥，至于秦洋这边，就先跟他的父母沟通一下，把钱给他父母，要不然，两个小孩子成为亿万富翁，还真不知道会弄出什么事情来。

安蒂跟秦洋的事情，就只能暂时这么决定了。

几个人又聊了几句，然后各自回房休息。

是夜，朱笑东刚睡到半梦半醒间，突然听到胖子那边的房间里传来"乒乒乓乓"的打斗声，他吃了一惊，没来得及叫醒杨薇，自己一个人就用最快的速度穿了衣物，准备过去看个究竟。

朱笑东一动，杨薇也醒了过来，只是刚要开口说话，却被制止了。

看来是胖子的房间里有贼进去了，而且想都不用想，目标肯定就是那两筐子翡翠。

只是他想不明白，什么时候被人盯上的。

这个时候也来不及细想，轻手轻脚地推开自己的房门，没想到他一开门，头上就挨了一记闷棍。

朱笑东眼前一花，差点就要昏了过去，还好袭击他的人力道不是很猛，并没想一下子就要他的命，所以手下留了点情。

身后的杨薇手疾眼快，一把将他拉了回来，然后“呼”的一脚将门踢上，后退了几步，才低声问：“笑东，你怎么样?”

朱笑东一边使劲揉着脑袋，一边低声回答说：“没……没事……”

杨薇放开他，转身在房间里看了一遍，随后拉了个枕头，又转身蹑手蹑脚地走到门边，深深吸了一口，然后用迅雷不及掩耳的动作拉开房门，把枕头扔了出去。

没想到枕头飞出之际，门外传来秦洋和安蒂两人的一声惊叫。

杨薇赶紧低叫了一声：“安蒂，是我……”

这时候朱笑东也已经出了房门，一看安蒂跟秦洋两个手里都拿着不知道哪里捡来的木棒，估计先前自己头上那一记闷棍，就是这两个小家伙干的。

朱笑东顾不得训斥两个小家伙，一手一个拎小鸡一般把两人一起拉进房间里，交给了杨薇，然后自己一个人扑向胖子的房间。

胖子的房间里没开灯，一团漆黑，黑暗之中不知道有几个人在里面打成一团。

当然，黑暗对于朱笑东来说有着极大的优势，不到片刻就看清里面的形势，房间里除了虎子，就是四个不认识的人，其中两个缠着虎子，两个人却是摸索着找到了那两个筐子，正要提着筐子往门口出来。

不过，这里是胖子的房间，却没看到胖子，这就有点儿奇怪了，但朱笑东却不敢稍作停顿，虎子正在遭到围攻呢。

因为是黑暗之中，提着筐子的人没看见他，竟然直直面对着朱笑东走过来。

朱笑东哪里肯跟他们客气，瞅准面前那个人的鼻子，一拳就轰了过去。

前面的那人毫无防备，被一拳打断了鼻骨，那人微弱地“啊”了一声，“扑通”一声倒在了地上。

另外一个人听觉好像很灵敏，一发现有异，连忙立足不走了，而且闭上眼睛细细去听。

可惜的是，虎子跟另外两个人在房间里打成一团，在这种情况下也没人敢出声，一出声就把自己的位置暴露给了对方，如此一来，大家都只能闷声打斗。

朱笑东屏住呼吸，轻轻走到第二个抱着筐子的人面前，趁着这个人分神的瞬间，照着这人的鼻子“啪”的来了一拳。

这个人不明不白遭到袭击，摇摇晃晃退了两步，“扑通”一声摔倒在地上。

打晕了两个人，他更不客气，直接走到还在跟虎子搏斗的两个人身后，本来想要依法炮制，一个人鼻子上来一拳，但是这两个人比先前那两人凶悍敏捷得多，一发觉有异，顿时拼命反扑，本来朱笑东想要取个巧，但是没想到自己反而差点陷了进去，一阵拳打脚踢下来，两伙人都没讨到好。

那个人身手好，但却吃亏在看不见，朱笑东虽然看得见，功夫却没那个人扎实，所以两个人一时间谁也奈何不得对方。

跟虎子搏斗的那个人身手跟他差不多，但是虎子这家伙跟人干架却有一种狼性，或许是他明白，这间房里有朱笑东以及大家的东西，那是万万丢失不得的，所以才拼死跟这些人死磕。

第七章
难眠之夜

四个人在房间里摸黑僵持，不知道过了多久，跟朱笑东对阵的那个人发现在不知不觉间，自己已经换了对手，而且这个对手非常厉害，长此下去肯定要糟，当下趁空隙间吹了一下口哨，示意跟虎子缠斗的那个人赶紧开溜。

偏偏跟虎子缠斗的那个人就在窗子边上，几乎是没怎么考虑，推开虎子就直接撞开窗子，从窗子扑了出去。

跟朱笑东对阵的人竟然可以循着破窗子吹进来的微风辨明窗子的位置，然后三两步就到了窗子边，想要紧跟着那个人一起跳窗而出，然而没想到的是，朱笑东手疾眼快，居然一把抓住了这家伙的裤子。

朱笑东正暗自高兴，心想终于逮住了一个，没想到虎子糊里糊涂就给了他一拳。

虎子这一拳打在他的手臂上，痛得他龇牙咧嘴，赶紧说了句："虎子哥……是我……"

一听是朱笑东，虎子"嗯"了一声，问："那些人呢……"

偏偏就在两人一问一答间，被抓住裤子的那人死命一挣，撑脱了，直接跌下二楼，想不到那人“呯”的一声落在地上，“啊……”了一声，居然倒在地上再也没爬起来。

朱笑东从窗户上探出头去，只见一辆白色的面包车疾驰而来，从车上下来两个人，不由分说直接拎起地上那个人塞进车子里，然后又迅速地消失在黑夜中。

这一切行动迅速简洁，简直就是训练有素。

看着白色面包车已经消失，朱笑东才猛然回想起来，地上应该还有两个被自己打晕的贼，只是一回过头来，那两个被自己打晕的贼不知道什么时候已经溜了，而且连那两个筐子都已经被带走了。

他走到墙壁边上，“啪”的一声打开电灯开关，这才发现灯是好的，估计百忙之中没人顾得上开灯，虎子脸上被打得青一块紫一块的，问他身上怎么样，虎子笑了笑：“没事……”

朱笑东又问：“胖子呢……”

“不知道，我起来方便，正好就看见几个黑影钻进胖子房间里，就知道他们不是好人，本来想来个打黑火，没想到那些家伙厉害，直接就开干了起来。”

“胖子怎么会不见了呢？”朱笑东有些奇怪。

这时，杨薇小心翼翼地过来，见这边的打斗已经结束，这才松了一口气。

胖子的房间跟朱笑东他们的房间一样，基本上也就是一张床，一把椅子，一个搁东西的小抽屉，虽然经过剧烈的打斗，房间却并不怎么凌乱，因为里面没什么东西可砸！

仅仅就是椅子碎了，抽屉倒了，床翻了而已。

杨薇一见只有朱笑东跟虎子两人，也忍不住问了一句：“胖子呢？”

两人一起摇了摇头，都不知道胖子去哪里了。

三个人正说话间，一阵车子的急刹声在楼下响起。

朱笑东转过头去，发现又是一辆白色的面包车，车子一停，两个人就抬着两个筐子下了车，二话不说，拿起筐子里的东西，刷刷直往朱笑东他们站的这间房子里扔。

只见阵势猛烈，几人赶紧靠窗子站了，免得被扔进来的东西砸中。

不到片刻，房间里“噼里啪啦”落了一地砖头石块之类的东西，看得朱笑东等人哑然无语。

虎子强悍，靠窗站着，捡起一块砖头照着楼下的车子，“呼”的一下就砸了下去。

开车的司机似乎明白自己干了一件蠢不可及的事，连忙将车子开得远远的，那两个人可就没那幸运了，被反应过来的朱笑东跟虎子两人砸了个鬼哭狼嚎，只得再次钻进车子，呼啸着逃了个不见踪影。

面包车逃窜之后不久，宾馆里的工作人员气喘吁吁地跑了上来，一上来就问：“怎么回事？怎么回事……”

当看清满屋子的石块砖头，一片狼藉，而且虎子又满面伤痕时，这个女的脸色顿时难看之极，不管是谁家的宾馆，入住的客人遭到袭击，跟宾馆都脱不了关系。

这个女的在几人还没发问责难之际，就赶紧开口道歉，并且还说，让虎子赶紧到医院去看看。

朱笑东原本以为这宾馆的工作人员会出口责难自己，没想到一上来就先服了个软，如此一来，自己也不好小气。

问了几句知不知道入室行窃的人是什么来路，另外要不要报警之类的话。

工作人员摇了摇头，对那帮人的来路只字不提，另外也要求朱笑东不要报警，这是个小宾馆，生意本来就惨淡，一旦报了警，除了惹上那帮人之外，还有很多不便之处，最后，这个女的还说，就算求他们帮个忙，今天晚上的事情，就不要通知警方。

说到损失，宾馆除了一把椅子被打碎，一扇窗子玻璃被打破，统共不到两百块钱的损失而已，根本算不上什么损失，倒是虎子身上受了伤，女工作人员承诺拿一笔钱出来赔偿医药费。

见她话说得诚恳，态度又特别低调，朱笑东就更不好显得小气了。

虎子的伤也就是一些皮肉之伤，就算是赔医药费，又能赔几个钱，何况人家先服了软。

不过，朱笑东沉吟着，让杨薇试着去打胖子的电话，要是胖子有什么意外，就算是这里的工作人员服了软，那也由不得她了。

打了三遍，电话通了，电话里传来胖子慵懒的声音："东哥啊，我记得起床尿尿的，你用不着三更半夜打电话来提醒我……"

一听胖子没事，朱笑东也就不问了，当下挂了电话，对那个工作人员说，既然大家都想着和气生财，我也就不多说了，我承诺这事儿不出去声张，但是你也记得最好不要再来找我们的麻烦，喏，这些钱你拿去，算是今天晚上的损失也好，或者什么也好，大家都当没发生过什么。

这一叠钱足足有两三千块，那女的哪里好意思要，不过，朱笑东把钱硬塞在了女的手里，然后离开了胖子的房间。

回到自己的房间，大家都没了睡意，秦洋跟安蒂耷拉着脑袋，这俩小家伙也是晚上睡不着，本来想出来找两个大人聊天，没想到发现有贼，两个小家伙找了两根拖把正准备过去帮忙，没想到朱笑东悄无声息地开门出去，这两个家伙自然就把他当成了贼。

那一拖把，还打得挺狠的！

朱笑东平白无故被敲了一记闷棍，这事情还是有点掉脸子的，所以他沉着脸，看着这两个小家伙。

“那一棍子，是谁敲的？”良久，他才沉声问道。

朱笑东不问还好，一问话，安蒂顿时两手捏着自己的耳朵，蹲到地上，抽抽搭搭地哭了起来：“姐夫，我们不是故意的……朱大哥……我们真不是故意的……我们只想帮忙……”

看来，敲闷棍的多半是安蒂这小家伙了。

秦洋耷拉着脑袋，擦了一把泪水说：“朱大哥，帮忙抓贼这个主意是我出的，你就别怪安蒂了，是我们错了，你怎么罚我们都可以……”

没想到这秦洋还挺讲义气的，到现在还护着安蒂。

看两个小家伙泪水涟涟，朱笑东心里一软，叹了口气说：“你们哪里是抓强盗，就你们那点力气，给强盗挠痒痒还差不多，你们知不知道这么做很危险？要是歹徒凶残，直接就把你们两个给……或者，你们两个要是落到他们手里，会有什么后果……”

安蒂跟秦洋不住地点头，从胖子跟虎子嘴里知道这个朱大哥的事迹，再加上亲眼见过他的所作所为，两个小家伙自然是把胖子从心里推了出去，把偶像锁定在了朱笑东的身上。

小孩子善变，这也是没法子的事。

不知不觉天色已经大亮，朱笑东等人匆匆洗漱了一下，退了房间，找了车子，才分头出发。

虎子带着两个小孩子直接去乘飞机回陶都，朱笑东跟杨薇两人乘车到腾冲去看高原他们到底是怎么回事。

一路疾驰，两个多小时之后，车子到了腾冲边城，朱笑东打电话问了高原的位置。

等碰了头，才发现高原比以前要颓丧了很多。

朱笑东连忙问是怎么回事，高原说："那天，接到凯斯的电话，要求我跟萧劲到腾冲，做好支援你们的准备……"

到了腾冲之后，高原一边打探他们的行踪，一边积极准备物资，只是没想到的是，朱笑东等人的行踪没打听到，却惹出了一桩祸事。

那天，高原跟萧劲两个人照例出去打听消息，遇到一个很漂亮的女孩子，两个人不由地多看了一眼，没想到，后来出来一个浑小子，手里捧了一束鲜花，看样子是跟那女孩子很熟，然而，那女孩子根本就不买账，不但扔了那个浑小子递过去的鲜花，还怒斥了他一顿。

看样子，那个浑小子也有些势力，估计是脸上挂不住，当时就吆五喝六动上了手，可怜一个女孩子被那浑小子几个耳光抽得都站不稳。

高原跟萧劲实在看不下去，就出面阻止，哪知道那浑小子根本不吃那一套，指挥着几个爪牙要连同高原一起揍，高原跟萧劲逼不得已，不知道是出手重了，还是那家伙该倒霉，被一辆货车给撞了，货车轮子直接轧过他的两条腿。

随后，高原、萧劲两个人也被羁留看管了起来。

这件事本来是可大可小的，就算是聚众斗殴，又没出人命，再说，高原跟萧劲上前劝架，也不会傻到手持器械，可是，复杂的地方就在于，在混乱之中，那浑小子被货车给撞了，这事情就很难说清楚了。

连到底是谁把那浑小子推到货车底下这事都没人说得清楚，这里面的区别很大，大到可以直接起诉高原和萧劲"谋杀"。

"那女孩子是谁，知道吗？"朱笑东问。

高原摇了摇头，根本就来不及去问那个女孩子叫什么名字吗，就被拉到派出所里来了。

杨薇又问："知道被车子撞的人叫什么名字？萧劲在哪里？"

高原也摇了摇头："都不知道，这几天，根本就没人来管这事，萧劲的态度没这么好，单独羁押在一边的。"

弄清楚了事情的经过，朱笑东想了想，让高原放心。

高原点了点头，本来还想说点什么，特地过来看守他的姜所长说时间到了，便赶走了两人。

很郁闷地离开了看守所，到了街上，朱笑东拦了一辆车，说了一个地址，然后直接钻进车子。

车子走了半个多小时，到了肖天成的别墅门口停下，打发了出租车，朱笑东上前，有两个保镖，一看是他，顿时脸上有些喜意，这两个人是认识的，当初过来给肖薇当保镖，还多亏他们两个呢。

朱笑东说，过来旅游的，顺便过来看看肖老爷子。

保镖一边带着两人往里走，一边不住地叹气，肖老爷子这阵儿正在犯愁呢。

朱笑东连忙问是怎么回事，保镖俱是摇头，不肯多说。

说话间，到了别墅后面，肖天成正心不在焉地给花盆浇水，一抬头，见到朱笑东跟杨薇两个人，先是一喜，随即又黯然了下来。

见面寒暄了几句，就在花园的凉棚里坐了下来，朱笑东直接说，自己有两个朋友，因为打架斗殴被拉到派出所了，肖天成是这儿的地头蛇，想看看有什么关系，能不能先把人放出来再说。

肖天成问："你那两位朋友犯的是什么事儿，大概你们自己心里都有底，对吧，要是单纯的打架斗殴，也不是什么大事，花点钱就应该可以把人捞出来。"

朱笑东仔仔细细把自己从高原那里听来的事情说了一遍，然后说道："钱不是个大事，但是估计没那么简单。"

没想到肖天成一听，顿时“腾”地一下站了起来。

原来，那天被欺侮的人正是肖薇，而欺侮她的人正是乔正风这家伙，没想到这么巧，收拾乔正风的人是朱笑东的朋友。

可是，随即肖天成又叹了口气，本来，乔正风跟自己正正经经商量过要结为亲家，但是肖薇不肯，这也是没办法的事情。但是对乔正风死乞白赖纠缠肖薇这事，他做父亲的也很是不满，那个家伙虽然被撞断了双腿，但是一醒过来就放言出来，这辈子都不会放过肖家的人，而乔家人也暗地里给出暗示，如果肖薇就此从了乔正风，这事情也就算了，如是不然，乔家人也不是好惹的。

“没办法啊！乔家势大……”肖天成叹了一口气，肖薇甚至都被乔家授意给关了起来，到现在都还没放出来。

朱笑东听得火起，忍不住说道：“率土之滨，莫非王土，他们这样做，还有没有王法？”

肖天成惨然一笑：“谁叫天高皇帝远，强龙难压地头蛇，出了这事儿，我原来的那些关系一个个对我都是退避三舍，让我想求个公正都不成。”

朱笑东咬了咬牙，这事情，看来只能采取非常手段了。

“能有什么非常手段？难道你还能去把人给抢出来？”

朱笑东讶然，他说必须采取非常的法子，并没说要做什么违法乱纪的事情，他再混也不敢去碰那样的事。

不过，听他的意思，似乎去干过这样的事！

肖天成摇了摇头，自己也只是这么想，但是没敢去做，毕竟，就算稍微有点小钱，也还只是个小老百姓。

杨薇问，这事儿能有什么非常手段可以采取，去找小卫？

朱笑东摇了摇头，这事情，找小卫是给他增加麻烦，以他的身份绝对不能参与到这样的事里来，弄不好一句“徇私舞弊”，就足够他应付上好一阵子了，何况这家伙，临时去找还真不一定能找得到。

现在，唯一的方法就是把这件事情公之于众，形成社会舆论，先压制住乔家人的气焰，然后尽一切力量调查取证，争取公平公正地处理。

肖天成叹了一口气，乔家财大势雄，这件事情早就来暗示过了，如果闹大了的话，绝对让他在边城没有立足之地。

朱笑东吐了一口气，说：“肖老板，这么说，你是打算置自己女儿的幸福于不顾，为了你所谓的产业，就此放弃抗争？”

“肖薇这孩子不听话，我能做的，也仅仅只是把各种伤害降到最低，除此之外，我实在想不出更好的办法。”

肖天成说得苍凉，没出事的时候，以他的身份，走到哪里都是朋友一大帮，出了这事，不落井下石就算是最好的报答了，想要帮他一把的根本就没有，谁都不愿去得罪正如日中天的乔家。

或许，这就是肖天成的悲哀，肖薇任性，惹出来的祸患。

肖天成当然有顾虑，除了在边城的产业，他另外几个孩子的前途，这些都必须要纳入考虑范围的。再说，就算什么都不顾，无论是财力还是人力都不可能斗得过乔家，用极端的方法去把肖薇给抢回来，那是想都不要想的事。

本来，朱笑东还会以为这事情牵扯上肖天成，他会不顾一切站出来，不说为肖薇开脱罪名，至少会维护一下吧，没想到他会屈于乔家的声威，这就让朱笑东有些瞧不起肖天成了。

不禁让他想起苏忆，同是肖天成的女儿，苏忆却在外漂泊多年，只能说明这家伙并不是个真正有担当的人，到了这个时候，居然还说是因为肖薇任性，话说回来，就算是肖薇任性，怎么说也是他的女儿吧！

这真让朱笑东忍不住摇头叹息，不知道以前被肖天成视为掌上明珠的肖薇，知道她父亲是这个态度后，会有什么感想。

不过可以肯定的是，他们父女的情分只怕从此就要断了。

一边往别墅外走，一边摇头叹息，连肖天成在身后说什么，朱笑东都没心思去听了。

朱笑东不愿在这里多待，一刻也不愿意，就算以前和肖天成有过生意上的往来，然而，这一次在他对待肖薇的事情上来看，朱笑东很失望，对他的为人也很失望。

出了肖天成的别墅，杨薇在朱笑东身后问："你对这件事情怎么看?"

朱笑东叹了口气："杨薇，你知道，高大哥、萧大哥是我的朋友，肖薇也是我的朋友，不管肖天成是什么态度，这几个人，我们都必须得帮。"

杨薇点点头："笑东，我知道你对朋友很看重，但是我想问你一句，那个肖薇，她长得漂亮吗?"

朱笑东回过头来，很是认真地看了杨薇一眼："漂亮，但是，不是跟我一条路上的人……"

杨薇怪异地看了一眼朱笑东："我可不是问你跟她有没有私情，我的意思是说，如果她是个长得很丑的女孩，你说姓乔的那家伙还会那么在乎她吗?"

朱笑东一时之间没明白杨薇的意思，怔怔地看着她。

杨薇笑了笑，说："我很想去看望一下那位乔公子。"

"你去看望他?"朱笑东叫了起来。

去医院的路上，胖子打电话过来，很兴奋，还没等朱笑东说话就嚷开了："还在半路上就打电话让晓娟她爸找来最有经验的师傅候着，刚到家就立刻做了估价，猜猜，这批翡翠一共价值多少钱……"

不过，胖子没给朱笑东去猜的机会，而是直接就露了底："十一个亿！哈哈，东哥，没想到吧，而且这还是立刻就转手的价格，如果是做成成品，最少得翻上一番，呵呵……这是没法子的事啊，现在什么东西行情都看涨，嘻嘻……咱老百姓啊，今儿个真高兴……”

电话里顺带传出来王晓娟的呵斥声：“死胖子，你正经一点行不行……”

虽然是呵斥，但是掩饰不住地高兴。

“还有，已经跟秦洋的父母取得了联系，他们很快就会到京城来一趟，处理秦洋那一份，秦洋的父母说，钱不钱是个小事，孩子能平安回去就心满意足了，东哥，你说他们这话是不是虚伪了点儿，一个多亿啊，嘿嘿……还说是个小事……”

朱笑东苦笑不已，高原、萧劲他们摊上这事儿，他这老百姓今儿个怎么能高兴得起来！

听不到朱笑东有半点惊喜的声音，胖子这才想起应该要关心关心高原他们的事情。

一听说他们的情况，胖子都变了声调：“这姓乔的小屁孩什么玩意儿，想连高大哥他们都一口吃掉，我看他是活腻歪了，东哥，我这就去准备人马，立刻杀过来，看看这个叫乔正风的小屁孩儿是长着三个脑袋还是六只手……”

王晓娟也很不服气，在电话里吵嚷着说：“管他是什么人，这天底下不是没有公理可讲的，胖子，你这就去准备一下，律师、媒体、私家侦探，我一应给你准备齐全……”

两口子一唱一和，搞得朱笑东都觉得脑袋顶上一片乌云滚滚，杀气腾腾。

半晌，才回过神来说：“准备一下是可以，但是我们只能本着先礼后兵、息事宁人的态度，尽快解决这件事才是上策。”

“那你说怎么办？”胖子问，刚问完，又把肖天成这家伙大骂了一通。

朱笑东打断胖子的怒骂说："做两方面的准备吧，你那边安排些人手，做做收集取证之类的事情，以防万一，不过不要做得太夸张，避免给他们造成不必要的刺激，我这边先去看看，探探乔家那边的虚实……"

胖子在电话里应了一声："好，东哥你放心，最迟我明天早上就赶过来，那个小屁孩儿要是不做非分之想也就罢了，否则，我绝对杀他个片甲不留……"

朱笑东苦笑着挂了电话，胖子这家伙！

在特护病房门外等了好一会儿，守在门外的人才让他跟杨薇两人进去。

一个很富态、四五十岁都还很有风姿的女人正在照顾着乔正风，而乔正风这家伙正躺在病床上发疯，摔苹果，扔香蕉，声嘶力竭地冲着这个女人大吼大叫。

看着满地的烂香蕉、碎苹果，杨薇禁不住皱起了眉头。

两条腿都没了的人还有这疯劲儿，不是真的疯了，就是神经有问题！

见到朱笑东跟杨薇两人，那个女人暂时放开正在发疯的乔正风，转头问道："请问你们是……"

很有风度，也很有礼貌，但是两人都能感觉得到那种森冷之意。

两个人简略地自我介绍了一下，并说明自己就是高原等"肇事者"的朋友，并且首先表达了一下慰问。

那女人很冷淡地介绍了自己的身份，乔正风的妈，许琛。

这边话还没说完，乔正风又在床上发疯了，不停地捶着病床，红着一双眼吼道："妈，就是这个家伙，就是他指使的人来杀我的，妈……就是他们……"

很难想象，一个断了双腿的人在这么短的时间里，居然还能有如此疯狂的举动。

许琛回过头去看了一眼乔正风，冷冷地对朱笑东跟杨薇两人说："我不管你们是什么人，是那两个人的朋友也好，还是天然集团的股东也好，就算再有权势，但是把我儿子伤害成这样这是事实，就算你现在过来道歉，我也绝对不会接受。"

两人暗自都吃了一惊，天然集团的股东这个身份，并不是很张扬的事情，一直以来，反而是他们都避而不谈的一个话题，这个许琛是从什么地方知道的？

不过，这个答案很快就被朱笑东猜了出来，高原跟萧劲是保镖的身份，这一点是光明正大的，高原他们肯定不会刻意隐瞒，只是这样一来，办案的人就不得不考虑另外一些事情，至于说乔家的人想要知道这方面的信息，简直就是信手拈来。

难怪，出事这么久，高原他们都一直被羁押在派出所，而不是相关的地方，应该是乔家的人正在拼命收集相关信息。

只是如此一来，朱笑东想起临走时姜所长的那句话"有什么关系赶紧找，估计不出后天，这两个人就得上交……"。

也就是说，乔家的人信息收集基本上已经完成，随后便要开始报复行动。

想明白这一层，朱笑东不得不说道："乔夫人，我想这当中肯定是有些误会的……"

许琛打断他的话头："我儿子是一个正常的成年男人，他有正当的理由去喜欢一个女孩子，去爱一个女孩子，何况，我儿子曾经向他们肖家正式提出过缔结姻缘的意愿，而且，肖家的人也没有明确提出拒绝。所以，我有理由相信，我儿子追求肖薇是名正言顺、天经地义的事情，在追求爱情的过程当中，无非也就是我儿子略显粗鲁了一点儿，但是都是年轻人，有脾气，会冲动，这无可厚非。如果说你们仅仅凭着对我儿子的那一点粗鲁的错误就实施这样残酷的打击报复，我想，你这个‘误会’，是不是想要遮掩你们本来的目的？”

这许琛也真是厉害，乔正风是什么货色朱笑东不知道，但是在她嘴里，乔正风倒成了追求爱情的翩翩君子，这且不说，连乔正风动手打人都让她说成了只是“粗鲁”，连“粗暴”都不是。

估计，乔家的人早就算好会有高原、萧劲的雇主出面调解这事了，所以，连说辞都是准备好的，就等着看朱笑东这边的人怎么出牌了。

杨薇叹了一口气：“对不起，乔夫人，我们也是昨天晚上才知道这事，今天过来，只不过是看看情况，另外，想知道你们这边有什么要求……”

许琛再次打断杨薇的话头：“大股东小姐，你什么时候知道的与我没什么关系，说不定你一早就知道要发生这事，你们和我儿子之间有过节，这是天下皆知的事情，你们要看情况，也已经看到了。现在是你的人，你的手下，让我儿子没了一双腿，他这一辈子也就完了，谁来照顾他后半辈子？至于你说有什么要求，这个要求，我没必要跟你们谈，你们不是当事人，何况，你们能达到这个要求吗？”

朱笑东深深吸了一口气，这个许琛太厉害了，恐怕从她这儿是找不出来半点儿破绽了。

不仅如此，言语之间连他都被牵连了进去，尤其是那句“……你的人，你的手下，让我儿子没了一双腿……”几乎就是拐着弯说这件事就是朱笑东指使的。

但是话说回来，高原、萧劲的确是受雇于朱笑东，跟着他当保镖，而且，的确是受凯斯的调派过来接应的，至于是不是受他指使，朱笑东跟乔正风有过节这是事实！而且还同样是因为肖薇，这就让他都有点说不清楚了。

偏偏许琛在说这些话的时候几乎都是随口而来，并且环环相扣，一点做作的痕迹都看不出来，如果说不是许琛本来就有这么厉害，那么背后必定有位高人，对她要说的话进行精心调教了，目的就是绝对不向他妥协。

既然如此，那就只好做最坏的打算了，让胖子带人过来，大家各显神通，就算摊上桌面打官司，这事情也就只好奉陪到底。

朱笑东站了起来，准备告辞。

偏偏这个时候，在床上发疯的乔正风指着杨薇叫道："你，就是你，留下来服侍我，只要你留下来服侍我，我就放过他们……"

"风儿……"许琛转头，怒斥了一声。

杨薇是个少有的大美女，而且风度气质比之肖薇有过之而无不及，这一点，乔正风这小色虫，不管是贪慕杨薇的美色也好，或者借此侮辱朱笑东也好，这都是朱笑东不能容忍的。

所以，他走到乔正风床边，微微低下脑袋，淡淡地说道："你这小王八蛋，两条狗腿都没有了还想这好事，能留下来服侍你的，除了你老妈没别人了。"

话说得很轻，轻到只有离乔正风很近的许琛能听得见，连稍微远一点儿的杨薇都没能听清楚。

"你……"许琛大怒，但是一转眼间，又只是沉着脸说道："我可以认为你这是在威胁我、羞辱我，你将会接到我律师的通知。"

朱笑东转过头来，淡淡笑了笑说："很好，我等着你律师的通知，但是，今天我们的对话，将会呈现在公众面前。"

一边说，一边从袋子里拿出手机，手机上正开着录音功能，朱笑东大模大样地把这一段录音保存了下来，这才对许琛说道："既然这件事情许琛女士觉得没有调和的余地，那我们就公堂上见。"

"你……"许琛再次勃然大怒，大喝了一声，"滚!"

两个人走后，许琛生了好一会儿闷气，才从角落里拿出一个隐蔽得很好的数码摄影机，在手上掂了掂，若有所思地拿出电话，拨了一个号码。

电话通了，一个很是阴沉的声音："他来过了?"

许琛回答说："刚刚才走!"

"激怒了他吗?"

"我全部照你说的做了，但是他把我们的谈话也录了音，用手机录的，还有，风儿他……"

"这畜生，他又怎么了?"阴沉的声音很生气。

"风儿他在朱笑东面前大喊大叫，要把他的老婆留下来……"

"畜生!"阴沉的声音很是生气地骂了一句，过了片刻，才说道："好了，我知道，他们有录音的事别对别人说，我来处理，知道了吗?"

许琛"嗯"了一声之后，挂了电话。

出了医院，朱笑东深深地吸了一口没有消毒水味道的空气，一边往前走，一边头也不回地对杨薇说："你那部手机找个地方好好藏起来，这一段录音恐怕对我们有很重要的帮助。"

杨薇点了点头："接下来该怎么做?"

"去找肖薇!"朱笑东很简洁地说道。

杨薇也很想见见那个朱笑东老是挂在嘴边的肖薇，不过，现在肖薇同样被关着，估计想要见到她很困难。

然而，就在两人还没想好怎么去解决见肖薇的困难时，一辆白色的面包车疾驰过来。

车上坑坑洼洼的，好几处像是被石头砸过，不但漆皮掉了，还露出里面的铁皮。

“不好！”朱笑东大叫了一声，一把拉住杨薇直接就上了人行道。

这辆白色的面包车就是昨天晚上趁夜偷偷进入胖子房间的车子，出现在这里，不用说都是冲着朱笑东跟杨薇两个人来的。

杨薇机警聪明，朱笑东一叫“不好”，就知道有危险了。

两个人捡了人多的人行道疾跑，没想到那辆白色的面包车毫无忌惮地也跟着上了人行道，几乎是疯狂地朝着两个人撞来，人行道上的人群顿时尖声大叫着四散避开。

两人紧贴街道两边的房子，在这些房子的屋檐下奔跑。

不过片刻，他们就钻进了一个小巷子，那白色的面包车“嘎”的一声停在巷子口，从车子里钻出来两个拿着砍刀的人，就追了上来。

朱笑东跟杨薇两个人手里没武器，只得顺着小巷子死命奔跑，没想到的是，这个小巷子里阴森森的，半天也见不到一个大活人，而且，这个小巷子竟然是个死胡同。

不得已，两个人只得刹住脚步，返身过来。

那两个人提着砍刀，见对方已经无处可逃，忍不住得意地笑着，举着刀一步步逼了过来。

这两个人很明显就是昨天晚上出现过的，一个是跟虎子纠缠过的，另一个极有可能是开车的司机，跟虎子纠缠的人是个染了黄头发的小个子，那司机却是一头板寸，两个人都盯着朱笑东，眼里露出饿狼一样的神色。

好像两人现在已经是这两头饿狼嘴里的食物了。

两方人对视僵持了片刻，那个黄头发的小个子首先忍不住了，一扬刀子就朝朱笑东扑了过来，人还没到，刀子就朝着他的右边肩膀砍了下来。

间不容发之际，朱笑东身子略微往左边一侧，早就铆足力气的左拳照着小个子的脸上就轰了过去。

这小个子也还算了得，砍刀招式虽然用了，来不及收刀再砍，提起左脚踢向朱笑东的下身。

只是这小个子的动作稍微慢了一点点，他的那一脚还没踢到，朱笑东的拳头早已“呼”的一声击中了小个子的脸。

这一拳铆足了力气，朱笑东打过很多次狼，深深知道，要是遇上了狼，最起码第一下就得要狠！要是跟狼缠战，那就只有死路一条。

黄头发的小个子挨了一拳，居然像被铁锤砸在了颧骨上一般，整个人也被打得飞了出去，手里的砍刀也是“当啷”一声掉在了地上。

就在这司机一怔之间，黄头发的小个子就躺在地上了！而且，看样子一时半会儿也起不来，这司机原本以为朱笑东他们还会害怕，没想到只是一个回合，居然就把一向自诩最不要命的小个子给干趴了。

这是何等的神勇！

其实，这司机不知道的是，朱笑东的左手指骨差点就被打折了，人的头骨可是最坚硬的部位，何况他又没练过功夫，凭的全是一时爆发，这会儿黄头发的小个子在地上爬不起来，朱笑东的左手还痛得钻心呢。

司机稍微掂量了一下形势，虽然有点儿胆怯，还是麻着胆子大吼了一声，高举着砍刀，朝着朱笑东扑了上来。

朱笑东没动，司机扑到他面前，高举着的刀子也没敢往下砍，不但没敢往下砍，还举着刀慢慢地往后退，生怕一不小心自己这条命就没了。

他当然得小心翼翼的，杨薇捡了黄头发小个子那把刀，刀尖就戳在司机的喉咙上。

杨薇也没练过功夫，所以手上准头不佳，刀尖戳着司机的喉咙，都已经刺进去了小半分，要是司机稍微有个冲动什么的，那就是把喉咙主动往刀尖上凑。

可是，司机往后退，杨薇的刀尖也跟着往前送，一个不小心，刀尖在司机的喉咙上划出来一道不深的口子，口子虽不深，但是那血一下子就淌了出来。

司机两条腿一软，平日里打抢劫盗，偷鸡摸狗，也就他跟别人玩这招，现在轮到他了，他也害怕。

别看杨薇长得好看，但是寒着脸怒目圆睁也特别吓人，最可怕的是杨薇眼里那种不屑。

司机不但慢慢往下跪，还把高举着的刀也慢慢地往下放，向朱笑东示意，他已经没有了战斗力，投降了。

看着满头大汗的司机，朱笑东虎着脸，像一尊凶神，从司机手里抢过砍刀，在他头上一比划，怒目喝道："谁派你们来的?"

司机一慌，赶紧答道："诺坎……"

诺坎这个人朱笑东不认识，没有半点相关信息，所以又喝问道："诺坎是谁？为什么一而再再而三地追杀我们。"

喝声中，朱笑东挥刀虚劈，要吓唬一下司机，这一刀将司机胸前的上衣直直划开，连皮带都给划断了。

诺坎就是带朱笑东等人出野人山的那个司机，是边城最大势力的头子，平日里就在野人山一带做些拉树木的生意做掩护。因为野人山里帕敢玉石场时不时就有些人弄些玉石出来，他做的就是没本的买卖，朱笑东他们那两筐子翡翠重量不小，他是亲自试过的，也就自然不会放过这么大一笔生意，而且那个小宾馆也是诺坎手里的一处产业，所以出了事，连警也不敢报。不过胖子机警，早就发现诺坎有异，朱笑东等人把两筐翡翠交给胖子之后，胖子用砖头石块装进筐子，然后自己却趁着没人的时节溜了出去，不仅让这帮人扑了个空，还让朱笑东等人白白担心了好一阵。

原来是盯着那一批翡翠来的，这一点朱笑东倒没怎么意外。

不过他还多了个心眼，问了一句："知不知道肖天成家里出了什么事?"

肖天成是边城里的富豪，做的就是翡翠玉石生意，对于诺坎他们这样黑道上的人来说，自然是不敢轻举妄动。

司机的裤裆里开始滴出水来，但是，他说不知道肖家出了什么事，应该是真话，一个人在极度恐惧之中是不会说假话的。

这时，那个黄头发小个子捂着脑袋勉强站了起来，才这一会儿，这小个子的右边脸都肿得连眼都睁不开了，足见朱笑东那一拳之力何等惊人。

这边还在问话，杨薇便走了过去，也不问三七二十一，抡起刀"噼里啪啦"一阵乱砍，不到片刻，又将毫无反手之力的黄头发小个子砍得直接跪到了地上。

连朱笑东都看得目瞪口呆。

见问不出个所以然来，估计乔家的事情与这司机他们没什么关系，反正那一批翡翠已经安全到了胖子家里，也就用不着跟这些人耗着。

不过朱笑东跟司机告诫了一句："我手里的东西你们也别打主意了，要再来烦我，你们就试试……"

说着，他刷刷一连虚劈了司机十几刀，又提着刀子走到刚刚站起来的黄头发小个子身边，也是一顿乱砍乱剁，直砍得布片纷飞。

等司机回过神来扶着黄头发小个子走出小巷子的时候，两个人实实在在地来了一回裸奔。

看着光着屁股的两个大男人相依相偎走出去，朱笑东“噗”的一声笑了出来。

杨薇也觉得好笑，不过笑了一会儿，问了朱笑东一个问题：“笑东，刚刚我打那个黄头发的时候，是不是特别暴力啊？”

“不，你很像一位仗剑而立的女侠！”朱笑东笑着说道。

杨薇有些懊丧：“以前我一想到打架就很讨厌，可是跟你一块儿久了，我怎么就……我都很怀疑，我还是不是以前的那个我。”

“当然还是你了，有句话叫‘近朱者赤，近墨者黑’，你每天都跟我这个‘朱’在一起，当然就得有些‘赤’了。”

杨薇“咯咯”一笑：“你这猪，吃还差不多……”

第八章

莫名的敌人

杨薇的话还没说完，小巷子的拐角处传来“啪……啪……”几声拍巴掌的声音。

一个三十岁左右、戴着墨镜的男子，一边拍着巴掌，一边从拐角里走了出来，这个男子穿着黑色风衣，一头板寸，看样子很是有些派头。

但是朱笑东一看到这个人，一颗心顿时沉了下去。

这人是个退伍军人，而且是刚刚退役不久的特种兵，这一点他看得很清楚，因为这个人跟高原、萧劲他们都有同一种特质。

这个人旁若无人，一边拍着手掌，一边很是悠闲地走到朱笑东面前。

一笑，露出一口白生生的牙齿，之后，才说：“你的刀用得很好，碰巧，我也很喜欢用刀，比试比试!”

说话简洁、有力，十分典型的部队作风。

朱笑东背上冒着冷汗，偏偏又不得不强作镇静，问道：“不比可以吗?”

“可以，但是，我要在你身上拿走一样东西!”

朱笑东一边急速思考，一边试探着问：“你要什么?”

“我们两个比试比试，你赢了，我什么都不要，你输了，我想要什么都可以!”

朱笑东很想拖延一下时间，以前，大街小巷时时刻刻都能看到巡逻的警察和警车，他想把时间拖延到有人经过。

不过，世界上的事情往往就是这样，有些人，没事的时候在你眼前晃得你都心烦，一旦有事的时候，却连半个影子都找不到。

何况，这个男子只是一眼就看穿了他的把戏：“别指望那些人了，今天他们不会来，来了也没用，你只有答应我的要求。”

说着手上一抖，一把匕首就落在手里：“拿出你的刀，或者，让我在你身上找我要的东西。”

朱笑东手里没有刀，刚刚跟杨薇两人从黄头发和司机那儿夺来的砍刀让他们都扔了，本来以为打发了他们就可以稍微清净一阵儿，拿着刀就多此一举了，没想到现在却有人非逼着他要用刀。

朱笑东不想跟这个人动刀，但是也更不想让这人来拿自己身上的东西，或者，这人根本就是来要自己命的，他不喜欢被人挟持。

所以，他转过身去，大摇大摆地就往巷子里走，只是才走两步，便又不得不停了下来，杨薇落到了这个家伙手里。

朱笑东听见杨薇惊叫，回过头来，对把匕首搁在杨薇脖子上的男子露出不屑地一瞥：“你不是要比试吗?但我手里没刀。”

“人人都说你机诈百出，我当然不能掉以轻心，留了她在手边，就不愁你不回来。”

“呵呵……”朱笑东笑了起来，“我朱笑东是什么人，比你厉害的我见得多了，可是我从来就没有跑过路，我只是想遂了你的心愿，去找把刀来而已，何况，这里是条死胡同，我就算要跑，也无路可跑。”

那个男子咧嘴一笑，收起匕首，轻轻把杨薇往前面一推，手上再一抖，又出现一把匕首，这男子把匕首往地上一丢说：“一样的材质，一样的款式和重量，你选一把。”

很自负，自负到根本没把朱笑东放在眼里。

这世界上有种游戏，叫猫抓老鼠，通常，猫抓到老鼠之后除非是饿极了，否则不会立刻吃掉老鼠，会先玩一会儿猫捉老鼠的游戏。就是把老鼠放在地上，老鼠一跑，猫就扑上去抓住，叼起来放回原处，再重复很多次，就算不小心咬伤老鼠，甚至咬死之后，猫都不会立刻把它吃掉，实在是玩得厌倦了，才会吃掉。

现在，朱笑东跟杨薇两个人就是老鼠，而这个三十多岁一头板寸的男子就是猫，至少，他自己认为他是一只很厉害的猫。

他有很厉害的玩刀技巧，也用刀杀过很多人，好人坏人都有，但是他也遇到过很多会玩刀的人，也被人砍过很多刀，所以他很想弄清每一种好的刀法，甚至对刀法有种近乎痴狂的喜好。

朱笑东虚劈了黄头发小个子和司机那十几刀，在他看来很神奇，不管怎么说，一顿看似乱砍乱剁下来，只把那两个人的衣服全部划开而不伤半分皮肉，直至让那两个人裸奔出去，这种刀法是他从来没见过的，也绝对想要尝试一下的。

朱笑东专攻雕刻，在雕刻的刀术上确实算得上出神入化、无出其右，但那是雕刻，不是用来杀人的，而这个人的刀法却偏偏就是杀人的，而且是能够杀得很痛快、很过瘾的刀法。

朱笑东再次把杨薇拉到自己身后，看着那个男子说：“可惜，我最趁手的是砍刀，不是匕首。”

“一个好的用刀人是不会在乎什么刀的，何况，你已经没有太多的选择。”

朱笑东突然说：“他们给你多少钱，我出五倍给你。”

男子一怔，摇了摇头：“你也懂得规矩，就算你给十倍、一百倍的钱，我也不可能在任务没完成之前背叛我的雇主。”

虽然那男子已经暗示给朱笑东留了一条路出来，但是他绝对不会上那个当。

男子的意思无非就是说，只要他拿到他想要的东西，回去交了差之后，朱笑东又可以雇他去把东西拿回来，一般来说，像他这种人接了一单任务，除非失败，否则在任务没完成之前是不会坏了自己的规矩，完成任务之后，有另一个雇主那就另当别论了。

可惜的是，朱笑东最看不起的就是这种人，为了钱可以背叛雇主和朋友。

所以便不再说下去，而是选择拿起匕首。

杨薇在他身后，低声说道：“把他想象成你手里的一块雕刻。”

朱笑东的雕刻技术神乎其神，这杨薇是知道的，对方是什么人，杨薇也是知道的，但是朱笑东除了拿刀杀过狼，和人拼刀是绝对没有过的事，从这一点来说已经是处在绝对弱势了。

不过杨薇知道一句话，叫作以己之长攻彼之短，既然他从来就没拿刀杀过人，就只好把要置自己于死地的对手想象成需要雕刻的物件了！

“很好，我要出招了！”男子向前跨出一步，脚下一挑，匕首稳稳落在手里。

“既然一定要比，我们先来场文比如何？”朱笑东手里拿着匕首，盯着男子说。

“我知道你机诈百出，而且雕刻技术无双，你以为我会跟你去比雕刻吗，我要比的只有一样，杀人。”

男子说着，已经挥出了一刀，是虚招，对准的是朱笑东的咽喉，在对方还没完全准备好之前，他不想一下就将对方刺死。

猫抓老鼠也好，为了增强自己也好，一刀就将朱笑东放倒，就没了那种乐趣。

朱笑东无语，拉着杨薇疾步后退。

他退得很快，但是那个男子的刀更快，始终就对着他的咽喉，距离不过一寸。

退了几步，朱笑东脚下一绊，一下子就摔了个四仰八叉。

但是在这一瞬间，朱笑东举起手里的匕首，直直刺向那男子的肚子。

可是，他手里的匕首没能刺进去，咽喉一寸之处却依旧闪烁着那个男子的匕首尖儿。

男子盯着朱笑东的眼睛，似笑非笑："你还有一次机会，可以起来再跟我比试一下！"

说罢，男子收回匕首，退开一步，静等朱笑东起来，再跟他过一次招。

"咳咳……"拐角处传来一个人的咳嗽声，还有拐杖拄地的"笃笃"声，紧接着，一个穿着傣族服饰，满头白发，瘦弱、驼背的老婆婆，颤颤巍巍地走了过来。

这个老婆婆走一步摇上两摇，走两步咳嗽上两声，仿佛一阵风就能将她吹倒，或者哪一口气没咳出来，这个老婆婆就会立刻倒毙一般。

已经坐起来的朱笑东看着这么一个羸弱的老婆婆，顿时没来由地心生怜悯之意。

杨薇看着这个鸡皮鹤发的老婆婆眼神不大好，走路又颤颤巍巍，顿时不顾那男子虎视眈眈的眼神，急忙上前搀扶。

那个男子转头看着立刻就要倒毙的老婆婆，眼里露出一丝不屑。

杨薇就像一个扶着自己老奶奶的小女孩，很贴心也很温柔地说：“阿婆，这边不好走，我来扶着您……”

小巷子狭窄，两个人并排走，余下的地方也不宽，杨薇扶着老婆婆往里走，那男子很礼貌地侧了侧身子，让两个女人通过。

朱笑东坐在地上，想要爬起来，那个男子看也没看，只是手中的匕首一伸，直直地指着他，示意他别动，别想要趁着混乱要什么花招。

苦笑了一下，朱笑东只得又坐了回去，自己不是这男子的对手，他有自知之明，就算想要冒死一搏，但是又唯恐害了无辜的老婆婆。

本来已经走过了男子身边的那个老婆婆咳了一声，摇摇晃晃转过头来，勉强抬起头看了一眼那个男子，然后慢慢悠悠、上气不接下气地说道：“唉……年轻人……为了女孩子……咳咳……打架，这不是好事……为什么非要打架呢……”

声音浑浊晦涩，断断续续，仿佛是在风中摇曳的一缕烛光，欲明欲灭，让人惊心动魄。

没想到的是，这老婆婆虽然行将就木，却多事得很，看清了朱笑东还坐在地上，居然转过身来，两只脚打着颤，一步三摇走过去，试图要去帮他一把。

就在老婆婆的手将要接触到朱笑东肩膀之际，男子大喝了一声：“你是谁？敢在这里装神弄鬼？”

也就在男子的话音未落之际，朱笑东也是一呆，鼻子里闻到一股气息，很醉人，就像是杨薇身上的那种女儿香，少女身上独有的女儿香。

还没反应过来，老婆婆的手搭在了朱笑东的肩膀上，略略一提，他便突然感觉到一股极大的力气拖着自己往后一甩。

朱笑东不由自主地站了起来，并且往后退了好几步，偏偏退了几步之后，刚刚站稳，那股力道就消失了，不得不说这个“老婆婆”的手法很巧妙，手劲力道拿捏得极为精准，一甩之下，既拉开了朱笑东，又不让他再次跌坐到地上去。

这一切只能说明，这个老婆婆是个高手。

那个男子面色一凛，所谓行家一出手，便知有没有，就凭这老婆婆甩开朱笑东这一手，男子就知道，这人绝非易与之辈，当下不敢过分去追击朱笑东。

不过，这三个人身后是条死胡同，男子面前是唯一的出路，这就让他有些放心，朱笑东肯定是跑不了的，倒是这个“装神弄鬼”的老太婆刚刚露了一手让他颇为在意。

本来，杨薇不顾这男子的威胁去帮扶这个“老婆婆”，这个男子稍一思索就明白过来，他要的东西极有可能就在杨薇身上，而现在，她在不得已的情况下试图用帮老婆婆这个幌子把东西转移到老婆婆身上，这对杨薇来说是不得已而为之，就算死，东西也不能落到这个男人手里。

可惜的是，这个留着板寸头的男子并不傻，而且眼神相当锐利，眨眼间就明白过来了，不过，这个男子没想到的是，这个老婆婆也是个假冒的！

老婆婆出其不意地拉开了朱笑东，然后就站直了身子，居然眨了眨眼睛，说了一句：“一点儿都不好玩……这么快就被识破了。”

声音很是动听，跟先前那浑浊艰涩的声音简直就是天壤之别。

这个声音很熟，朱笑东听到过很多次，没想到在这里又见到了唐婉！

不错，这个假扮老婆婆的人就是唐婉。

杨薇不认识唐婉，但是听朱笑东说起过唐婉的名字，也知道唐婉苦念着小卫那家伙，所以就问了一句：“你怎么来了？”

唐婉“咯咯”一笑：“没事儿做啊！出来逛逛，没想到看到你们在打架，挺精彩的，所以，我也忍不住有些手痒。”

唐婉说得轻松惬意，根本就没把这个手里拿着匕首的男子放在眼里。

朱笑东松了一口气，既然唐婉出现在这里，肯定就不会只是出来逛逛，搞不好，正是冲着高原他们这事儿来的，或许应该是小卫不能出面，但是又不能置高原他们不管，也就只好请唐婉出面了，反正，唐婉的身份跟小卫差不多。

唐婉说完，对那个男子招了招手，说道：“听说你很喜欢用刀，而且，你的刀法很好，我很想见识见识，要出来让我看看！”

男子吸了一口气，话不多说，手上的刀一翻直接就刺向唐婉的面门。

唐婉身子一侧，拐杖拄地，一双脚连环踢出，在一刹那间踢了那个男子七八脚，一只手又打了七八拳，那速度快得连一向眼神锐利的朱笑东也看了个眼花缭乱。

七八脚踢完，唐婉后退了一步，那个男子也后退了一步。

唐婉身上有两处衣衫被划破，露出雪白的肌肤，但是那个男子脸上挨了一拳，右脚被踢中了好几下。

第一个回合，显然那个男子吃了一点亏，不过，应该是他大意和自负所致，唐婉虽然被匕首划破了两处衣衫，但是一点儿伤也没受到，看起来，功夫比这男子要稍微高了那么一点儿。

那男子吃了亏，但是丝毫不在意，这还只是第一个回合，何况觉得唐婉比他功夫好只是朱笑东跟杨薇两个人的看法，在这个男子眼里，唐婉的功夫跟他最多也不过是在伯仲之间，而且，女孩子的力量、耐力都不可能跟男人比。

紧接着，男子不让唐婉喘气，直接就又扑了过来。

这一次，男子大进大退、大开大合，手里的匕首猛砍猛刺，刚猛无匹。

而唐婉仗着手里一根拐杖，几乎是跟这个男子以刚对刚，以硬碰硬。

所谓一寸长一寸强，一寸短一寸险，男子胜在力道浑厚刚猛，但是手里短短的匕首，自然是比不过唐婉那将近三尺长的拐杖。

只是唐婉吃亏在力弱，虽然有长杖在手，也仅仅只是堪堪挡住那男子的一轮猛攻。

两个人打了十多分钟，分开来之际，唐婉右手臂上衣衫破裂，一抹艳红渗透了出来，那一抹血痕与她白如凝脂的肌肤相映，显得格外刺目。

看得朱笑东大叫了一声："唐婉……"

唐婉回过头来，满是汗水的脸上嫣然一笑："没事……他吃亏更大……"

那男子的确吃了亏，额头上一条乌黑的杖印，倘若是再往下一寸，他那个墨镜就要保不住了，另外他的右脚也是颤抖了好几下才勉强站稳，估计脚上也被唐婉狠狠地抽了好几拐杖吧。

不知道什么时候，杨薇回到巷子深处把那两把砍刀找了回来，往朱笑东手里塞了一把，又说："别看着，去帮忙……"

说着，不等朱笑东说话，杨薇就冲了出去。

朱笑东想要阻止杨薇，高手打架，哪里容得胡乱插手，一个不慎，不但会将自己置于险地，还会极大牵累朋友。

只是朱笑东还没说出来，杨薇已经跟唐婉站到了一排，不得已，自己也只好上前助阵。

这小巷子也就能三个人并排站，还略微有一点儿能活动的余地，朱笑东站在唐婉的左边，而杨薇站在唐婉的右边。

如此一来，两把砍刀，一根手杖，都比那男子手里的匕首要长了半截，跟那个男子接敌不到片刻，居然把那家伙逼了个手忙脚乱，倒退不已。

待三个人住手喘息之际，那个男子胸前的衣服早已七零八落，墨镜也被打碎了，脸上又添了两道乌黑的手杖印子，匕首也被唐婉打得掉在了脚下。

这一次有朱笑东跟杨薇的加入，让这个男子大大吃了一个亏。

只是这个男子很是不服气，从腰里一摸，摸了一条双节棍出来。

唐婉自然知道这种看似简单的双节棍的厉害，当下连忙低声对朱笑东和杨薇两个人喝了一声："退开……"

朱笑东对杨薇说了声："绑刀……"然后就退了开去。

绑刀是那次在戈壁滩上杀狼的时候，女向导阿苏妮教给朱笑东的一种方法，就是用布条将刀把和手掌手指绑在一起，虽然少了一些拿刀的灵活性，但是，除非被人连同手一块儿斩掉，否则无论如何也不会脱手

杨薇自然明白这个道理，当下也退了回来，跑去找来先前那黄头发小个子跟司机留下的破碎衣裤，稍微整理一下就成了现成的布条。

待两个人绑好砍刀，这一阵耽误，唐婉却差点吃了大亏。

那男子的双节棍全长跟唐婉的手杖差不多，但是在巷战之中，却比唐婉的手杖灵活得多，加上这家伙功夫跟她不相伯仲，耐力却远胜于她，时间不长，就绞飞了唐婉手上的手杖，几个进退之间就占了上风，把她逼得步步后退。

见唐婉赤手空拳，一时之间抵挡不住，身上一连被双节棍击中好几下，朱笑东大喝一声："唐婉，退……"

只是正在拼斗的唐婉被那个男子缠着，一时之间哪里退得出来。

朱笑东有了砍刀在手，胆气陡增，虎吼了一声，扑了过去。

那个男子知道，在三个人当中仅仅只有唐婉一个人会功夫，其余的朱笑东杨薇两个人除了勇气可嘉，另外有些简单的进攻经验之外，对功夫可以说是一窍不通，所以只要先将唐婉打得没了还手之力，其他两个就根本不足为惧。

见朱笑东扑来，这男子只是招架一下攻势，依旧把主要的精力放在唐婉身上，让她没有喘息的机会，更不给她半点恢复的机会。

等把她替开的时候，唐婉嘴角都挂了一丝血迹，不过，想来那个男子也好不到哪里去。

朱笑东虽然没有功夫，但是打过不少次狼，实战经验还是不弱，再说，对这个男子死死地缠住唐婉的意图也看得明白，攻击就更是竭尽全力，简直就是不要命地贴近那个男子。

不到片刻，杨薇也扑了过来，两把砍刀上下翻飞，不住砍向那个男子。

然而，让那个男子想象不到的是这两个人配合得极度默契，两把刀简直就像一个人在用，一个进击砍出，就有一个收刀防守，一有机会又是双刀进攻，无形之中，居然让这个男子进退失据，攻守失衡。

之所以能够逼得那个男子手忙脚乱，除了先前唐婉给了他一些挺沉重的打击之外，朱笑东跟杨薇的不要命，也大大出乎了那个男子的想象，尤其让这男子没想到的是，朱笑东跟杨薇的耐力几乎超过了这个家伙。

从一开始，两个人就猛砍猛攻，狂风暴雨一般，最少超过十分钟，依旧没有气衰力竭的意思，连气儿都不让喘上一口，十分钟啊！就算是自己，这样攻击也坚持不住。

总的来说，这个男子太过自负，太过轻敌，一时间上了个大当，没过片刻，男子手上的双节棍就反被朱笑东砍得脱了手，身上也被划了好几道口子。

朱笑东跟杨薇身上同样也挨了不少打击，但也就是开头那几下子比较痛，后来越打，那个男子的力道越弱，直到那根双节棍被砍脱了手。

直到这个时候，朱笑东两个依旧还像是狂风暴雨一般在乱砍乱剁。

那个男子一连后退了好几步，差不多都到了拐角的地方，才大声喊道："停……"

朱笑东得了手，哪里肯听他那一套，这个时候不打落水狗，等他缓过气来反咬一口？朱笑东可是打过狼的人，深深知道要么就不打，要么就往死里打。

偏偏这个时候唐婉又勉强恢复过来了一些，这家伙欺侮唐婉的时候，差点就把她打得没了还手之力，以唐婉的性格，哪里肯善罢甘休。

趁那个男子手忙脚乱之际，便从空隙里溜了过去，截住那男子的退路。

这个时候，唐婉手里拿了那个男子的双节棍，站在他的身后，嘴角微微一翘，笑吟吟地说道："怎么样，你不是很厉害吗，再厉害个给我看看。"

男子一边左闪右避，一边喘着粗气叫道："这不公平，你们三个人打我一个，哎……"

话还没说完，额头上挨了一记双节棍，这男子疼痛至极，忍不住伸手去摸鼓起一个大包的额头，没想到手背上又被敲了一棍。

接着，脑袋、手肘、膝盖、小腿，哪儿肉少，唐婉就打哪儿，而且一下比一下敲得狠，一下比一下敲得厉害，绝对不肯罢手。

那个男子一会儿去摸脑袋，一会儿又去揉手肘，连蹦带跳，躲又躲不了，招架又招架不住，一时间蹦蹦跳跳，哇哇大叫，嘴里大喊："不打了……不打了……"

偏偏唐婉这小妮子比谁都暴力，绝对不会因为这家伙嘴里说不打了就会住手，上次打架打得这么痛快，还差不多是半年前的事了呢！

"不打了是吧？"唐婉在男子脑袋上重重地敲了一棍。

男子捧着脑袋，杀猪一般大叫："不打了……"

"真不打了是吧？"说着又在脑袋上狠狠地敲了一棍。

男子护着脑袋的手垂了下来惨叫："真不打了……"

"真的不打了是吧？"唐婉在男子脑袋上一连重重地敲了三四下，又问。

男子的眼泪都流了出来，遇上这个女魔头，还不如直接被枪毙得了，这样打下去，不被打死也得被打傻啊！

朱笑东跟杨薇看着那个男子被唐婉打得抱着脑袋跪在了地上，而唐婉依旧没有住手的意思，禁不住摇了摇头，怪不得小卫那家伙一直都在躲避着她，看这小妮子这么暴力，换谁娶回家不都得玩完儿。

杨薇怪异地看了一眼朱笑东："这么说，你也嫌我很暴力是吧？"

朱笑东自然不敢较真儿，何况，杨薇跟唐婉相比，简直就是行不露足的淑女，何来暴力之有。

唐婉看着已经是泪流满面、满脑袋都鼓出了亮晶晶的包的男子，笑着说道："奇怪了，你这脑袋怎么会这么硬，怎么敲都敲不晕你啊……"

说着，又是一连六七棍敲在男子头上，硬木做的双节棍都被打得裂开了。

这男子不知道是痛得昏了头还是已经成了傻子，勉强把已经肿得像两个桃子的眼睛撑开一条缝儿，看着唐婉无力地说：“姑奶奶……我晕不过去……给个痛快吧……”

唐婉手腕一翻，把已经破了的双节棍掉了个头，一边继续敲着男子的脑袋，一边笑着说：“你想痛快啊……好啊……我就给你个痛快吧……”

看着唐婉简直是变态的暴力，连朱笑东都禁不住打了个寒噤，幸好这家伙不是坏人，要真是坏人，不知道会有多恐怖。

唐婉打完那个男子最后一棍，那个男子的脑袋已经比原来大了一圈儿，现在趴在地上一动也不动了，像条死蛇似的，这才扔了手里的棍子。

也就在这一刻，唐婉两只脚一软，差点就要跟着躺在地上去了。

幸好朱笑东跟杨薇两个人眼疾手快，将唐婉扶住，才不至于就此躺下去。

唐婉在杨薇的怀里咳嗽了两声，又吐了一口血。

刚刚跟这个男子一场拼斗，两人都是受了不轻的内伤，要不然凭朱笑东跟杨薇两个也绝对没那么容易得手。

杨薇大叫：“笑东，快，龙鳞……”只是杨薇说完，才又想起，那天下唯一的一片龙鳞早已经留在那个部落里了。

唐婉吐了些血，稍微喘过一口气来，跟两个人说：“这一次受了这么重的伤，我算是栽到家了，麻烦朱大哥帮我打个电话，告诉小卫一声，就说……”

还没把话说完，就昏了过去。

朱笑东抱起唐婉，立刻就往巷子口跑去，杨薇一边跟在身后，一边给姜所长打电话。

那个男子对唐婉造成这么大的伤害，于公于私，两个人都不会轻而易举地放过他。

给姜所长打电话，杨薇说得很明白："有个京城里来这里公干的人，遇到了袭击，地点就在离医院不远的一条死胡同巷子里。"

姜所长得到电话之后，大吃了一惊，但同时又大喜过望，袭击公务人员那是何等大罪，抓到袭击公务人员的歹徒，那功劳又有多大！

所以没到三分钟，姜所长就到了那条巷子口边，而恰好这个时候，朱笑东跟杨薇两个人带着唐婉进了医院。

一阵忙碌，唐婉总算是进了抢救室，这期间，朱笑东跟胖子打了一个很长的电话。

"胖子，我要最好的律师、最好的媒体、最好的医疗团队、最好的侦探，要用最快的速度给我赶过来，还有，不得少于十个人的保镖，都要快，最好今天晚上之前给我送过来……"

胖子在那边吃了一惊，问："东哥，怎么回事，是你受了伤还是杨薇嫂子？乔家的人还真有这么大的胆子！东哥你等着，我这就过来弄死那个小王八蛋……"

"胖子，你听我说，不是我跟你嫂子，是唐婉，唐婉你记得吗，她快不行了！"

"啊！"胖子跺起了脚来，"这帮狗杂碎还要不要命了，连唐婉都敢算计，小卫呢，小卫跑哪儿去了？什么，联系不上，他老子呢……也打不通，怎么会这样？东哥，你别急，我这就立马过来……"

朱笑东刚打完电话，姜所长也带着一帮人过来，四五个人抬着脑袋已经肿得精光铮亮的那个板寸头进了急诊。

姜所长一眼看见朱笑东，忍不住走过来问道："怎么回事，你们……"

朱笑东想了想，很是直接地说："我们过来看望了一下乔公子，本来想要取得一些谅解，但是乔夫人以及乔公子本人都不同意，我们就只好出了医院，没想到遭人追杀，刚好我有个从京城来公干的朋友遇上了这事，所以她挺身而出，但是也被那个家伙重伤。”

姜所长似信非信，问了一句：“那么，把那个人打成那样的也是你那个来公干的朋友？”

朱笑东来了一句更直接的：“没直接要了他的命算是他福气，人家是拿过执照的！”

“什么？”姜所长一下子蹦了起来，他明白这句话的意思，也明白事情的严重性，唯一不敢相信的就只有来这里公干的人的真实性。

“她叫唐婉，唐宗宋祖的唐，温柔婉转的婉，你可以去查一下她的身份资料，不过，我估计你们还没那个权限！”这话说得很重，关键是不满，唐婉在这里出了这么大的事儿，要是他不在现场也就罢了，何况朱笑东对任何一个朋友都看得比自己的命还要重，唐婉出了这么大的事儿，他还能沉住气没乱来，已经很不错了。

姜所长沉默了一会儿，吩咐过来的几个手下立刻对两个重症室实行暂时监控，不管是谁，除了主治医生医务人员，其他人绝对不让接近。

安排完毕，姜所长一个人急匆匆地回去了。

朱笑东猜想，这老家伙多半是要急着回去查证唐婉的身份，甚至连笔录都没有按照正常程序进行，不知道是心急忘记了，还是有意给忽略过去。

熬过了艰难的两个小时，唐婉都还没从抢救室出来，这时医院里就来了一大票子人，是姜所长，同来的还有十好几个他的手下，另外高原和萧劲也一起过来了。

估计，姜所长去查了唐婉的身份，果真如同朱笑东所说，他没那个资格，但是那个被敲了脑袋的家伙身份却是被证实了，是一个在外籍干雇佣兵的，目前在逃的一级通缉犯。

凭着这一点，姜所长就不敢打马虎眼，连忙向上通报，得到的答复是为了防止那个逃犯再次逃跑，立即转移到比较安全的地方继续治疗。至于唐婉的身份还得进一步的核实，不过，鉴于唐婉也是身受重伤，在核实身份期间可以继续就地治疗，不过，要确保不会有任何差错。

得到了这样的答复，又暗地猜想朱笑东不会在这件事上说假话，继而联想到跟来公干的这位是朱笑东的朋友，那么高原、萧劲他们的关系就非同一般了。于是姜所长干脆把高原跟萧劲两人提前放了出来，反正这两个人的事他不是没有底，按正常程序的话，最多也就是个打架斗殴，或者，搞得好还是个“见义勇为”。

不过，两人出是出来了，但是尾巴没处理干净，所以姜所长很是婉转地跟朱笑东说，他们是朱笑东的保镖，暂时就交给他，负责一下安全，如果有什么事的话，还得随叫随到。

这个是规矩，朱笑东明白，也很理解，稍微跟姜所长交代了几句，承诺两人在案子没完事期间绝对不会逃避，姜所长这才高高兴兴地带着几个手下把那个逃犯带走。

高原跟萧劲两个人稍微问了一下情况，一听说是唐婉出了事，两人也是气愤不已，不过目前首要的任务还是负责唐婉的安全。

两个人不敢怠慢，检查了所有可能出现漏洞的地方，可惜的是，现在就高原跟萧劲两个人，只能守住最大的漏洞，至于其他的小漏洞就交给姜所长留下来的几个部下。

到了晚上十点多，医院里又涌进来一票人，领头的正是早上才回家，现在又被朱笑东叫过来的胖子。

来的人也大多都是朱笑东比较熟悉的：大树、石头、高大壮等，一共十二个人，加上高原、萧劲两人，足足一个排！

胖子一见到朱笑东，就吼道：“东哥，乔正风那个小王八蛋在哪里？我这就去把那狗杂碎拉出来，看看他到底是什么玩意儿？”

朱笑东看了一眼胖子，冷冷地说：“别去胡乱惹事，目前最重要的是唐婉，我们还没空去理会那个乔正风！”

胖子好不容易止住怒气，从兜里拿了一叠钱出来，在手上一拍，对正在安排守卫班次的高原等人叫道：“弟兄们，大家听着，都给我仔细一点，谁要是不经允许擅自进入唐小姐的病房，无论是谁都给我打，打一拳我给五百块，踢一脚我给一千块，只要给他留口气儿，其余的都算胖子我的，这些钱，弟兄们先拿去买包烟抽抽！”

“你们干什么？黑社会啊？”一个抱着文件夹，戴着一副厚厚眼镜的女医生从急救室出来，对着胖子喝了一句。

刚刚还气势汹汹的胖子顿时泄了气一般，低头弯腰，赔着笑脸对女医生说：“对不起，老大姐，我这是气愤，不过我对天发誓，不是对着您的，您老多多包涵，多多包涵，对了，我妹子她怎么样了……”

胖子这家伙的态度转变之快，令人咋舌，不过朱笑东等人对这种“奇特”现象早已经是见怪不怪，习以为常了。

女医生瞪了胖子一眼，不去理他，对朱笑东说道：“病人现在的情况已经基本稳定下来了，但是还需要观察，所以你们不可以在这儿大吵大嚷，影响病人休息。”

听说唐婉已经脱离危险，病情基本稳定了下来，胖子激动得都语无伦次了：“姑奶奶，我们哥儿几个都感谢你八辈儿祖宗，啊，不是，是我们八辈儿祖宗都感谢你们，你们就是我的天使！我们真诚地向你们八辈祖宗致谢……”

女医生走了之后，高原等人早已经安排好值守的次序，大树他们刚来就守第一班，把最容易懈怠的后半夜交给高原跟萧劲两个人，其余的人暂时休息，但是得随时保持联络，防止一旦有什么事情，高原跟萧劲他们这一班还要孤军奋战。

杨薇是这一群人里唯一的女性，留下来照顾还在昏迷中的唐婉，其余的人出了医院，就近找了宾馆住下。

一路上胖子都对朱笑东很不满，乔正风那小王八蛋到底在哪里，朱笑东一直不肯说，要说了，胖子坚决要去抽上那个小王八蛋两巴掌。

朱笑东说："胖子，我让你带保镖过来，最主要的是防止像板寸头那一类人，而不是让你搞得跟黑社会一般，要知道，保镖再多，违法乱纪的事儿你也不能干！"

"是是是，我明白东哥你的意思，你无非就是说要我们低调，可是一想起乔正风那龟孙子，我就气不打一处来，东哥，你说这口气，我能忍得下去吗？"

十几个彪形大汉进了宾馆，前台的服务员吃了一惊，尤其是看到胖子等人怒容满面、凶神恶煞的样子，前台那个小女生心慌慌地直怕。

手忙脚乱地办了入住手续，给了房间钥匙，匆匆忙忙把十几个人带到了房间，那个小女生像是生怕被这些彪形大汉吃了似的，扭头就跑。

朱笑东跟胖子住了一间，两张床，胖子一进房间就倒在床上。

朱笑东苦笑着看着他，一再叮嘱："别做得跟杀人犯似的，记住，我们只是也只能对付那些黑道上的，跟其他的人你们摆这架子，当心惹来不必要的麻烦。"

"本相，这是他们的本相，我也不可能让他们去整个容什么的再过来吧，再说，我们是来干什么的，这里搞不好随时都会有流血火拼的事情，你让我带一帮娃娃脸来，在气势上不就先输了一筹。"胖子苦着脸说。

朱笑东懒得去跟他争执，问道，其余的人什么时候到。

胖子说，律师明天一早就到，媒体就比较麻烦一点，估计要稍微等上一段时间，不过好消息是，接手经办这事的侦探是最有经验的老刑侦。另外，医疗团队这个估计很麻烦，毕竟唐婉现在受的是内伤，懂这事的又能走得了的，目前很不好找。

不过，胖子实实在在把朱笑东埋怨了好一阵儿，当初就不该把龙鳞留给那个老同胞，唐婉出了这么大事儿，这下好了，也就只能眼睁睁看着这唐家妹子受苦受难了，这要是以后小卫知道了，你说我们哥儿俩该怎么解释？

朱笑东不耐烦，都凌晨一点了，胖子你就不累吗，赶紧睡吧，明天还有好多事要办。

刚合上眼没多久，一群人突然闯进房间，大喝：“不许动……不许动……警察……执行公务……”

两人还没反应过来，一群穿着制服的大汉如狼似虎一般便将他们死死地摁住，并且用绳子绑了起来，捆好，才提着放到墙边蹲下。

从梦里惊醒过来的胖子大声喊道：“怎么回事……怎么回事……”

一个穿着制服看起来很是正规的男子冷冷一笑：“怎么回事，你们心里明白，正在严厉扫黄打非期间，你们还敢顶风作案，哼哼……”

“我想你们是搞错了，我们只不过是在这里暂住，扫黄打非跟我们有什么关系？”朱笑东也是冷冷说道。

“哼哼……人赃俱获，还敢狡辩……”

“就在这里住个宾馆，我们有什么人赃俱获？”胖子很是愤怒，“住宾馆也犯了王法吗？”

可是就在这一刻，朱笑东再也说不下去了，就在他们两个人的对面，还蹲着两个披头散发，衣衫不整的女的！

怪不得那个看起来是个头儿模样的人说是“人赃俱获”！

胖子扬起脑袋，大叫：“我们根本就没叫这两个女的来，你们这是栽赃，我要告你们……”

那个头儿模样的人一巴掌扇在胖子的脸上，打得胖子脑袋一歪：“我每次抓到的人都这么说，你告，我让你去告……”

说着，又在胖子脸上扇了一记耳光。

朱笑东看着胖子挨打，赶紧低声说了句：“胖子，别争，这事情，不对劲……”

站在旁边的一个人大喝了一声：“你说什么？”

朱笑东赶紧回答说：“我让我朋友尽量配合你们的工作。”

站在他身边的那人扬起了的巴掌慢慢放了下来，喝道：“不准交头接耳，老老实实给我蹲着。”

朱笑东跟胖子两个人只得老老实实蹲着，不再出声。

不到片刻，有一个低低的声音钻进了朱笑东的耳朵：“没找到要找的东西……”

那个头儿压低声音说：“别在这里待得太久，回去，好好地审问审问……”

胖子没听到，但是朱笑东却把这一段对话听了个一清二楚，直到这时他才明白过来，这一伙人，为的多半又是那个录了音的手机。

如此一来，朱笑东顿时心急如焚，这一帮人明目张胆过来抓人，不知道医院里的杨薇、大树他们怎么样了，会不会也已经落到了他们手里？

这时候，领头那个抓起胖子，喝道：“走，回去跟我们录口供……”

胖子稍微一挣扎，顿时又挨了好几拳头，还好，胖子肉厚膘肥，拳头打在他身上，力气大多被丰厚的脂肪吸收了，胖子也就只是把肥肉抖了两抖了。

一出房门，朱笑东顿时叹了一口气，走道两边蹲了好几个人，男的正是其余的保镖，那些女的跟朱笑东他们房间里的那两个女的一样，都是披头散发，衣衫不整，有的甚至就穿了一件小内衣。

看到这，他不禁长叹一声，明明是被冤枉的，但是也毫无办法。

不过朱笑东看清楚走道里只有四个保镖，心里又是一喜，没见到高原跟萧劲，应该是去交接班了。

第九章
胖子舌战群匪

“走……快走……”“大获全胜”这群人趾高气扬地带着一串男男女女，从楼梯上往下走。

其中一个胖子带来的保镖跟在朱笑东身后，低声说道：“对不起朱老板，我们真的没叫那些女的来……”

朱笑东头也不回：“他们是冲着我来的。”

出了宾馆，路边停着好几部面包车，本来还庆幸高原他们去换班，不会有事，但是当他看到其中一部车子里坐着的几个人，心顿时直往下沉，高原他们先被抓住了。

全军覆没，全军覆没了，朱笑东不由得再次长叹了一声，就算是高原他们也不敢跟一群穿制服的硬抗，保镖能对付的只是黑道上的人物！

那个头儿模样的人把朱笑东、胖子等人塞进一辆有隔离网的面包车里，胖子好奇地问了一句：“大哥，你们这车怎么不是警车？”

前面副驾驶座上一个人转过脑袋，不屑地说：“我们开警车来，你们还不早做好了准备。”

胖子嘿嘿一笑："说得也是，怪不得你们一抓一个准儿的。"

司机启动车子，上了正道，呼啸着就往前面开去，这个时候已经是凌晨，路上基本没有什么车辆行人，所以，车子开得很快。

过了十来分钟，朱笑东突然发现，这几辆车子根本就没往派出所开，而且也不是去市局的路，便忍不住问了一句："你们这是往哪里去？"

没想到副驾驶座上那人一转头，从隔离网里伸出来一个黑洞洞的枪口，对他喝道："少废话，信不信我立刻就毙了你。"

朱笑东大叫："你们不是真正的警察！"

那个副驾驶上的人得意地呵呵一笑："你答对了，看来你还不算笨，嘿嘿……"

原来这一帮人是冒充的！怪不得连抓人都不用警车，不用手铐，仅仅只是用绳子，原来他们根本没有那些东西。

沉默着的几个人一听说这些人根本不是警察，顿时乱了起来，几乎就要在车子里跟开车的干起来。

那个副驾驶很是轻蔑地看着后面几个不住地挣扎的人，"哗啦"一声拉开枪栓，推弹上膛，黑黝黝的枪口就对着后面的几个人，嘴角上挂着淡淡的笑意说："吵啊，闹啊，要不要我帮你们把阵势搞大点？"

这些人有枪，随时都可以置人于死地，这车里坐着的都是请来的保镖，不管是谁，朱笑东都不愿意他们任何人有性命之忧。

顿了片刻，他开口道："说吧，你们是不是来找那段录音的？"

"录音，什么录音？"副驾驶上那人很好奇，问朱笑东。

这时那个驾驶员说了一句："亮子，把人送到地点，我们的任务就算完成了，别多事。"

副驾驶上那人笑了笑，转过头去，把脑袋往后扭着，一点儿也不舒服。

这时候车子已经出了市区，上了一条满是坑坑洞洞的石子路。

在这条石子路上走了十几分钟，司机把车开到一个大大的坑洞边上，才停了下来。

车子一停，副驾驶座上那个叫亮子的拿着手枪，逼着朱笑东等人下了车。

下车后，朱笑东才发现，这个地方很偏僻，周围好远都看不见一丝灯火。

来的一共四辆车子，两辆装的是朱笑东和这些保镖，其余的两辆车自然就是亮子他们这一伙儿的人，有十几个，把双手反剪的几个人全部赶到一起，就蹲在坑洞旁边。

坑洞旁边早停了另外两部还在转动着的罐车，这种罐车朱笑东等人都看见过，工地上专门用来拉混凝土的那种，一车就可以拉上十个立方搅拌好的混凝土。

那个领头的人手里拿着一把手枪，杀气腾腾地在几个人面前走了两圈，然后挥舞着手里的枪，很得意地说道："我知道你们大部分人都会功夫，都很能打，哼哼，怎么样，你们还不是成了我的阶下囚，实话告诉你们吧，我们这次把你们弄来只有一个目的，就是让你们消失，哼哼，看见没有？这个土坑就是你们的葬身之地，这车混凝土就是你们的棺材，我保证一千年以后，你们都还是一模一样……"

胖子大摇其头："不对，就算是水晶棺也不能把人完好无损地保存一千年，哥们儿，你这方面的知识得加强了，过了一千年，就算保存得好，也最多只是干尸，记住了，那个叫干尸……"

那个领头的人看了一眼胖子，怒道："待会儿第一个就把这家伙给我丢下去。"

“那可不成，我这个人呢，最擅长各种地形的逃生，所以，你们最好别让我离开你们的视线，你们可是好不容易才把我弄到手的，别一眨眼又给我逃跑了……”胖子嬉笑着说。

领头那人怒不可遏，喝道：“把他给我丢下去，现在就丢下去……”

两个人走上前去，提了胖子，就要往那个坑洞里扔。

胖子一点儿也不挣扎，反而是笑吟吟地跟那领头的人说：“我知道你们要找的东西在哪里，而且，我的利用价值最大，你们把我丢了下去，简直就是丢掉了一座金山，嘿嘿，你们要是舍得，我也不在意。”

“你……”那个领头的人咬了咬牙，又喝了一声，“慢着……”

提着胖子的那两个人赶紧把胖子放了下来，这家伙真沉，才提这么一会儿，手都有些发软了。

“拉过来。”

两个挟持胖子的人这次不用去提了，而是推着胖子往前走。

“轻点儿，轻点儿，大家都是斯文人……”胖子一边慢吞吞地往前走，一边说道。

这一帮人不是真正的警察，这一点，跟朱笑东坐在一个车子里的人早就告诉了高原他们，而高原他们上了车子之后也就明白了过来，好几次都想挣扎着扑上去拼一把。但是朱笑东却让他们暂时不要冲动，现在的情况是对方手里有枪，这是巨大的威胁，在没有把握的情况下，不能轻举妄动。

高原等人也明白，现在就站起来拼命的确不是最佳时机，这一帮人正虎视眈眈，弄不好就会伤到朱笑东跟胖子。

那个领头的人见胖子到了跟前，一边把玩着手里的枪，一边问道：“你说你知道我们要找的东西在哪里，而且，你的利用价值最大，说说……”

胖子叹了一口气，说：“哥们儿，我这人太肥，刚刚被你们塞在车里那个挤啊，一下车本来想要透口气，你们又让我蹲着，你知道，太胖的人蹲得久了，站起来脑袋都会发上一会儿晕，你得让我好好想想……”

那领头的人“唰”地把手枪顶在胖子的脑袋上，怒喝：“你再啰唆一句试试……”

“我说……我说……”胖子赶紧示弱，不理身后几个保镖的挣扎叫唤，“你们要的东西，我们存在银行里！”

看来那个领头的是有些动心了，用枪在胖子的脑袋上捅了捅，问：“哪家银行？”

“这个……”胖子歪着脑袋，慢慢把脑袋从枪口上移开，“你不能吓我，你一吓我，钥匙、柜号、密码，我全都忘记了……”

“好！”那个头儿收回手里的枪，又厉声喝问，“到底哪个银行？”

“就是……那个……”胖子摇晃着脑袋，期期艾艾半晌才吐出来一个字，“应该……可能……是在……对了，就是离宾馆最近的那个银行。”

“离宾馆最近的那个银行？”那个头儿摸了一下脑袋，仔细想了想，不错，离宾馆最近的地方是有银行，不过，不是一家，而是三家。

亮子凑到那头儿面前，低声说道：“君哥，这家伙在耍我们，那三家银行都没有寄存东西的业务，这个我知道。”

不过，这话让胖子听了去，马上不屑地瞪了一眼亮子：“那是因为你们还没那个资格，知道不？胖爷我是什么人，银行的大客户，贵宾，VIP 客户，钻石尊贵卡，你见过没，只要我们有要求，他们都照办，他们不就是赚我的钱吗，你花过那样的钱吗？”

胖子说得振振有词、理直气壮，朱笑东跟高原等人忍不住心里暗笑，只怕用不了多久，这伙人就会被绕进去。

果然，胖子不等两个人反应过来，就继续说了下去：“知道不，我们钻石尊贵卡 VIP 客户每年缴纳多少钱？这么跟你们说吧，一个月的会员费就够您这十几个人挥霍一年，我要他们办这么一点小事，他们会不肯？”

亮子都忍不住有些动心：“你有那么多钱？”

胖子高昂着脑袋说：“那是必须的，现在，你们有两条路可走，第一，我赠送给你们一笔钱，然后大家各走各的，听好了，是‘赠送’，也就是说，没有人有任何理由对你们的所得有异议，记住了，是我‘赠送’的……”

“你真打算拿一笔钱出来分给我们大家？”亮子又问。

能冒充警察，绑架人质还要杀人灭口的人，多半不是有钱的人，有钱人谁会来干这个！

胖子很大度地点了点头，说：“就冲你们大半夜把我从睡梦里拖出来这一点，我也不能给你们太多，最多每个人一百万元吧。”

每个人一百万元的确是个不小的数目，这里那头儿的手下一共十四个人，加在一起也就是一千四百万元，不过，一千四百万元对胖子来说却是个很小的数目。

听说每个人可以拿到一百万元，守着朱笑东高原的那些人顿时松懈了下来，有的两只眼里甚至都开始冒绿光了。

君哥看着胖子的表情好像不是在说谎，忍不住问：“第二条路是什么？”

胖子很干脆地回答：“跟我们作对，死磕到底。”

顿了顿，又说：“我不在乎给你们一千万、两千万元，因为我手里拿我钱的人至少超过一百个，光是他们的花费，我每年都要用去将近五个亿，你们是干什么的，你们自己知道，你们也应该知道，我手里那些人专门就是对付你们这样的人的。”

一说起这个，几乎所有君哥的手下都禁不住打了个寒颤，保镖对付的就是他们这些黑道上的人物，要不是他们到现在还穿着几件制服，估计在宾馆的楼上就被这一帮保镖给干掉了，这一点儿，君哥以及他的手下都心知肚明。

胖子摇头晃脑地继续说：“目前，他们已经整装待命，只等明天，不，今天天亮就会赶过来，你们可以想象一下，百十来个人，要是抓到你们，那会是什么后果？

“那将是一场血腥的报复行动，我不敢保证他们会把你们当场打死还是什么的，但是让你们缺个胳膊少个腿儿什么的，留你们一口气，再把你们移交到派出所，哼哼，相信他们是能够做得到的……”

“你吓唬我！”君哥粗暴地打断胖子的话，厉声喝道。

胖子摇头晃脑地说：“我没想要吓唬你，我只是在阐述一个事实，你们自己考虑，是每个人拿上我赠送的一百万元，开开心心过上一段舒服日子，还是从明天，不，从今天早上开始，就带着你们的家眷四处逃亡，你们自己想吧……”

这个时候，胖子不像是人家的阶下囚，反而更像是在威胁君哥这帮人一般，朱笑东都忍不住笑了起来，这家伙平日里胡说八道，没想到关键时刻还有这能耐。

“顺便告诉你们一句，指使你们来做事的幕后主使一定就是乔家的人吧，我可以很负责任地告诉你们，乔家的人完了！这不是虚言恫吓你们，要是你们明天早上在逃亡的路上稍微注意一下新闻报道，就会知道指使你们的人到底有多惨，哼哼，那还只不过是开始……”

君哥的脑袋上冒出了汗水，指使他的人的确是乔家，也正因为与乔家有关系，君哥才能高枕无忧地在此地盘踞数年。

而且，这一次乔正风的事情君哥自然是一清二楚，连上午那个板寸头的遭遇都清楚得很，甚至隐约听到传闻说板寸头是栽在一女孩子手里的，而那个女孩子来头很大，只不过现在还没办法证实而已。

如果消息属实，那么胖子等人就肯定有跟乔家大干一场的资本，乔家完蛋就是迟早的事，乔家完蛋了，肯定就再也不会有人顾及他们，到时候，一有点儿风声，黑的白的对他们穷追猛打，那日子是他们绝对不想过的。

君哥再三权衡利弊，最终还是觉得保住乔家，自己这一帮人才会有活路，就算胖子说的全部属实，但是这一帮人毕竟都是外来的人，躲过了这一阵，这里还是自己的地盘，想通后，大喝了一声："弟兄们，别听这家伙胡说八道，老爷子对我们恩重如山，现在就是报答他的时候。"

胖子嗤之以鼻，哼了一声，说："明明乔家完蛋在即，居然还有这么不识时务的，我可是把话撂这儿了，现在离天亮也不过就是两个多小时，我的人赶过来也最多不过两个小时，要跟我们作对的人，大可以赶紧去准备一下后事，随后准备应付黑白两道的追杀。"

君哥大怒，又把枪顶在胖子的脑袋上，喝问："快说，东西放在哪家银行，柜号是多少，密码是多少，钥匙放在哪里？"

胖子面不改色，随口说道："东西就放在左边的第一家，柜号一二二，密码七七四四八八，钥匙落在宾馆里了。"

"胡说八道！"君哥一声怒吼，他越是说得毫不犹豫，君哥就越是不相信，有谁会竹筒倒豆子一般，这么利索就把这么重要的秘密随口说出来了，比背书还利落，不是骗人还能是什么？

胖子呵呵一笑："这你就不懂了，我就说给你们也没用，就算乔家人的本事再大，要想动银行，他也还得掂量掂量，就算动得了，也还得等人家上班了再说，哼哼，等到那个时候，他想要的东西还没拿到手，我的人就差不多赶到了，我有理由骗你们吗?”

君哥怔了怔，一时之间实在不知道是不是该相信胖子的话。

大凡说谎者，最起码是九假一真，倘若一分真的也没有，说出来的话自然是破绽百出，这一点君哥自然是知道的、但是像胖子这般，几乎把话都说到九真一假的程度，他反而不敢信得太实在了。

想了片刻，他转过身去，拿出手机拨了个号码，问道：“看见我们手上的人进过工行吗？他们说东西寄放在里面。”

对方回答得很肯定，进过！但是东西在不在里面，不知道。

君哥想了想，又说：“立刻搜索宾馆的那两间房间，找一把钥匙，仔细一点，找到钥匙就通知我，我好灭了他们……”

还没说完，胖子突然发动了攻势，一弯腰，低耸着肩膀，庞大的身躯就像是一发炮弹，以迅雷不及掩耳之势轰然向君哥撞去。

胖子这一撞力道十分之大，撞得君哥一个恶狗扑食，直接趴在了地上。

这一撞之后，几乎是趁君哥还没反应过来，便一屁股坐了上去，胖子坐的地方很是搞笑，刚好坐在他的肩背上，整个人都坐在上面，还不时微微站起来再狠狠地往下一坐，每坐一下，君哥就在胖子的屁股下发出一阵闷哼，足见这家伙屁股上的威力是何等威猛！

朱笑东、高原等人早就憋了一股子气，胖子一阵胡说八道，恰恰为他们争取了不少的时间摆脱束缚。

高原等人都是特种军人出身，没用多久就弄断了绳子，没敢贸然出击，只是顾虑到胖子还在君哥的枪口下。

一眨眼间，胖子瞅准了时机，不但带头发动了攻击，居然还直接将君哥干翻在地，高原等人哪敢耽搁，全都猛地扑了起来。

形势突然逆转，这对君哥的手下来说如同当头棒喝，但是对高原等人来说却是蓄谋已久，在君哥的手下还没反应过来之际，高原等一个个就像是下山的猛虎般，那几个人哪里经得住打，一时间抱头鼠窜，连枪都忘记用了。

君哥手下的人其实大多是地痞流氓一类的人物，平日里用些三脚猫的功夫耀武扬威，现在遇到的可是受过专业训练的打架行家。至于枪，除了君哥其余的人几乎都没摸过，毕竟乔家的势力再大，敢明目张胆地给君哥准备枪支弹药去练习，他们还没那个胆儿，所以除了君哥，其余的人根本就没摸过枪。

一到这时，早就慌了手脚，有些甚至连手枪上的保险都没打开，稍微灵活一点儿的也就是一边跑，一边头也不回地胡乱开了几枪，子弹都不知道飞哪里去了，相较高原等老摸枪的人，这根本就算不上威胁。

整个战斗没超过五分钟就已经终止了，被高原等抓回来的有六个人，其余的七个人都趁着夜色跑得不知去向，朱笑东制止了几个保镖的追击，手上有君哥还有另外六个人，已经足够了。

君哥被胖子一下接一下死命往地上坐，估计肋骨都被坐断了好几根，这个时候就只有趴在地上哀嚎的份儿。

朱笑东过来帮胖子把捆在手上的绳子解开，胖子坐在君哥的背上活动了一下手腕，才站起来。

这个时候，高原等人把那几个人毫不客气地狠揍了一顿，然后每个人一脚，直接就踢到那个土坑里面去了。

那个土坑不深，也就两三米左右，几个被踢下土坑的人这才明白什么叫真正的恐惧，一个个撕心裂肺地大叫：“大爷……饶命啊……”

“大侠……这不关我们的事啊……”

“我也就是跟着看个热闹的……”

“我家里还有七八十岁的老娘，还有两三岁的奶娃啊，大爷，高抬贵手啊……”

“……”

胖子从地下把君哥提了起来，看着几欲昏死过去的君哥，毫不留情地一记耳光扇了过去，喝道：“叫你吵了我的美梦。”

“啪”又是一耳光：“给你一百万元你不要，你要挨耳光……”

“啪”“你敢打胖子我……”

朱笑东拦住胖子：“这个人对我们很有用，别把他弄晕过去。”

又“啪”地抽了君哥一个耳光，胖子这才找来绳子，将他手脚绑了个结结实实。

其中有个保镖，很是不忿这一群地痞，直接爬到靠在土坑边上的罐车里，打开卸料开关，罐车的发动机顿时一阵吼叫，车上的罐子开始转动，搅拌好的石沙混凝土顿时哗哗地直往土坑里灌，那架势，几乎就是要活埋了他们似的。

这时，土坑底下的人就更加凄惨，更加热闹了，有喊爹的，有叫娘的，也有喊着老婆儿子的，简直就是人间地狱的模样。

那个保镖足足放了一车混凝土，几乎把土坑填起来将近一米，不过，朱笑东等人并不是真的要将这几个人做成一千年以后都还能保存得完完整整的干尸，吓吓他们，出口恶气而已！

那个保镖放完一车混凝土，把几个人也吓得够呛了，也就不去卸第二车了，而是蹲到土坑边，见谁想爬上来，就当头一扳子，又把那人打回去。

几次下来，一群人在泥浆里打了几次滚，身上沾满了水泥，居然连爬都爬不动了。

朱笑东跟胖子把君哥塞进面包车里，又特地让高原跟另一个保镖牢牢地看住，留了两个人下来“照顾”土坑里的人，然后交代了几句。

随后，朱笑东等人急急忙忙开车回去，毕竟还不知道杨薇她们是什么情况，搞不好，那边也出事了。

四十多分钟后，几个人押着君哥到了医院，还好，在医院留守的几个人还正忙着，见到了该换班的时间，高原等人还没来接班，杨薇起了疑心，一边让四个保镖打起精神，一边跟姜所长留下来的人商量了一下，正准备抽调两个人去看看情况，没想到他们就过来了。

不过，那两个人见到君哥很惊讶，只是还算机警，没敢怎么表现出来。

朱笑东安排了守卫换岗之后，让高原跟萧劲两个人稍微做了些准备，然后押着君哥径直闯进乔正风的病房。

这会儿，乔正风还睡得正香，许琛也刚刚趴在床上打了个盹儿，朱笑东跟胖子“呯”的一声踢开病室的门，直接闯了进去。

许琛看清楚是朱笑东跟另一个胖得不行的人闯了进来，顿时站了起来，怒声喝道：“谁让你们进来的！给我滚出去！”

朱笑东冷冷地说道：“乔夫人，我本来想大家和和气气地解决这件事情，但是，没想到你们居然卑鄙到动用黑势力来追杀我们，那好，我们就走着瞧。”

“哼！”许琛鼻子里冷冷哼了一声，“说话要有证据，仅凭这一点，我就可以告你诽谤，你信不信我马上报警抓你。”

胖子往前走了两步，指着许琛的鼻子，嘿嘿笑着说道：“报警？哼哼，你报啊，让他们来抓啊，我倒要看看，他们能抓谁？”

“你们简直是无法无天！”许琛不甘示弱，“你以为你们是谁？你们简直就是黑势力！”

“呵呵……”朱笑东笑了起来，对许琛说，“你说我们是黑势力，那我就让你看看谁才是黑势力！”说着，回头对门外的高原等人喝了声，“带进来！”

早就守候在门外的高原把君哥推了进来。

这个时候的君哥一张脸浮肿不已，又加上胸骨已经断了好几根，基本上连站都站不稳了，勉强睁开眼，看见许琛，一下子就把头低了下去。

高原自然不会让他低垂着脑袋，抓着君哥的头发往上一提，让他再次与许琛四目相对。

许琛打了一个哆嗦，但随即又强硬地说道：“你知道他是什么身份吗？你们会不认识这一身制服？就凭着这一条，就足够你们这一帮人把牢底坐穿。”

“还有……”许琛指着高原说，“这个人我认识，据我所知，他现在应该被关在监牢里，你们把他劫出来的，对吧！”

朱笑东笑了笑：“这位怎么出来的与你没关系，但是我要告诉你的是，那个板寸头跑不了，这个叫君哥的同样也跑不了，接下来，就该轮到你们了。”

几个人吵嚷中，把正躺在床上的乔正风给吵醒了，乔正风一醒过来，见到又是朱笑东，顿时发起了疯来。

一边拍把着病床，一边大叫：“姓朱的，你有什么本事冲我来……别欺负我妈……姓朱的，我一定要杀了你……”

许琛大喝：“风儿……”

恰在这时，走道上一阵走动的声音，姜所长带着几个人过来，一见到朱笑东正跟许琛吵得欢，当下略一皱眉，拉了拉他。

其余的人从高原等人手里接过君哥，直接就押了出去。

姜所长带着朱笑东，到了走廊上，左右看了看，见没什么人，直接就压低声音说：“小朱，出事了……”

朱笑东一怔，忙问："出什么事了？"

这老家伙再次看了看没有别的人，才说："昨天交给我们的那个逃犯，死了。"

"死了！"朱笑东吃了一惊，足足愣住了好几分钟，"从这里出去不是还好好的吗？"

"我也是刚刚才得到的消息，伤势过重，医治无效，死在抢救中……"

朱笑东知道，那个逃犯死亡意味着什么，唐婉的伤更重，都没死，那个逃犯没理由在抢救了大半天之后死在手术台上，这当中肯定有只黑手，而且这黑手就是乔家的人。

沉默了好半天，才忧心忡忡地跟姜所长说："如果照这么说，这个君哥虽然在混乱之中被打断了两条肋骨，但最后要么会逃掉，要么会跟那个逃犯一样，不治身亡。"

姜所长叹了一口气，才说道："小朱，这里面的事情我也不知道怎么说，如果你们能就此走掉的话，或许，对大家都是个好事。"

"所长老哥，你怎么能这么说……"

话还没完，姜所长的电话响了，是他的手下打过来的，君哥打伤了两个看守他的人，逃了出去！

医院离派出所仅仅一箭之地，十分钟不到的路程，四个人押送着他，这就跑了，还打伤了两个人！

朱笑东看着第一抹升起来的曙光，沉吟了良久，才说道："这么说，我手上还有的另外六个人，看样子是不能交给你了。"

"你手上还有六个人？"姜所长吃了一惊。

"我们在宾馆里住宿，就是这个君哥带着十几个人冒充你们，将我们全部捆了起来，后来，我们挫败了他们的阴谋，还抓住了君哥之外的另外六个人，现在，君哥已经逃了，这六个人极为重要，我不想他们有什么意外……”

姜所长重重地叹了一口气：“事情真不是你想象的这么简单，我想，如果你们现在就抽身事外，直接走人，不会有人拦着你们，另外，这件事情的风头很快会过去，只要风头一过，大家都没什么事了。”

朱笑东也叹了口气：“可惜，就算我想走，现在也走不了了，你知道唐婉是什么人吗？她是卫老爷子没过门的儿媳，你说，我走，还是不走！”

“卫老爷子的儿媳！”姜所长的脑袋“嗡”的一下大了不止一倍。

唐婉来公干，抓到了逃犯，虽说逃犯已经死了，但也掩盖不住这事实，而朱笑东等人就算是被迫参与进来的，现在也与乔家脱不了干系了，一旦卫家的人出动，唐家的人自然也不会闲着，一旦两家人都参与调查这件事，这恐怕将是边城的一场灾难。

姜所长早就猜到唐婉的身份不一般，但是无论如何也没想到这会到如此吓人的地步。

现在不但朱笑东走不了，一个不好，连姜所长也没办法脱身。

过了许久，姜所长才搓着手，苦笑着说：“小朱，最近发生的事情太多，老哥很多时候都被搅得一头糨糊，还希望你能多担待些，老哥也有苦衷。”

朱笑东微微点了点头，没有多说，现在这世道就是这样，多说无益。

“把那六个人交给我，你放心，这次不可能再出什么差错了。”见朱笑东没有异议，这老家伙才稍微放心了些。

“很好，但是，我们的律师很快就要到了，他们需要跟这六个人有些接触，我想，这不会违反你们的规定吧！”

姜所长吐了一口气："在规定原则的范围之内，我们将无条件配合支持。"

"好！那我就先谢谢姜所长了。"

现在，有病人或者医生出现在走廊上了，实在不能再过多交谈下去，所以朱笑东简单道了谢，然后说了两个保镖看守着的那六个人的位置，又亲自跟两个保镖打了电话，告诉他们过会儿姜所长会过去提人。

姜所长也谢了一声，随后走了，现在得赶紧忙起来了。

出了走廊，朱笑东很郁闷，想不到这一次出来居然惹上这么多的事，如今深陷其中，已经不是想脱身就能脱身的了了。

唯一的好消息就是手上还有六个人，而且，姜所长似乎也意识到了问题的严重性，可是，这又能顶多大事啊。

勉强跟杨薇等人吃了点早餐，随后才想起，昨天就想去看看肖薇的，一直都没能过去，今天，唐婉这边有高原他们看着，应该不会有事，再说用不了多久，还会陆陆续续有人过来，所以，这边的事情倒可以放下些心来。

跟杨薇一说，杨薇自然是少不得要去见见这位妹子，胖子更是吵着要一起去。

三个人简单地跟高原等人交代了一声，高原建议朱笑东带上一个不当班的保镖，朱笑东摇了摇头，昨天晚上闹了一宿，大家都很疲惫，还要轮班守卫呢，不能打扰他们休息。

出了医院，胖子准备拦辆车直接坐车过去，朱笑东却说难得活动一下，也就十几分钟的路，正好清醒清醒脑袋。

走了一段，胖子忍不住叹了口气："你说这唐家妹子怎么会落到没人看没人管的地步？我可没别的意思，我是说，小卫那家伙，还有他们唐家，怎么会不闻不问呢！你说唐家妹子一个女孩子家家的，单独在外面跑，他们唐家的人也放心？”

杨薇不想听胖子埋怨小卫以及唐家人的话，现在埋怨谁都没用，小卫以及卫家的电话都打不通，唐婉又昏迷不醒，也不知道唐家的电话，现在发牢骚有什么用。

“胖子，据说昨天晚上，就你一个人，就凭一张嘴，就把君哥一伙人搞得人仰马翻，这么出彩的事儿，怎么没听见你吹牛？”杨薇转移了话题。

说来也是奇怪，以前胖子要是遇上这样的事，都不用别人提醒，自个儿就会吹个满天飞，偏偏现在杨薇把话说到这点儿上了，他却依旧无精打采。

“不就是几个地痞加流氓吗，还及不上跟两头狼打上一架精彩，有什么好吹的。”胖子懒洋洋地说。

不知道他真不愿意吹牛，还是刻意要做得高尚一些，反正对昨天晚上的事情，就是一个字也不愿意多说。

朱笑东也觉得奇怪，难道胖子转性了？这样的“英雄事迹”，都不想挂在嘴边！

见朱笑东在一旁搭话，胖子没来由地冒出了一股业火：“还说呢东哥，住个店遇上了扫黄的，一夜没睡好不说，这事儿要晓娟不知道也就罢了，她要知道了这事，铁定翻脸，到时候你们跟小娟解释去。”

杨薇总算明白胖子在怕什么，当下忍住心里的笑意，劝说：“不是有笑东跟你在一块儿吗，况且，我都不会怀疑你们两人会干那事，晓娟难道还会不放心？”

胖子一张脸涨得通红，特别忸怩地说了一句：“嫂子你可别误会，我说的不是跟那些女人的那事，昨天晚上的事，我真不能说。”

朱笑东听着胖子这话，觉得好像哪里不大对劲儿，但是一时之间又想不出来原因。

过了半晌才问："胖子，你跟晓娟吵架了？我怎么听你这话里还有话似的。"

"不说这个了！"胖子故意绕开话题说，"前面就是关那位肖小姐的地方……"

"慢着。"朱笑东看了一眼才刚刚走上岗位的门卫，估计离正常会客还有一会儿，胖子这家伙神色怪异，说话前言不搭后语，吞吞吐吐的，这事儿可要搞清楚才行。

胖子红着脸，开口求饶："东哥，你放过我吧，那事儿我真不能说……你就当我是怕老婆，气管炎，成不？"

"不成！"朱笑东斩钉截铁地说道，这倒不是他喜欢探究别人的私事，胖子跟他这么久，对王晓娟从来都是问心无愧的，昨天晚上出了这事，胖子本来英雄了一把，但是现在却不肯说出来，这里面是不是有什么隐情，或者，对王晓娟变了心？

胖子见他一再追根问底，忍不住怒道："你真要我说？"

朱笑东毫不犹豫地点点头，只要不是对不起王晓娟，就没什么不可以说的！

胖子指着他咬牙切齿："东哥，可是你要我说的，昨天晚上对着那个君哥，我都尿了一裤子，你们还拿这事来逼着我说！我恨你！"

朱笑东跟杨薇两个人捧着肚子，差点就要满地打滚了，两个人还以为是什么特别的大事，原来，胖子只不过是面对君哥的枪口，吓得尿了裤子！

不过，一个大男人被吓成那样，的确是个耻辱，何况胖子这家伙什么场面没见过，居然就被吓到那一步，怪不得绝口不提昨天晚上的事！

过了许久，朱笑东才噗噗笑着说："胖子，你不是平常都自诩是从枪林弹雨里摸爬滚打出来的吗，没理由昨天晚上就会吓成那样？”

胖子指朱笑东，怒道：“你还说！”

过了半晌，才叹了一口气，又哭丧着脸说：“我也不知道为什么就会被吓成那样，昨天我在家里待了一天，看着王晓娟，还有马上就要出来的儿子，东哥，你们说我该得有多高兴，可是，被人用枪指着脑袋那一刻，我真的好害怕，我真的不想就这么去死……”

杨薇劝着胖子说：“胖子，你吓成那样儿都能把那个君哥他们弄翻，你要是不害怕，那还不得直接就把君哥的人全部给干趴下。”

笑过之后，朱笑东才说道：“这是因为心里有了牵挂才害怕，这不稀奇，胖子，你知道不，在那个海岛上的时候，我也尿过一次，这事我也觉得……嘿嘿……憋屈……”

本来胖子还在垂头丧气，一听说朱笑东也尿过一次，顿时就转忧为喜，嘿嘿笑道：“东哥，真的？”

“假的……”杨薇怒道，“你东哥怎么会尿裤子？他骗你的。”

胖子笑个不停，杨薇这样在意，多半这话就是真的了，朱笑东也有过同样的事迹，嘿嘿，哪能不高兴呢。

朱笑东苦笑不已，杨薇嗔怒，胖子笑个不停，过了好半晌，才看见有个医院里留守过的警员，赶紧跟了过去，跟那个警员套了个近乎，然后又说明了来意。

这个警员也不含糊，直接带了朱笑东跟杨薇等人到了关着肖薇的单间。

此时再见伊人，肖薇已经黑瘦了不少，憔悴了许多，看得朱笑东心里没来由地有些抽痛。

而肖薇见到朱笑东，很是吃了一惊，再看到杨薇，眼泪顿时止不住哗哗地流了下来。

被关在这里这些天，肖薇想过很多人，但是那些记忆中的人一个也没出现，苏忆一直都没来见过她这个姐姐，肖天成也就只是来过一次，平日里的那些好友也不知道是不肯来，还是进不来。

不过她怎么也没想到朱笑东会来，一时间，肖薇抽抽噎噎，好半天也说不出来一句话。

过了许久，肖薇才说，那天也不知道是怎么回事，鬼使神差一般，就像以前悄悄地溜出了家门，连保镖都没让跟着，就在那次和朱笑东第一次见面的地方，刚刚还没站多久，就遇上了乔正风。

当时，碰巧乔正风正拿了一束花，不知道要送给谁，一眼看见肖薇失魂落魄地站在那里，就上前说是要向她求婚，当时肖薇心里正混乱不堪，不知道怎么回事，接过那束花就扔了出去。

乔正风那脾气，朱笑东是知道的，见肖薇扔了那束花，恼羞成怒之际就想来个霸王硬上弓，拉着她就往车子上塞。

肖薇一边挣扎，一边大喊救命，还好有两个人跑了过来救下了她，这样一来，本来就恼羞成怒的乔正风就让几个手下跟那两个人打了起来。

肖薇口中的那“两个人”自然就是高原跟萧劲了，不过朱笑东等人也不说破，静静地听她把这件事原原本本地说出来。

乔正风那几个手下也有身手不凡之辈，当时又拿了匕首出来，可是萧劲跟高原两个人根本就没放在眼里，一阵搏斗，把那群人全部放倒了。

这时，她才注意到乔正风不知道什么时候，被一辆大货车给轧了双腿。

肖薇当时就给吓傻了，连怎么被关进来的都不记得。

虽然知道肖天成对这个掌上明珠已经弃如敝履，胖子还是忍不住问了一句：“你爸爸就没来看过你一次，没管这事?”

肖薇的泪水再一次像断了线的珠子，“啪啪”直往下掉。

肖天成说，现在乔家的势力如日中天，能攀上这样一门亲事，对肖家的事业有极大帮助，所以肖天成过来就劝她嫁给乔正风，哪怕乔正风已经没有了双腿。还说，乔家威胁说，如果不答应，肖薇就会被判故意杀人罪，另外，肖家的产业乔家人也不会放过。

朱笑东很疑惑，高原跟萧劲说不清楚乔正风是怎么被货车撞倒的，怎么会连肖薇也不知道？

这当中，隐藏着什么吗？

第十章
乔家倒塌

“那撞人的货车司机呢?”杨薇忙问。

肖薇摇了摇头:“从进来后，外面的一切消息都断绝了，不过，从我的驾驶经验来看，那个货车司机应该责任不大，或者说没责任。”

出了这么大的事情，开车的司机有没有责任，在现场一眼就能看得出来，如果责任不大，或者没有责任，也就不会扣押司机，何况到了这个程度，乔家人很有可能故意不去追究司机的责任，而是把全部责任推到肖薇、高原、萧劲三个人头上。

而且，把肖薇羁押在这里，很明显就是为了方便给肖薇以及肖家施加压力，以达到乔家人真正的目的。

其实，这种做法漏洞之多，简直叫正常人不敢相信，可是，这世上偏偏就有这样的人敢干出来这样的事!

朱笑东安慰说:“虽然乔正风那王八蛋到底怎么被车子撞的还是个谜，但是你放心，我有些朋友是干刑侦的，马上就要过来了，乔家再怎么势大，相信这天底下还是有讲理的地方的，你就好好待着，等着看乔正风那小王八蛋是怎么玩完儿的吧！”

肖薇泪流满面，要不是杨薇在这里，几乎就要扑到朱笑东身上痛痛快快地哭上一场。

杨薇拉着她的手不住地劝慰，这件事不是解不开的死结，只是目前时机还没到而已，一旦时机成熟，相信立刻就会还她一个清白。

胖子在一边也说：“小肖妹妹你不用怕，这一次我们一定要打那个乔疯子一个落花流水，还有，无论是谁，他们来劝你投降的话，你就使劲给我骂，要表现出一个革命者应有的坚强！”

跟肖薇道了别，正要出派出所，让人没想到的是，几人竟然迎面撞上了肖天成，肖天成比昨天看上去更老了一些，头发都白了不少，想来为肖薇这个不争气的女儿实在也是费了不少心。

见朱笑东一行三个人，他略微点了点头，算是打过了招呼。

胖子一见这个人，顿时又暗暗地生气起来，这家伙，看这德行都不是什么好东西，哪有逼着自己的女儿去嫁给一个残废的人，要不是这里地方不对，看在肖薇的份上，胖子恨不得扑上去就给这老小子两个耳光。

稍微寒暄，知道朱笑东也是过来看肖薇的，肖天成脸上更是灰暗，良久才叹了一口气，说：“小朱，你我以前也算是朋友一场，我相信你能理解一个当父亲的心情，我不劝她嫁过去，等待她的将是故意杀人罪，肖薇这一辈子，最美好的青春不能在那里面度过。还有，乔家的人已经暗示过了，只要她能答应下来，你那两位朋友也不追究了……”

朱笑东很是“感激”地点点头：“肖老板，我那两位朋友的事情就不劳你费心了，他们两个的事情，我们会安排妥当，倒是肖老板你，我怎么总觉得你是在拿肖薇跟他们做交易……”

这话可是说得露骨至极，无异于是在肖天成脸上狠狠地扇了一记耳光，老迈无能也就罢了，偏偏连消息都不灵通，昨天一天发生的事情估计大半个边城都知道了，他还蒙在鼓里。

不知道他是真不知道，还是只想要攀上乔家这门亲事。

乔家这门亲事，真对他这么重要？

肖天成原本灰暗的脸上几乎是黑了下来，过了许久，才黑着脸叹了一口气："小朱，算我求你了，我们肖家的事你就不要插手了，好不好？"

胖子差点就一脚踢了出去，老东西！

"肖老头儿，你们肖家的事我们不会管，也懒得管，你爱怎么着怎么着，我们来这里完全是为了我们的朋友，与你半毛钱的关系也没有，你也用不着求我们。不过，我要告诉你一句话，乔家马上就要完了，而且，就是乔正风那个龟孙子玩完儿的，哼哼……"

胖子说完，两只手往身后一背，一颗圆溜溜的脑袋昂在天上，看也不看他一眼。

"我真不知道你在怕什么？"朱笑东也是冷冷地说了一句。

肖天成叹了一口气，一刹那间，像是英雄到了末路般。

杨薇忍不住有些恻然，没来由地想起方天然那次穷途末路的情景，忍不住心里一酸："肖老板，或许，你心里有不得已的苦衷，要不找个地方，我们谈谈？"

肖天成叹了一口气，默默摇了摇头，看样子，心中苦楚是有的，但是却不好对外人说起，何况在这些人心里，他早就没了地位。

其实，他真的不知道这两天发生了什么事情，除了乔家方面咄咄逼人之外，仅仅一天没出门的肖天成实在不敢相信事情会有这么大的变化，而且还牵涉到了唐婉，要是知道的话，他绝对不会是这个态度。

见肖天成决意不肯，杨薇只得叹了一口气，跟着朱笑东怏怏地出了派出所大门。

出了派出所，朱笑东本来想去事发地，也就是他把肖薇误当成苏忆，第一次见面的地方，可是高原打电话说，第一批请来的律师已经到了，有三个人，希望跟他们在医院前面的小宾馆碰个头。

朱笑东只得放弃计划，折返回医院。

因为心急，十几分钟的路程，三人几乎是一路小跑，就到了约谈的位置。

说这里是个小宾馆，其实就是个卖小吃的饭馆，不过里面也有雅间，这个时候上班的高峰期已过，小饭馆里客人寥寥无几，几乎已经没生意可做，显得很是冷清。

这一次过来的三个人中两男一女，一个老头子，姓武，外号“铁嘴”，另外年轻的这一男一女是他的助手，男助手叫曹华，女助手叫齐芳，两个人都是二十六七岁的样子。

武律师素以精细谨慎、作风硬朗而闻名，曾经赢过大大小小一百四十七场官司，无一败绩，所以同行就送了个“铁嘴”的外号给他，至于真名，反而很少有人提及。

几个人在雅间里坐了，武律师就直接问起计划，要达到什么目的，朱笑东想了想，现在的目的无非就是替高原、萧劲以及肖薇洗刷冤屈，还三人清白。谈到赔偿之类的事，特地又打电话问了高原，高原跟萧劲都说，那就根据对方的态度说话了，如果能还回清白，赔偿的事可大可小，可有可无。

武律师当时就有些尴尬了，话要是这样说，那还请律师干什么，直接让警方一查，谁有责任谁没责任，谁责任大谁责任小不就出来了，结果出来了，就什么都结了。

朱笑东苦笑了一下，对方的实力不容小觑，甚至有可能直接影响到刑侦的结果，为了万全的准备，不得不动用律师。

武律师听完朱笑东的介绍，想了想说："这个案子的确有些棘手，对方的地位之高是我们从来没有遇到过的，这恐怕得花上一定的精力，不过小朱你放心，在律法面前人人都是平等的，假以时日，定能还你们一个清白。"

朱笑东点头表示谢意，随后又拿了一张卡出来，里面是五十万元现金，权当这一段时间的活动经费！

当然，"事成之后还有重赏"之类的话，朱笑东就说得比较委婉，到时候再给武律师五百万元辛苦费！

一听说不管到时候结果怎么样，甚至打不打官司都有五百万元可拿，武律师顿时满脸堆笑，抽出现成的委托合同书，赶紧让朱笑东签了字。

对于武律师来说，这就是一个小小的刑事案件，见得多了，不敢说百分之百会赢，至少也会有百分之九十九的把握，这五百多万元简直就是送的，除了实惠，又在不败的战绩中锦上添花，增加一个不败的传说。

如此好事，何乐而不为！普通人的案子，就算把官司打赢了，也不过是三二十万块的佣金而已。

朱笑东看了一遍合同，觉得也没什么不妥之处，便认真地签了字，交还给武律师，又说，差不多到饭点儿了，要不，将就着在这里吃点？

武律师收好合同，对这里的环境看了一遍，便说一寸光阴一寸金，时间紧迫，还是先出去办事儿，说着带着两个助手，也不知道跑哪儿吃饭去了。

武律师走了之后，胖子可是好好地肉痛了一把，埋怨朱笑东不该如此漫天撒钱，朱笑东倒也懒得跟他计较，用一顿饭堵住了他的大嘴。

买了单，出了小饭馆，胖子伸了个懒腰，这昨天晚上一夜没睡好，得找个地儿躺上一躺，饭后躺一躺，敢到虎穴闯一闯，胖子说。

可惜的是，胖子始终没能躺成，姜所长又出事了！

打电话过来的是大树，昨天晚上，留下来看那六个人的，就是大树跟另一个保镖。

按照朱笑东的吩咐，大树见到姜所长之后，把其余的六个人交给了他，然后开了一辆君哥他们留下来的面包车，算是护送他们回警局，反正都要回来，一起稳当一些。

姜所长过去接人，开的是一部警车，见那里还有一部面包车，就让同车的助手去开那部警车，自己一个人载了那六个混混，开了那辆面包车。

按说，这六个人被大树他们折腾得够呛，浑身都是水泥，可以说又冷又饿，筋疲力尽，而且上车的时候大树又特别检查过，六个人都是挨个左手铐着右手拷成了一串儿的，除此之外，六个大男人挤在面包车的后座上，前面还有一层隔离网，可以说是万无一失。

可是偏偏就在上了大道时，却出了事儿。

上了大道，由那辆警车开道，后面是姜所长，大树跟另一个保镖落在最后面，刚刚才上大道，就差点发生了一起车祸。

边城的大道也不算宽，也就双向双车道，沥青砂石路面，虽然不宽，但是路面绝对是公路，可惜的是路中间没有隔离栏，有时候司机为了超车，竟然抢道逆行，而且，能这么做的时候，也没人客气。

大树跟在姜所长后面，也遇到了这样一个犯二的司机，姜所长的车子刚刚过去，突然间就冒出来一辆拉着建筑材料的大型货车，为了超车居然抢道逆行，差点儿就跟大树的面包车撞上了，吓了大树一身冷汗，呆了好一会儿，才回过神来。

等他重新发动车子再去追姜所长他们的时候，却发现他们早就不见了踪影。

大树还以为他们提前回到了所里，赶过来一打听，却发现不但姜所长没回来，连那一部警车都没回来，又跑到市局去问，市局的门卫说今天早上来的车子很多，但是姜所长以及他们所里的车子一辆也没来过。

大树发现情况不对，开着车子四处查找了一遍，但是这一部警车、一部面包车就像是凭空消失了一般。

大树请示说，是继续找下去，还是回来再说。

这一刹那，朱笑东的心直往下沉，这老家伙可是信誓旦旦承诺过，现在却连人带车都不见了，这要怎么解释？

姜所长是所长，不可能不明白其中的利害，一句非法禁锢，他所有的前程都将毁得一干二净，既然明明知道，他为什么还要这么做？

那么姜所长以及那六个人，到底去了哪里？

他想不明白姜所长为什么要这么做，对于大树的请示，只好让他们先回来，不管怎么样身体要紧，他们两个可是从昨天晚上到现在都没睡个好觉。

但是让他很恼火的是，手里最直接的证据一个又一个地没有了，现在该怎么办？

杨薇劝道："算了，笑东，这些直接的证据没有了，间接的证据还有不少，何况，现在搜集证据这件事完全可以交给武律师他们去办，相信他们能找出更有力的证据出来。"

胖子揪着头发，有些痛苦地说道："怎么这世上的人都一个样儿啊，我们还可以相信谁啊？"

沉默了半晌，朱笑东突然大喊："不好，肖天成有危险！"

胖子不屑："那个老古怪，他有没有危险干我屁事，谁爱把他咋地就咋地，反正我是一看见这老家伙就来气儿。"

"你这家伙脑袋怎么不转圈！从本质上说，我们跟肖天成是同一阵线的战友，而他先前去找肖薇估计是接到了乔家最后的通牒，如果肖薇不答应，乔家人就会立刻动手，胖子你想想，肖天成跟乔家接触过多少次，知道多少对我们有用的东西，一旦他出了事，我们就算打赢这场官司，又有什么意义！

"现在的情况是，不管乔家人知不知道唐婉的真实身份，威胁并不大，那个逃犯一死，也就成了死无对证，反而是君哥以及那六个人，还有姜所长等人，对这件事情知道得比较多。可是君哥已经逃脱，姜所长跟那六个人一起失踪，我不敢确定他们会有什么下场，但可以肯定的是，眼下知道最多的就是肖天成，而肖天成，现在就在乔家人的掌控之中！"

胖子一拍巴掌："对啊，我怎么就没想到这一点……"

"还有一点……"朱笑东一边往外跑，一边说道，"既然肖天成已经在乔家的掌控之中，恐怕乔家看重的就不是肖薇，而是肖天成的家产！"

杨薇沉吟了半晌，问朱笑东："我们会不会误会了肖天成，肖天成能一手一脚拼出来这么大的家产，绝对不会是个无能之辈，但是他执意去劝说肖薇下嫁乔家，会不会另有深意？"

"还有一种可能是……"朱笑东回头看了看杨薇跟胖子两个，接着说："肖天成在利用肖薇跟乔家的人做殊死搏斗，表面上劝说肖薇屈从下嫁，实际上是在拖延时间……"

胖子接嘴说道："也就是说，肖老头其实是白皮红心，是我们潜伏在敌人心脏里的一把尖刀，一颗炸弹！"

"很有这个可能！"

“那我们现在该怎么做，直接让肖老头过来跟我们一起，还是直接派几个保镖过去，发现有人对肖老头不利，就干他娘的?”胖子问。

朱笑东再次批评胖子：“保镖只能在昨天晚上那种时刻派上用场，别动不动就挂在嘴上，我们毕竟不是黑势力，不到关键时刻不要动用武力。”

胖子讪讪地笑了笑：“明白了，东哥……不过，肖老头儿那边派个人过去，也方便我们联络，随时掌握事态的发展，这倒是件好事，只是派谁过去比较好呢?”

朱笑东跟杨薇两个人一齐伸出手指，指着胖子：“你啊……”

胖子一头黑线，大声抗议：“凭什么是我？我刚刚痛骂了肖老头一顿的。”

“因为你这家伙最不靠谱。”杨薇笑着说。

“因为你脸皮子厚，这是你的优势，你去那边，不但可以吃得好、睡得好，还可以掌握更多的资料，别人可做不到。”朱笑东笑着说。

“你们这是在夸我还是在骂我啊!”胖子大叫了起来，“你们两口子一唱一和，欺负我是吧？我不去，你们能奈我何?”

“好了胖子，别耍小脾气了!”朱笑东脸色沉了下来，正色道，“现在是非常时刻，只有你最合适，如今我们的线索一条条地断了，最后这条无论如何要保住，你的任务很重!”

“我去，我去还不成吗，你真是我的东哥……”胖子也不再推脱，讪讪道。

朱笑东转脸又换了一副笑脸，拍着他的肩膀道：“只要能从肖天成这里打开突破口，你当算第一功，到时我跟你杨薇嫂子在京城为你摆酒庆贺，你可不要辜负我们的期望啊!”

“保证完成任务!”胖子倒乐呵起来了，敬了个不标准的军礼，转身往肖家的方向跑去。

送走了胖子，朱笑东跟杨薇两人便回到了唐婉的病室，这里明显加强了守卫，又来了两个年轻的警员，跟姜所长留下的那两个人一起，守着门口。

高原则在走廊里的坐椅上待着，其余的人四处游荡着，窗子边，走廊上，到处都有人值守，还算是严密。

杨薇跟朱笑东两个人想要直接进去看看唐婉，没想到新来的两个却把他们拦住了。

左边那个说：“我们是奉命执行公务，闲杂人等一律不得靠近，请你们不要为难我们。”

右边那个说：“里面的病人是重要的证人，对不起，你们不能随便见她!”

朱笑东好奇地问这两个人：“什么意思，你们奉谁的命令？里面的人是我的朋友，就是我送她来医院的，怎么就成了闲杂人等？我有事需要找她，凭什么不让进?”

左边那个面无表情：“奉谁的命令这个你们不必知道，里面的病人正在接受治疗，你们不是医生，就是闲杂人，不管有什么事，没有局里的领导批条，你就不能进去。”

朱笑东心里一惊，市局的人居然找上门来了!

回头看了看高原，只见高原两眼冒火，但是又无可奈何，这两人出示过证件，的的确确就是市局里的人，跟这些人是死磕不来的。

“现在里面都有些什么人?”朱笑东很不放心地又问了一句。

右边的人冷冷回答说：“对不起，我们能说的，该解释的，都已经说了，你最好马上让开。”

朱笑东还想据理力争，杨薇却在身后拉了拉他，犯不着跟这两人硬抗，弄不好就中了人家的奸计。

朱笑东忍住气愤，只得退开，到高原身边坐下，问："这两个家伙来多久了？"

高原习惯性地伸出手想去看手表，只是他的那块表上次被胖子和梁三拆了个七零八落，但是习惯了，任何人一问时间，他都会不由自主地伸出手来看看，手上戴过手表的痕迹已经消褪了很多，淡淡的，估计再过一段时间就看不出来了。

高原叹了一口气，很久才说："大约一个多小时了，除了昨天的那几个主治医生，到现在为止，还没有别的人进去过……"

朱笑东吐了一口气，心里很是不安，虽然一切看起来没什么问题，但还是不敢彻底相信这两个刚刚调过来的人。

正在朱笑东满怀不忿却又无计可施之际，唐婉的病室门打开了，昨天那个女医生依旧抱了个文件夹出来，一眼看到朱笑东跟杨薇两个人，就直接走过去说："病人的情况有所好转，刚刚醒过来，说要见你。"

朱笑东跟高原两个人一听，忍不住高兴得跳了起来，这是一个好消息，估计要是胖子在这儿的话，没准儿又要去感谢这女医生的八辈儿祖宗！

"安静安静，你们激动个什么！"女医生没好气地喝了一声，然后指了指杨薇："就你，病人想要见你。"

杨薇很兴奋，点点头，谢过了这个女医生，然后飞快地要去见唐婉，没想到两个门神一样的家伙一伸手，又给拦住了。

"要见病人必须得局里的领导批示，否则，任何无关人等都不得进入。"左边的那个家伙语气生硬至极。

杨薇嗔怒，哪有这样的事情，这里是医院，不是禁区，何况是病人要求相见，哪来的理由不让见，不禁叫道："凭什么要你们局里领导的批示，凭什么不让进，凭什么我们就成了无关的人?”

可是，不管她怎么闹怎么叫，那两个人就是不让进，也不多说。

朱笑东站在杨薇身后，虽然愤怒不已，却也无可奈何。

正在这时，病室传来一阵微弱的敲击声，很轻，而且很有节奏，要不是朱笑东耳力特别灵敏，在杨薇的争吵声里根本就听不出来。

一听到这个敲击声，他赶紧拉着杨薇，叫过高原，这种时长时短的敲击声，让朱笑东想起一种简单的信号——摩尔斯电码，可惜的是他不怎么懂得这种电码，不过，朱笑东立刻想到高原是特种军人，对于密码这类的东西绝对不会陌生。

高原把耳朵附在墙上，凝神听了片刻，赶紧说道：“这是一个电话号码，号码是一三三……”

朱笑东掏出手机，不过片刻，就把这个电话号码记了下来，一边拨号，一边对高原说：“能不能问是谁发的这个密码，还有，这个电话号码是谁的。”

可是在这时，守门的那两个人见到朱笑东拿出电话，突然暴怒了起来，左边的那个人走了过来，直接把手伸过来说：“请把你的手机交出来……”

朱笑东一怔：“你什么意思?”

“我们怀疑你持有非法通讯设备，你必须得交出来。”右边那个人说。

朱笑东急速看了一眼电话上的号码，牢牢地记住，又把手机直接递给那个人。

那人接过手机，看也没看一眼，直接打开手机后盖，取下电池，这才把手机放回衣袋，然后去驱赶仍旧将耳朵附在墙壁上的高原。

右边那个人却不肯就此放过朱笑东，一个电话号码也就十来个数字，记忆力稍微好一点的，只看一眼，短时间内不管怎样干扰，都还能记得住，但是时间长、干扰大的话，也会让人失去对这一组数字的记忆。

右边这人就是要这么做，一连问了好几个千奇百怪的问题：“你说你们跟病室里的人有关系，有什么证据能证明？你们是什么关系？看样子你是有老婆的人，但是据我所知，病室里的人也是一位女性，是她要求跟你有关系还是你要求与她有关系……”

“必须得回答，这是配合我们的调查，也是你该尽的义务……”

朱笑东见招拆招，对答如流地一一回答，最后还丢了一句：“你们无缘无故没收我的手机，相信你们很快就会接到我的律师函。”

这家伙看时间差不多了，冷冷哼了一声，说：“我们是奉命行事，你不但大肆妨碍公务，而且我们有理由怀疑你故意泄露机密，律师函，哼哼，你等着我们的人来拉你吧。”

见这家伙没有再继续纠缠下去的意思，朱笑东转过头来，拉着杨薇匆匆离开了病房。

现在，估计这些家伙已经开始行动了，病房里传出来的这个电话号码就显得尤为重要，里面除了唐婉，还会有什么人会以摩尔斯电码这个方式传递这么一个电话号码？估计是唐婉刚刚醒过来，就想要告诉他们，听到杨薇在外面大喊大叫，偏偏又进不去，这才想到用这个办法。

朱笑东记下了电话号码，偏偏那两个守门的人不但强行没收了手机，还想打乱他的记忆，殊不知朱笑东记忆力超群，别说那家伙只是盘问了十几分钟，就算再胡说八道两个小时，也不可能把这个电话号码从他记忆里抹去。

朱笑东不肯继续跟他们据理力争，那是因为唐婉既然在这种情况下，用这种方式发出来这个电话号码，恐怕也是迫不得已，两相权衡之下，继续跟那两个门神胡扯，远远不如立刻查证这个电话号码重要。

两人没走电梯，而是走了楼梯，在紧急出口的楼梯上一边往外走，一边用杨薇的手机试着去拨那个号码，这儿清静，几乎没什么人来打扰。

不一会儿，手机通了，不过没人接，朱笑东想了想，继续拨打，一连四五次，依旧是没人接，估计这个号码的主人并没把手机放在身边。

不得已只好发了一条信息，说唐婉目前遇到了极大的困难，搞不好还会有生命之忧，并且也说明了自己的身份：唐婉的朋友，朱笑东。

信息发出去，又等了十来分钟，杨薇的手机还是没有任何反应，朱笑东就开始有些纳闷了，这个号码的主人怎么会不把手机带在身上？这手机的主人到底是谁？

杨薇见他急得满头大汗了，拿起手机再一次拨通了电话。

没想到才过了片刻，电话那头就传来一个暴怒的男子声音："谁啊，老子想洗个澡，刚刚跳进河里就吵吵，信不信老子立马找人过来灭了你……"

杨薇一怔，朱笑东赶紧拿过电话，对着手机大吼："唐婉出事了，都快死了，你想图个痛快就窝在河里吧，最好淹死你个王八蛋……"

朱笑东说得又快又急，胡乱吼了一通，杨薇可从来没见过他这么不客气，简直一点形象都不顾。

没想到那个原本暴怒的男子声音突然间就软了下来，而且很急切："喂，请问你是谁，你怎么认识唐婉，是哪个唐婉？唐婉她到底怎么样了？现在在哪里？"

这一串的问题问得比朱笑东还急切，而且声音微微有些发抖，显然是极度紧张所致。

朱笑东算是知道了，唐婉给的这个号码肯定是求援号码，而且，求援的对象很有可能就是她最有力的后援。

“我是朱笑东，唐婉就是小卫，卫南疆没过门的老婆，我跟她也是朋友，现在唐婉受了重伤在住院，我怀疑她已经受到禁锢，现在情况很危急，具体的地址和情况我用信息发到了你的号码上了，你看看就能明白。”

那个暴怒的男子骂了一声，电话里顿时没了声音，估计是在翻看信息，果然没过片刻，那个男子就打了过来，一边喘着粗气一边说：“小朱，我是小卫的大哥，卫文君，记得吗，呼呼……你现在给我记住，好好地……呼呼……给我守着唐婉，谁要是敢动……呼呼……敢动唐婉一根手指头，你给我……呼……打折他的狗爪子……呼……我这就赶过来……”

朱笑东吐了口气，这个号码果然不同寻常，竟然是卫文君的手机，也就是那次在京城医院里让他叫君哥的那个。

说了这么多，杨薇终于想起来这个卫文君是什么人，不过，对君哥这两个字，她还是很不舒服，因为昨天晚上才刚刚抓了个君哥，那个君哥跑了，现在又出了个君哥。

估计，这卫南疆的大哥卫文君是在一边急速奔跑一边打电话，所以，粗气喘得“呼呼……”山响。

唐婉的事情总算是有着落了，两个人顿时长长地出了一口气。

依照原路回到唐婉的病房前，没想到眼前的情景让他们大吃了一惊：高原被铐了起来，铐在走廊边上的那一排椅子上，椅子比较低矮，他只得蹲在地上，坐卧不能，其余的三个保镖都是愤愤不平地盯着那两个门神，却没人敢上去动手。

不过没有看到厮打的痕迹，杨薇叫了一声“高大哥……”就扑了过去。

朱笑东也是连忙询问，这到底是怎么回事。

高原红着眼，朱笑东看得出来，他是在极度克制了，一副普通的手铐不可能铐得住他，高原没有反抗无非是不想给朱笑东增加无谓的麻烦。现在明眼人都看得出来，这两个门神又在仗着身份胡作非为，无理取闹，为的就是想找个机会让朱笑东这边的人跟他们起点冲突，他们就有理由抓人了，高原心里也明白，只是拼命压制心头的怒火。

以朱笑东的能力，只要把那个电话打出去，所有的事情都会立刻迎刃而解，没必要为了这两个狗仗人势的家伙坏了自己的大计。

他咬着牙，大踏步走到那两个人面前，指着他们愤声说："你们有什么权力铐人……"

左边那家伙不屑地一笑："怎么样，你咬我啊，你来咬我啊！"

朱笑东逼进了一步，厉声吼道："别以为你们可以胡来，我告诉你，用不了多久，你就会知道你们这么做的后果。"

右边那家伙伸手朝他一推："你这是在威胁我们，信不信我连你也铐一块儿去。"

朱笑东实在忍不住了，"呼"地一拳就打了出去，拳头直奔对方的鼻子。

距离如此之近，出手的速度又是如此之快，"啪"的一声脆响，拳头实实在在打在右边这人的脸上，刚刚好打在鼻骨上，右边这人的脑袋往后一仰，又在墙壁上结结实实撞了一下，顿时昏了过去。

左边这人一看朱笑东居然敢打人，而且还直接把人打晕了过去，不由得大叫："你……你敢袭……警……"

说着，一伸手就向腰部掏去，看样子不是要拿枪出来，就是要拿手铐出来。

所有的人都看得出来，这家伙明显就是色厉内荏，朱笑东敢揍他，他却未必敢铐住朱笑东，更不敢开枪射击，毕竟这里是公众场合，这两个家伙的一举一动有好多人都在看着，这两个家伙的无理跟蛮横更是大家有目共睹。

这两个家伙才来这里不到三个小时，连楼道里的好些病人家属都讨厌至极，人家是病人的朋友，前来探病，这有什么错？真有事，你别让病人躺在这儿啊，你守在这儿，连病人的朋友都不让看，显摆你的权力是吧！

那家伙掏了半天枪，也始终没掏出来，三个保镖都围了过来，这家伙要敢掏枪出来，肯定先废了他再说。

就在这一刻，唐婉的病房里传出来一声清脆的响声，应该是玻璃之类破碎的声音，唐婉的房里也就一个窗子上有玻璃，这一点，朱笑东跟杨薇都检查过，而且现在病房里除了唐婉，连一个医生都没有，玻璃怎么会碎！

听到这声玻璃碎响，朱笑东等人脸色大变，也顾不得跟左边那门神理论，一抬脚“呯”的一声踢开病室的门，直接就闯了进去。

入眼的情景让他惊心至极，昨天晚上那个君哥破窗而入，正拿着一把匕首对着躺在病床上的唐婉刺了下去。

应该是朱笑东破门的声音吓了君哥一跳，让他手上滞了一下，只是这一滞，那把匕首就再也没刺下去，他的手被一把飞刀刺穿，另一把飞刀直接刺在胳膊上，一只手上插着明晃晃的两把飞刀，让赶过来看热闹的病人家属都吓得尖叫了起来。

杨薇手快，立刻就拿出手机调出照相机功能，“啪啪啪”一连抓拍了十几张照片。

也就在这段时间里，君哥忍着痛上了窗台，直接就往下跳，唐婉的这层病房是六楼，不算高，但是也绝对不算矮，以他这个情况跳下去，不死多半也会残。

然而，朱笑东等人失算了，下面有一部货车，里面装着好多的松软货物，还搭了一块篷布，君哥跳下去之后，那车子立刻就启动了，在不到半分钟时间里，君哥连同那部车子就一起从朱笑东等人的视线里消失不见了。

这是有计划的刺杀！

君哥是从顶楼放绳子下来的，又在窗子外边安排了接应的车子，整个过程几乎不到两分钟，而且，要不是朱笑东发现的及时，听见窗子玻璃碎响就踹门进来，很难说现在是不是已经得手了。

朱笑东回过头去，这个时候左边的那个人已经慌了神，君哥行刺，这几乎是所有人都看见了的事实，而且杨薇还拍下了十几张照片，不仅如此，君哥的匕首也在慌乱之间扔在了唐婉的身上。

人证物证俱全，铁证如山，偏偏这两个门神就是不让朱笑东他们先行进来，实时保护，很难说他们是不是早就串通好的。

“不是……我绝对没有，这事情跟我一点关系都没有……”左边那人慌作一团，面对的不仅仅是朱笑东的责问，十几个人众目睽睽，眼里冒着的都是怒火。

如果眼光能杀人，这家伙估计已经一点儿骨头渣子也不剩了。

这时，躺在右边的那家伙已经醒了过来，估计是被不少人踩踏过痛醒的，这家伙不知道发生了什么事情，居然还冒了一句：“敢打老子，看老子怎么收拾你龟儿……”

只是话还没说完，守左边的那个人慌慌张张地叫了声：“走吧，这里出事了……待不下去了……”

右边这人晃了晃脑袋，努力让自己清醒了些，伸手一摸鼻子，看到的是一手绯红，这家伙顿时杀猪一般叫了起来：“打死人了……杀人了……谁来救救我啊……”

这时，不少的病人家属纷纷拿出手机，拍下了不少照片，有的甚至还拍下了一段很精彩的视频。

左边那人知道，这里实在是不能再待下去了，再待下去指不定还会闹出什么事来，不过就算只是现在这个场面，他们两个人就已经吃不了得兜着走了。

右边那人虽然不知道到底发生了什么事情，但是一看这阵势，心里也明白了几分，这是犯了众怒，无论如何，再待下去肯定就是找抽。

于是，这家伙顾不得自己血流满面，脑袋还在发晕，抱着脑袋跟在左边那个守门神身后落荒而逃。

第十一章
新的线索

杨薇给武律师打了个电话，不到片刻工夫，武律师就急急忙忙赶到了，这个现场就是一个有力的证据，是增添胜算重要的筹码。

还好，有姜所长留下来的那两个人，这会儿主动担起了维持秩序、保护现场的责任，先前不论朱笑东等人跟那两家伙如何冲突，这两人始终都是远远地袖手旁观，大约是因为等级矮了不少吧，现在那两个瘟神走了，他们自然主动忙了起来。

不过这两个人就比较和蔼，有什么事都是亲亲热热的，该回答的回答，该帮忙的帮忙，与先前那两个人有很大的差别。

倒是武律师很兴奋，原来还发愁到哪里去找最有力的证据，没想到一转眼居然出了这事儿，一时之间不但采集到足够的证据，还细细询问了好多出来看热闹的病人家属。

这会儿，杨薇看着又昏睡过去的唐婉，心里很不舒服。

先前发电话号码那一阵儿可能消耗了过多的精力，毕竟重伤在身，都昏迷了一天多了，一醒过来又花那么大的精力，不累得再次昏睡过去才怪。

不过，唐婉这一次只是累的，是真睡着了，已经不会再有什么危险，所以睡得很甜，精致的鼻翼一动一动的。

这个时候，门外窜了进来一个人，看样子很着急，这个人便是小卫的大哥卫文君，也是朱笑东常常挂在嘴边的“君哥”。

这一次卫南疆的大哥依旧是一头板寸，脸上棱角分明，和卫南疆有几分神似，但比卫南疆冷峻得多，好像永远都是淡淡的语气，永远都不会多说一句废话。

不知道是碰巧，还是唐婉本来就知道，离这里最近、最有力的后援就是卫文君。

接到朱笑东的电话，他几乎是用了最快的速度赶过来的。

一窜进唐婉的病房，居然看到满地的碎玻璃，还有一把匕首放在唐婉的身上，卫文君问了一句：“小朱，怎么回事？”

朱笑东把从昨天过来看高原开始，一直到现在所发生的跟唐婉有关的事情跟卫文君仔细说了一遍。

卫文君越听脸色越黑，说到后来，他差点一拳头砸在了墙上。

听完朱笑东的叙述，卫文君二话不说，拿出手机拍了几张照片，发了出去，然后又拨了一个电话，电话一通就说：“你看到这几张照片了吗？我现在就在现场，你自己看该怎么办吧！”

不知道对方怎么说，反正他挂了电话之后，就像是一头要吃人的狮子在病房里转开了。

直到这时，医院里的医生才赶过来，依旧是那个戴着眼镜、抱着文件夹的女医生，一见到唐婉的房间里乱成这个样子，忍不住就吼了起来：“这是怎么回事！这谁啊，快，快让病人转房。”

卫文君赶到了这里之后不久，就在下午，边城来了好多人，都是些平常极难见到的大人物，这些人虽然没什么架子，但是在边城里无论往哪儿一站，屁股后面都跟着一大帮子本地的权贵。

卫文君跟朱笑东没去掺和那些事，只是接到通知后，直接过去把肖薇接了出来，然后找了家不错的饭店摆了一桌子。

这一顿饭，去的人不多，也就朱笑东、杨薇、高原、萧劲、肖薇五个人作陪，摆这一桌，是卫文君以跟几个旧部叙旧为名，算是他请客。

一桌子菜，没多少人去动，说是叙旧，反倒是卫文君黑着脸把高原跟萧劲狠狠训斥了一顿，说："你们两个在我那儿的时候，一个个都鬼精鬼精的，怎么到这节骨眼上就出了这么大的乱子，看见那些欺男霸女的家伙，你们就不能做得有技巧一点，还非得明火执仗地去跟人干架，你们两个的脑袋都改装浆糊了！你们这叫失败，失败，明白吗……"

高原跟萧劲两个人这会儿倒是嬉皮笑脸起来，一个说："不是，我们不就是看当时情况危急吗，怕稍有拖延，就……"

另一个说："本来以为只是一群地痞流氓，谁知道他那么大的势力，再说，我们也是想来个英雄救美什么的。"

卫文君打断两个人的话头："一个个都还有理是吧！哼，我看你们两个又是脑门子一热就冲动起来了，我告诉你们两个混球，不要以为你们不再是我的手下了我就拿你们没辙，下次再要遇到这样的事，你们要是不亲手打折这些败类的狗腿子，我就让人多关你们几天！对了，高原，你个人问题处理得怎么样了……"

说到最后，卫文君还是露了底儿，这就是他们这帮人的脾气，嫉恶如仇的本性。

朱笑东没有问小卫的行踪，唐婉为什么会一个人出现在这里，还有卫文君为什会这么快出现在这里等，这些事，大多是不能问的，卫文君自然也不会说。

反正他们这一帮人每个都是神出鬼没，朱笑东也习惯了。

有卫文君在边城坐镇，事情处理的速度之快简直叫人瞠目结舌，高原、萧劲、肖薇他们这个打架的案子几乎没到这顿饭吃完处理结果就出来了，不出意料的是肖薇本人就是受害者，而高原跟萧劲两个虽然打了架，但也算是路见不平，虽然没弄到个“见义勇为”的奖赏，但也就是一般的打架斗殴，无功无过。

询问肖薇对这件事的要求，肖薇摇了摇头，乔正风无良，但是现在也没了一双腿，暂时不打算起诉他，但也保留了起诉他的权力，毕竟肖薇在这一段时间里也是受了不小的伤害。

至于高原跟萧劲两个人干脆就算了，反正在号子里蹲那几天就当是关禁闭吧，这样的事儿又不是一次两次，再说，要跟乔正风讨说法，那得多久啊！就算是讨到了说法，那又怎么样？赔钱，能赔多少钱！恐怕看到乔正风什么都不是的时候，反倒要贴给他几百块钱都说不定呢！说得卫文君终于点了点头，来了一句：“你们两个混球，我总算没白带你们一场。”

只是这件事情始终有一个疑点，就是乔正风到底是怎么被货车轧到的！

在卫文君过来后不久，就有人调查了现场所有的交通监控录像，甚至是路边大楼上的对外监控，但是多达三处的监控录像都显示，在发生车祸那一刻，绝对不是高原、萧劲，又或是肖薇等人人为的，也就是说，乔正风这起车祸多半是他自己不慎引起的。

只能说是“多半”，因为那一刻，乔正风在监控录像里突然消失了片刻，而且三处的监控录像都出现了这种奇怪的现象，监控录像本身也经过各种严格的技术侦测，不存在任何删减之类的技术篡改的可能。

因为物证出现了这种怪异的现象，又派人去询问当时现场的目击者，十几个人当中除了有一个年轻人称看到乔正风是自己不小心撞上的之外，余下的几乎有八成都摇着头说，他们都没看清楚那一刻到底发生了什么事情，仿佛只是眨了一下眼睛，乔正风就从站着，直接躺在货车底下了，其余的几份材料则说，根本就没看清怎么回事。

既然人证物证都显示乔正风没了双腿，不关高原等人的事，高原等人自然就无罪开释，至于乔正风怎么被车撞的，反而没人关心了。

如此，乔正风到底怎么被撞就成了一个谜。

朱笑东倒是不怎么关心，他关心的是胖子在肖天成那边的情况。

卫文君摆了一桌之后，就带着唐婉走了，余下的自然有人帮他善后。

如此一来，朱笑东倒是省下了几笔费用，原来准备叫最好的医疗团队过来救护唐婉的，现在卫文君把人接走了，也就用不上了，准备找老刑侦过来处理高原他们的事情的，现在有卫文君出面，一通电话打过去，三个人连案底都撤销了。

一个受害人，两个路见不平的，这事儿能留下多大的案底？

至于原来准备把这事搞大一点儿的媒体，因为涉及唐婉、卫文君这样身份的人，朱笑东根本就不去想了。

边城的空气一下子清新了不少，只是让朱笑东有些惦记的就是那个绑了自己、又去刺杀唐婉的君哥以及姜所长还有那六个人等，他们现在仍旧下落不明，但是有关方面已经立案追缉，相信不久之后，那个无恶不作的君哥就会落入法网。

唯一有点麻烦的是，乔家势力庞大盘根错节，在本地根深蒂固，要彻底清除肯定还需要不少时日，肖天成那边事关商业、经济上的问题，一时之间自然是难以理顺。

朱笑东问了肖薇才知道，原来，肖天成除了经营珠宝玉石，还跟人合伙在房地产方面有极大的投入，只是这个项目中少不了乔家的人在幕后操控，如此，乔家人跟肖天成自然就免不了发生利益纠葛。这就是乔家想要吞并肖天成的最根本原因，至于肖薇，差点儿就成了这边城首富和边城首贵两家人的牺牲品。

不过现在，乔家虽然崩塌了，但肖天成的日子过得也不顺心，到处都是经济上的窟窿，窟窿大到散尽所有家财都不足以弥补。

由于乔家人一早就在算计肖天成，在最后一刻更是大动手脚，所以乔家人崩塌也是殃及了池鱼，一夜之间，肖天成负债累累，从边城首富成为首负。

肖天成叹了一口气："刚刚有人送过来一份报告，资金缺口已经达到了惊人的三十五亿，我所有的资产投入将近二十亿，如果就此罢手，就算现在我倾尽所有，也还不上这三十多个亿，我以为，要是肖薇能答应乔家的婚事，这个项目就算不赚钱，也不会让她哥哥妹妹跟着背负这三十多个亿的债务，唉……"

说到底，还是因为钱！胖子跟杨薇两个人一起把目光投向朱笑东，两人却有着截然不同的想法。

肖薇是朱笑东的朋友，朱笑东有能力，而且也不在乎钱，就应该帮肖天成一把，这是杨薇的想法。

胖子却是一看到肖天成这家伙就不痛快，待在他家里老半天了，除了给喝了几杯清茶，想点儿吃的都没有，这抠门劲儿！而且，主要的是肖天成这老家伙居然果真是在拿肖薇做交易，凭这一点，肖天成的死活关别人什么事？是死是活，他活该。

看在肖薇的份上，精神上支持一下肖天成也就够了，说到钱，嘿嘿，还是留着那些钱去帮助那些有良心的人吧。

朱笑东自然是读懂了两人的眼神，沉默了许久，才做出一个决定：帮，但是也不是越俎代庖地全帮，现在房地产前景不错，赚钱是肯定的，这赚的钱得有朱笑东一份儿，另外，从现在起，只跟肖薇接触。

意思就是说，现在肖家要换掌门的人，让肖薇走上前台来，反正她也有这个能力，这倒不是朱笑东有什么私心，肖天成这家伙，就不说混到危难之际连个朋友都找不到，就他拿肖薇去做交易这一点，朱笑东就觉得很不舒服。

方天然也遇到过这样的事情，在危急之际资金链断裂，搞到英雄迟暮、虎落平阳，但是方天然却是把唯一的后路留给了杨薇，反观肖天成，他就没有这样的气度和气势了，而是旁门左道都用上，以求自保。

肖薇又一次流出了眼泪，这个朱笑东……唉……真是让人又爱又恨。

恰好武律师听说肖薇已经出来，而且回家了，便赶过来想找一些证据，反正朱笑东还没开口说这事情已经完结，他就还得要干下去。

不过他这一来倒也正是时候，朱笑东要求他帮忙拟一份正式的合约。

这是武律师最在行不过的，不出两个小时，一份合作协议就出了炉。

由朱笑东负责提供总数为五十亿的资金，归肖薇筹划使用，赚得的利润两个人三七分成，朱笑东三成，肖薇七成，五年之后，肖薇归还朱笑东本金。

也就是说，朱笑东算是借了五十亿给肖薇，除了三成利润，连利息都没要。

胖子恨不得一头撞死在朱笑东面前，五十亿啊，就算存到银行，五年能得到多少利息？光那利息又岂能是微薄、而且风险极大的三成利润可比？

朱笑东苦笑不已，又懒得跟胖子解释，都什么年代了，还想着吃那点利息。

杨薇要肖天成找来电脑，然后查了一下朱笑东的私人账号，不查不知道，这一查，连她都吓了一跳，就只是朱笑东随时备用的这个账号上，现金就已经超过了五十亿，虽然离一百个亿还差一点，但是这不包括朱笑东手里的那些古玩文物，奇珍异宝，以及两处铺子的股份收入，更不包括天然集团的股份分红，天然集团才是他最大的资金所在。那个时候，朱笑东的投入就将近一百个亿，而且经过了这么长的一段时间，收益绝对不是一点半点，所以说，帮肖薇这五十个亿，他基本上就不怎么吃力。

余下的零头就算是朱笑东这一段时间里的生活费开支，整整五十亿，不到半个小时就到了肖薇手里。

而对于肖天成，朱笑东也跟他签了一份合约，玉石原材料供应的合约，肖天成本来就是经营珠宝玉器的，现在，他将原来需要的成品、半成品一律改为原材料，也就是说，高昂的加工成本费用现在由朱笑东自己去赚取。

反正肖天成以贩玉起家，所以玉石还是他的立家之本，即使到了现在这个境地，他也还是把玉石当成了很重要的业务，虽然这一阵子这些生意都受到了严重的打击，但是有朱笑东加入，这些生意肯定又会充满活力。

而朱笑东自己在京城开了个玉石加工厂，高过原材料好几倍的加工费用没理由再让别人去赚取，何况，现在自己的加工厂已经有了规模，哪里还会去赚取少得可怜的那点儿零售经销利润，要赚就得赚大头！

要赚大头，就得有稳定的原材料来源，毫无疑问，原材料这方面，有肖薇这个关系，可以说是绝对稳定的。

如此一来，胖子也忍不住暗地里朝朱笑东伸出了大拇指，高！实在是太高了！要是不出这事，要拿下肖天成这块儿还真不是一般的难，现在倒好，把自己的利益最大化了，肖天成还感激涕零，感恩戴德。

胖子都想不出来朱笑东是怎么想到这招的。

本来这一趟出来是为了遛遛那两个任性淘气的孩子的，没想到遛了一圈儿，不仅每个人遛到上亿的翡翠，还遛出了一条财路，这回真算得上是赚了个盆满钵满。

所有的事情都办妥了，胖子也开始嚎叫，饿啊！都什么时间了，肖老头儿，你总不能几杯清茶就把我们打发了吧，怎么也得请我们吃点东西是吧，你看我这肚皮都贴到脊背骨上去了……

“……”

第二天一早，肖薇要带朱笑东等人在这里游玩一番，算是尽一尽地主之谊，本来朱笑东在陶都的那间珠宝店也即将开张了，基本上是没什么空闲时间，不过盛情难却，怎么说也是合作伙伴。何况，这个邀请还是刚刚被自己扶植上台的肖薇提出来的，要连这点面子都不给，这个肖家的新掌门肯定就下不了台了。

整个上午，肖薇带着朱笑东等人在肖家的产业圈里转了一遍，这个时候，胖子更是觉得朱笑东眼光独到。

除了肖薇的两个哥哥手里掌握的服务、运输以及房地产这几处项目比较颓废点外，其余的几类还勉强算是在正常运转。

说朱笑东眼光独到，除了这些项目确实能赚钱之外，还有肖薇的能力，虽然肖薇以前志不在此，但人家毕竟是在美国读过 MBA 的，能力自然不在话下，何况，这一次事件对肖薇来说也是个不小的教训！

相信以前那个任性的大小姐脾气经过这一次之后，绝对会有所收敛。

不仅如此，现在的肖薇每到一处，朱笑东等人看到的只有业务上的精明和强干，一圈下来，连她两个哥哥都不得不点头服气。

当然，除了肖薇专业上的精明强干，最主要的是现在人家手握重金，掌握着这些产业急需恢复正常运转的资金，不服不行。

转了一圈，到了中午，朱笑东也懒得再跟着转下去，肖薇是处理业务，他们这些人跟着算是参观，朱笑东最烦的就是这个，自己当甩手掌柜当惯了，看到这些就头大。

下午，朱笑东就找了个借口，订了机票，准备明天一早直接打道回府。

没想到从宾馆吃饭出来，看到好多人在路边的报亭买报纸，说是今天出了个大新闻，胖子好奇去拿了一份，一看，原来是有人跳楼自杀，这跳楼自杀的正是乔家的掌门人，乔正风的老子。报纸上没有细说是什么原因导致乔正风的老子跳楼自杀，但是朱笑东等人却心知肚明，这乔正风也算是落了个应有的下场。

如此一来，乔家人树倒猢狲散，相信在很长一段时间内，都不会对肖家产生什么影响了。

朱笑东本来要直接回陶都的，那边的珠宝铺子开张在即，偏偏杨薇在订票之际，全部订了直达京城的机票。

这一趟，两个任性的孩子给了杨薇颇多的感触，回想以前，自己总是跟老爸方天然使小性子，杨薇心下歉然，或许这是一个嫁出门的女儿对唯一亲人的思恋之情使然，所以，要绕个大弯儿。

朱笑东却笑着说，很好，除了过去看看老丈人和王长江父女，还能顺便带回去一批自己工厂出产的产品，充实自己珠宝店的货架。

杨薇白了朱笑东一眼，去看老丈人跟朋友都是假的，去看自己的产品才是真的吧！

“都是真的，都是真的！”朱笑东笑着说。

辞别了依依不舍的肖薇等人，几人坐上了直达京城的班机，飞机呼啸着穿进云雾，几个小时之后便到了王长江的别墅。

胖子说了，在京城，这就是朱笑东的半个家，别说找什么酒店，或者到方天然那里去什么的，酒店就不用提了，方天然那里怎么说也只是亲戚，待自己家里方便、舒坦，当然，老丈人家里自然少不得要去拜访的。

王晓娟挺着大肚子，一见到杨薇，两个女人都吃惊地看着对方。

“怎么回事，你这是，瞧你肚子这么大，去检查没有，你这是双胞胎吧……来，我看看我干儿子怎么样了……”杨薇一边笑着，一边伸手去摸王晓娟的肚子。

“呵呵……”王晓娟笑了好一阵儿才说：“保密，哎，我说你呢，你怎么回事，跟着东哥都快有一年了吧，怎么看你一点动静都没有，别告诉我你跟东哥还没那个啊……我看看，我看看，到底怎么回事？”

王晓娟说着，作势伸手去摸杨薇的肚子。

“要死啊你……”

“我才不呢，我要死了，岂不是白白便宜了胖子！”王晓娟在她身上一阵乱摸。

两个人嘻嘻哈哈闹成一团，没一点儿正经，哪里还有半点“淑女”的样子。

好一阵儿，杨薇才叹了口气说：“笑东他整天东奔西跑的，也没个闲暇的时间，又安定不下来，我就只好陪着他，唉，现在，我还不想要……”

王晓娟喘了口气，叹息了一声：“说的也是，唉，我就没你那么好的运气，可以去游山玩水，都怪这死胖子！你说他怎么这么不小心……”

“咯咯……”杨薇笑得打了跌。

“你还笑……”王晓娟有些着恼，“下次，他要再这么不小心，我就阉了他，这死胖子……”

话没说完，自己都忍不住笑了起来。

“阉了他，你不后悔？”杨薇笑得差点背了过去，好半晌才问道。

王晓娟气得一双拳头雨点一般砸向杨薇。

“不来了，你老是笑话我。”砸完杨薇，赌气似的把脸转到一边。

过了半晌，她望着杨薇又说：“你说这孩子生出来，他该长得像谁才好啊？”

“嗯……”杨薇歪着脑袋想了许久，才说：“要是个女儿呢，那就应该像你了，如果是儿子呢，那就像胖子吧。”

王晓娟撇了撇嘴，说，“要是女儿像我还差不多，儿子像胖子，还是免了吧，那样子太难看了，最好啊，最好就像东哥……”

“啊……”杨薇死命地捂着嘴儿，浑身不住地花枝乱颤，这还是亲妈说的话吗！

没想到王晓娟一本正经地说：“胖子有什么好，倒是东哥，人又英俊，又才华横溢，而且心地善良，还特别能挣钱，典型的‘高富帅’……”

说到朱笑东的优点，杨薇心里自然是乐滋滋地高兴不已，不过嘴里却说：“他哪有你说的那么好……”

“哼！”王晓娟哼了一声之后，才说：“我就不明白，我当时怎么就会一时糊涂，答应了胖子呢……”

杨薇心里一激灵，赶紧问：“晓娟，你跟胖子吵架了？还是嫌弃胖子了，这话可不能乱说的。”

“我嫌弃他干啥，我就是羡慕你还有东哥，可以双宿双飞，看遍天下美景，吃遍天下美食，我就是恨那胖子，他……他……”王晓娟咬着牙，接着说：“我年纪轻轻的，就让我在家给他带孩子，这里不让去，那里不让走，这过的叫什么日子啊?”

杨薇正色说道：“晓娟，话可不能这么说，我们这些女人能图什么，不就是一个好的老公，一个温馨的家吗？男人在外打拼，不也就是为了这个家吗？我们在外面奔波不休，那是迫不得已，说起来，我该羡慕你才是……”

朱笑东跟胖子两个去了一趟加工厂，那边的情况很正常，由于原材料的渠道稳妥，价格又便宜，朱笑东把工人的加工费涨了将近一半，工人们自然是干劲十足。

这一段时间里，已经有一批成品被加工出来，各式各样的挂件、首饰，琳琅满目，而且质量不错。不过，大多只是千元以下的产品，机械化、规模化生产出来的东西，大多也就这个样子了，高达数万、数十万元，甚至百万、上千万元的东西，除了造型设计，制造工艺、质地也是一个重要的因素。

就目前来说，那些极品翡翠玉料还不适合规模化生产，毕竟厂子刚刚建成不久，很多方面的经验还得摸索，一上手就用极品的翡翠玉料，谁也撑不住。

倒是在周四那里，朱笑东见到了一件很漂亮的玩意儿。

赵师傅和周四都是这厂里的股东，两个人都勤奋得不得了，周四的底子比较好，产品设计之类的大多由她提供，别看这丫头没读过多少书，但是产品设计这事儿多半来自灵感。加上现在厂子里生产的大部分都是比较普通的饰品，设计难度并不是太大，再说，这丫头有一股子钻劲儿，把朱笑东给她的那些钱几乎全部花在了相关的书本上，稍有闲暇，便拿过来看上几页。

赵师傅得到过朱笑东的亲自指点，虽然没有师徒名分，但是功底不弱，每当有周四设计出来的产品，赵师傅都是第一个拿了图样，根据现有的现代工具，用最快的速度找出设计上的不足，然后商量改进，为能够大规模生产打下坚实的基础。

如此一来，在这么短的时间里，厂里就有了好几样精品，看的朱笑东跟胖子高兴不已。

朱笑东找到的那件漂亮的玩意儿是周四的私人物品，是一条银质的项链，吊坠是一轮半弯的月亮造型，质地主要为带灰色加蓝色的油青种翡翠。

一般来说，油青种翡翠的色调是趋于暗色系的，其中灰色调比较暗沉，有点诙谐的感觉，对人的视觉冲击力相对会减弱一些，给人一种舒适感。

一轮峨眉似的残月，朦朦胧胧，点点灰黑，正像是肉眼可见的月亮上的阴影。

然而这些阴影，其实是周四在上面用微雕技术雕出来的一些字画，这才是这块油青地翡翠残月项链的点睛之处。

一共七处黑斑，也就是七幅字画！在长不足一寸，径不过五分的一轮峨眉残月上，依着隐隐黑斑，刻了七幅字画在上面，光是这创意，就足以堪称一绝。

朱笑东迫不及待地拿起放大镜仔细看了起来。

从上到下第一幅微雕字画是民间传说的“嫦娥奔月”图，旁边配李商隐诗句“云母屏风烛影深，长河渐落晓星沉，嫦娥应悔偷灵药，碧海青天夜夜心。”

画好！画中的嫦娥仙子容颜绝丽，衣带飘飘，带着一只兔子，踏着云纹，飘向一轮圆月，雕刻的刀法或正或奇，线条或起或伏，有疏有密，如行云流水，气韵贯通，或实或虚，变化无穷。

字也是好字，用的是行书手法。用笔精道，顿挫分明，线条节奏感极强，笔画自然随意，活泼流动，笔画与笔画间连带密切，其组字亦灵活随意，楷草相间，结体自如，富于变化，气贯始终。

仅仅凭着这第一幅画，已经叫朱笑东拍案叫绝了，偏偏这只是七幅当中的一幅而已。

胖子在一旁见他看得手舞足蹈，忍不住凑了上来，一通大叫大嚷："东哥，什么东西，你这么高兴？"

正在体验个中意趣的朱笑东被胖子吼声打断，忍不住翻了一个白眼："我是东西吗？"

"不，东哥你哪能是个东西啊！"

"啊……"

"不不不……我是说东哥你是东西，东哥你是不是想陷害我？"胖子终于回过神来。

"去去去，一边儿去，东西我还没看完呢？"

"啊……"这次轮到胖子惊讶了，"东哥，你到底是东西还是不是东西啊？"

朱笑东立马黑着脸，作势要往胖子屁股上踢："一边去，再打扰我的雅兴，小心我抽你。"

上次周四在王长江的铺子时，看朱笑东有点严厉，心里总是怕怕的，没想到今天看到这俩家伙居然这么"粗鄙"，小孩子似的，便忍不住偷偷笑了出来。

朱笑东明知胖子是咬文嚼字地在损他，怒斥了几句，又低头看着翡翠残月上的第二幅画。

这第二幅画也是民间传说——牛郎织女，画上的织女，单手拿着七巧梭，在一条若隐若现的翡翠黑斑底色隐现的星河之上，向肩挑两个孩子的牛郎伸出玉手，神色凄苦无依，牛郎仰头向往，一脸愤怒和绝望，筐里的两个小孩子都向织女伸出小手。

同样在旁边也配了一首诗词《鹊桥仙·纤云弄巧》：“纤云弄巧，飞星传恨，银汉迢迢暗度，金风玉露一相逢，便胜却人间无数。柔情似水，佳期如梦，忍顾鹊桥归路。两情若是久长时，又岂在朝朝暮暮。”

这首诗词与第一幅画上的行书不同，用的是楷体书法，字迹工整规范，干净利落。

正因为楷体书法要求甚严，每一个笔画的起笔和收笔都要交代清楚，在这首诗的最后一个“暮”字的最后一笔，却出了点意外。最后那一横，不知道是雕刻者当时出于什么样的心情，或者是受到了什么样的惊扰，原本中规中矩的那一横，居然被刻得粗长了一大半，将最后面这个“日”刻成了一个“口”字不说，最后的这一横，还超过“暮”字右边那一捺足足一个字的距离，活生生将一个“暮”字给毁了。

看到这个已残的“暮”字，朱笑东心里没来由地一痛。

本来，这小小的如同一根犬齿的残月上，能雕出这样的画来已经实属不易，但是偏偏在最后一刻，却出现了一个败笔，这个作品的原有价值就不说了，犬齿大一根油青地翡翠本来也值不了多少钱，只是有了这个败笔，就很让人扫兴。

这种体验，朱笑东最是深刻，在万人坑里的时候，他花了半个多月才雕成一把钥匙，也是在最后一刻给雕坏了，那股子懊丧劲儿别提有多难受了。

朱笑东不再看下去，把这枚项链捏在手里，沉默不语，良久，才对一旁忙得满头大汗的周四问：“周四，我有两个问题想要问你，你能不能跟我说明一下？”

周四放下手里的活计，抬头，有些怯生生地问：“什么问题？”

朱笑东点点头："你结过婚了吗？或者，你有男朋友？"

周四脸上顿时红了，这老板真怪，没事问这些干什么？

很难想象现在这个社会里，一个十七八岁的姑娘还会这么容易害羞。

"不是，你可别误会，我是想问你有没有特别想念的人，比如说男朋友之类的？"朱笑东赶紧解释说，"我从你的这个项链里感受到一股浓浓的思念之情，是想家还是想他？"

在一旁的胖子松了一口气，周四虽然也松了一口气，但是脸上更红，一下子红过脖子根。

"我……就是，这是我师傅给……的，没……没别的意思？"仍是低着头，声如蚊蚋。

朱笑东笑了笑："是吗？"

周四的脑袋更低了，连看都不敢看他一眼，只低着头毫无意识地绞着自己的手指。

"东哥，那个东西给我看看怎么样？"胖子趁机说，有好东西，这家伙可是舍不得放过的，偏偏这家伙又没什么眼力，这条银项链摆在桌子上，胖子可是看都没看过一眼的，见人家看得热闹，便又要搅上一棍。

朱笑东不给，自己都还没看完呢！

"你这都看半天了，还没看完，当我三岁小孩子啊？"胖子死乞白赖，一边说，一边伸手从朱笑东手里抢。

"你懂个什么啊？"朱笑东一边躲避胖子，一边大叫，"好的东西得慢慢欣赏，慢慢品味，就你，拿去也是一眼而过，牛嚼牡丹。"

"青草也好，牡丹也好，你先拿来给我嚼嚼，看看我是牛还是猪，是骡子是马你总得让我出来遛遛再说。"

朱笑东不得已，说道："打住打住，注意形象，注意形象，两个大老板、大股东，在员工面前打打闹闹、拉拉扯扯，成何体统！”

胖子一怔，顿时停下手来，只是没过片刻，又腆着脸伸出胖乎乎的两根手指头说：“哥，就算我求你了，就让我看一眼吧，就一眼，就一眼……”

朱笑东看着胖子的两根手指头：“你那叫一眼？”

胖子缩回手，看了看伸出来的两个指头，媚笑着说：“对啊，我两只眼睛看一下就成！”

见嬉戏够了，朱笑东这才把那块残月吊坠递到胖子手里，说：“只给看一眼啊，看完还我。”

胖子接过吊坠，笑眯眯地说：“好，只要我两只眼睛看一下就还给你？”

说着，闭起了一只眼，一边看那吊坠，一边说：“东哥，你什么时候看到我两只眼在看，什么时候就来找我拿这吊坠吧……”

“你……”朱笑东简直有些气急败坏，胖子这家伙都学会要小聪明了，还玩起了文字游戏。

这一次，胖子当真也没有“牛嚼牡丹”，而是拿了高倍放大镜在那吊坠上细细看了起来。

趁着胖子这会儿安静，周四的心情也平复了不少，朱笑东再问：“你这名字起得挺怪的，怎么会叫这么个名儿？”

周四沉默了半晌，才抬起头说：“笑东叔，有件事情，我不知道该不该跟你说。”

“呵呵……”朱笑东笑了起来，“你怎么叫我叔了，你这不是比我小不了几岁吗，别叫叔，跟他们一样叫东哥，亲热！”

周四不同意：“叔，你跟梁三叔以兄弟相称，我再叫哥那是乱了辈分，这事儿可马虎不得。”

见她执意不肯，朱笑东也不好继续计较，只是问：“你有什么事就直说，我们本来就是一家人，用不着见外。”

周四点点头：“在很多年以前，有位姓林的师傅在我们老家盘桓过一段时间，我的雕刻技术就是那位姓林的师傅指导过的……”

“知道那位林师傅的名字吗？”朱笑东随口问。

“他说他叫林少华！”

“林少华？”这个名字挺耳熟的，朱笑东的记忆里好像有这么一个人名，而且应该还很熟悉，不过，一时之间却又想不起来。

周四讲起了一段往事：“记得我们老家的那个镇吗，叫罗家镇的那个镇……”

镇上有个狗蛋，大名罗峰，家境不错，按现在的话说也算是小土豪。

在罗家镇里，狗蛋也算得上是一个有学问的人，但更是一混蛋。

罗老抠是狗蛋的老爹，偌大的家业靠的是针尖削铁，省吃俭用，一分一文攒起来的，就养了狗蛋这么一棵独苗，从小给惯得见了老爹叫哥们儿。

狗蛋有两个狗友叫肥驴和山猫，这三个家伙往大街上一走，立刻鸡飞狗跳。

狗蛋往那儿一站，他前面立刻就会空出一大片，别说大姑娘小媳妇儿跑得无影无踪，就算是一条狗，只要它是母的也得远远绕开。

那一次周四到镇上给她爹妈买药，不小心撞了一下那狗蛋，狗蛋回头一看，见是一女的，很高大，足足比狗蛋高了半个头。狗蛋的身材，用尺子量也就一米五多上几公分，这周四高也就高了，偏偏生得匀称，看起来有一种小家碧玉的美感。

狗蛋平日里也没少干调戏良家妇女的事，认得他的，哪个女孩子不是绕着走，遇到被女孩子撞的事，还是第一回。

而且，这女孩子也没见过，最重要的是，狗蛋见这个虽然衣服有些破烂，却洗得干净、穿得整洁的周四，一看就知道是山沟沟里出来的小女孩。

周四撞了狗蛋之后，一转身，依然只顾着低头走路，连一个招呼也不打，好像视他为无物似的，狗蛋心里不忿。

跑了两步，一把抓住周四，怒道："你怎么走路的，没看到本少爷……"

狗蛋一发话，周围认得他的人都禁不住摇头叹息："这个女孩子，好惹不惹，怎么就惹到了这个狗蛋……"

"看来，这姑娘今天不受上一顿屈辱，怕是走不掉了……"

周四这才发现情况不对，赶紧低声下气地赔礼道歉："对不起，我家里有急事，刚才急着赶路，不小心撞了你，对不起。"

道完歉，周四一低头，又想往前走。

狗蛋哪里肯依，一挥手，肥驴和山猫上前堵住了去路。

周四眼里闪过一丝惊恐，勉强说道："我已经赔过礼了，你们还想怎么样？"

当时就有不少的旁观者说："小姑娘，你也不打听打听，你今天撞到的是什么人，这可是本镇鼎鼎大名的罗家大少，罗狗蛋大少爷……"

狗蛋脸皮虽厚，但从来都只有他欺侮别人的份儿，这场景明显就是在笑话他，连名字也没起个好听一点的，狗蛋恼羞成怒，不禁一跺脚大叫道："肥驴，山猫，给我上，我罗大少今天得讨个公道。"

这时候一个中年人走到罗狗蛋面前，笑问道："你就是那个罗老抠家的那个罗狗蛋？"

本来立马就要出手的狗蛋有些惊异，看着那个中年人问道："你认识我？你……你怎么知道我的？你是谁？"

那中年人笑了笑："以前不认识，现在认识了，我是谁不重要，我劝你还是夹着尾巴做人，太过招摇，小心遭报应!”

狗蛋一甩马桶盖样的中分头，说道：“怎么说我也是眉清目秀、风流倜傥的罗家大少爷，这镇上除了我老妈，还有谁敢这么教训我?你又不是我老妈，凭什么我要听你的？难道你想做我老妈。”

那中年人有些怒意，说道：“罗狗蛋，我告诉你，别自找不痛快，我今天心情好不想揍人，别让我打得连你妈都不认得你。”

狗蛋偏偏不识相，当即就跟肥驴、山猫三个人一起上前，跟那个中年人厮打。

这中年人见狗蛋他们无礼，原本也只想小惩一番，更不想弄出人命来，没想到他们三个硬是不要命地跟他耍横。

一个疏忽间，狗蛋已经合身扑了上来，一伸手就把中年人搂住，紧紧地贴在他身上。

周四说到这里，刚好胖子“牛嚼牡丹”已经嚼完了，听到周四在讲故事一般，又忍不住打起了岔。

朱笑东有些恼怒地瞪了胖子一眼，人家说正事呢，你闹腾什么，愿听你就听着，不愿听你就出去!

胖子一听是重要的事，当下腆着脸不再作声，听周四继续说她的往事。

只要能拦腰把对手给搂住，对手就算有天大的本事，一时半会儿也施展不开。

那中年人一念之错，被狗蛋抱了个满怀，正在挣扎，一瞬间，山猫的拳头却挥到了，那中年人勉强挪动了一下身体，没想到脚下一个不稳，两人一起直挺挺地向后倒去。

当时狗蛋倒下去的时候，脑袋在石子路上磕了一道口子，这浑小子受到这样的伤害还是头一次，围观的人叫好之余，又有些担心。

见了血的狗蛋发起狂来，大喊着要野驴跟山猫杀了这个中年人。

狗蛋抱人的方法很奇特，要是站着被抱住还好一点，要是躺下了，根本别想再翻起身来，甚至动也动不了。

中年人被狗蛋缠抱着躺在地上，一动都动不了，只得任由野驴跟山猫两个死命踢打。

周围的人看打得狠了，唯恐沾上人命官司，“呼啦”一声散了个一干二净，那年头的罗家镇，就算只是到警局去录个口供，没钱、没有熟人出面说句好话，你都出不来。

胖子没好气地说了句：“你们那儿的人怎么那么没同情心啊，就眼睁睁看着你受辱，看着那个中年人挨打？唉，人心不古，人心不古啊！

朱笑东对胖子怒目而视，这家伙就爱打岔，什么叫人心不古，高原他们两个这才几天的事情，你都给忘了，何况是好多年前的事情，你好好听不就成了？

胖子张了张嘴，本来还要说上两句的，但是一看朱笑东的样子，还是闭了嘴。

周四叹了一口气，那架打完了，狗蛋伤得不轻，那个中年人更是伤得厉害。后来，我把那个中年人带回了家，让他在我们家养伤，也就是在那个时候，他就开始教我雕刻，只是后来伤好了之后，他就走了。

这个残月玉石吊坠上的画就是那个中年人刻上去的，可惜的是，还有最后一幅没刻完。

不用说，朱笑东跟胖子两人都知道，她口里的那个中年人就是先前说的那个“林少华”。

周四说到这里，朱笑东猛地一拍脑袋：“哎呀，你看我怎么把这茬儿给忘了呢，那个林少华，说起来还是我师兄呢！”

第十二章
林少华之谜

胖子一拍脑袋，也想起来“林少华”这个名字是在哪里听到过的了。

那次在方天然家里，姚观心提到过，林少华是他的座下弟子，算是朱笑东的师兄，当然，这个师兄胖子也有一份儿。

只是胖子这家伙不学无术，姚观心收他当弟子纯属是无奈，好在平日里胖子也很知趣，绝口不提本人的“师傅”就是姚观心，免得有损他老人家的威名。

想不到，这周四继承的居然是他师兄的手艺，看来，她叫朱笑东这一声“叔”，还算是有先见之明。

不过，朱笑东就不明白了，周四既然算是林少华的徒弟，为什么不去找他，或者去找姚观心，真要有什么困难，那岂不是能直接得到解决。

只是周四听到林少华是朱笑东的师兄，又是什么姚观心的弟子，顿时一头雾水，对名震大江南北的“北姚南马”更是一脸茫然，想来，林少华是从来没跟周四提起过师门渊源，甚至连自己的身份都没说过。

怪不得朱笑东看那残月微雕忍不住要大叫一声好呢，原来是出自师兄之手！

不过，周四明白“北姚南马”的原委之后，顿时有些惶恐起来，朱笑东、胖子这两人也算是姚观心的门下弟子，看看他们，一个个都是隐藏着的大土豪，可是自己算什么？

这个时候，胖子就神气了起来，两只胖乎乎的手在周四脸上一捏，捏得周四的脸都变了形，一边捏还一边说：“哎呀，师侄女啊，你胖子师叔今天没带什么好的见面礼，这样吧，回头，你胖子师叔就给你双倍补上，啊……”

那样子，还真把周四给当成自己的侄女了！

朱笑东在胖子屁股上踹了一脚，人家十八九岁的大姑娘，你把人家当什么了，还伸手去捏人家脸蛋，没大没小的。

谁知道胖子这家伙转过头来，先是愤怒地看了一眼朱笑东，随后又笑着说道：“师侄女，你等等，你这大师叔可是有钱人，手里好东西又多，你可千万不能放过他，快，快叫师叔，怎么说他也会给你个千儿八百万块的见面礼，让你花差花差，嘿嘿，你可别说我没提醒你啊！”

朱笑东怒吼：“胖子，你这是借刀杀人……”

周四虽然没想着要按胖子说的，去要千儿八百万块的见面礼，但是这辈分在那儿了，这一声“大师叔”，还是必须要叫的。

当下，便规规矩矩叫了一声：“大师叔，二师叔……”

朱笑东不得已，从衣袋里摸了一张卡出来，一张一百万元的，算是正式认了这个“师侄女”。

没想到胖子的脸一下子就苦了下来，自己答应过要给双份的，谁曾想，这东哥一出手还真拿了一百万元，胖子要说话算数的话，那可就得要两百万元。

可是，不要说在师侄女面前，就算只把周四当作是手下的员工，胖子也不能说话不算数啊！原本以为朱笑东跟自己一样出来看一下厂子，不会带太多钱，就算带着，也无非就是一点零花钱。

没想到这一下，胖子还真是搬起石头砸了自己的脚。

苦了半天脸，只得说："现在正好是饭点儿，师侄女，我们这就出去吃饭，嘿嘿，这顿饭我请……"

朱笑东挤兑道："胖子，你这家伙怎么这么抠啊！认了一个师侄女，你想一顿饭就给打发了?"

"嘿嘿……"胖子梗着脖子说，"我才不像某些人呢，哼哼，好不容易见到个师侄女，就随随便便给点钱，知道不，这认师侄女，那可是要正正经经、正正式式的，依着规矩来，你这叫什么，收个干儿子还得给干爹干妈磕个头呢!"

朱笑东顿时缩了下去，自己拜师还恭恭敬敬地跪下，磕了头，敬了茶，那才是真正叫入了师门，周四随口叫自己一声"师叔"，自己就给了钱，在规矩上倒真说不过去。

看来，自己又吃了胖子的一个哑巴亏。

"胖子，你这家伙……哼，损人不利己……"朱笑东实在找不出什么话来痛斥胖子。

只要现在一出去吃饭，胖子就有机会向王晓娟求援，如此一来，让他闹个脸红的计划，自然就落空了。

落空了也是没办法的事，谁叫现在正好就是饭点儿。

只是这加工厂因为朱笑东等人把加工费给得比正常的工厂高将近一半，几乎所有的工人都不愿意过多浪费时间，平日里，周四等人也就是买些便当什么的将就着吃了，然后继续加班，不过，今天遇上了两位师叔，也就只好跟着两人出去吃上一顿。

胖子这家伙还真是向王晓娟求援了："晓娟，今天可高兴了，你猜，我遇到什么事了？嘿嘿，不知道吧，我告诉你，你当师叔母了，什么，我师父是谁？姚观心姚老前辈啊！嘿嘿，记起来了吧，是这么回事，周四啊，原来是我们失散多年的师侄女，你就是师叔母了，对对，就是不能太寒碜了，今儿个可是大喜，东哥？哼哼，东哥这小家子气的，咱不学他……"

估计王晓娟正跟着杨薇在一块，让胖子丢脸的话，她肯定是不会说的。

朱笑东在两人后面脸都发绿了，这胖子！

……

稍后，朱笑东打电话过去问姚观心在不在，碰巧姚老正要出门闲逛，听说他也在京城，而且邀约吃饭，自是高兴不已。

上次，姚观心在方天然那里拿出来的沉香小酒壶，朱笑东说是梁奇宝的东西，这事儿还没把结果告诉给姚老，正好，这次胖子主动请客，顺便把上次去找梁奇宝的事给说一下，毕竟答应过的。

姚观心见到朱笑东等人已经是一个多小时之后的事，杨薇、王晓娟也到了场。

在这一个多小时的空闲里，朱笑东把周四的那个残月微雕上的字画看了一个遍，这上面的字画都是一些民间传说里的爱情故事，除了嫦娥奔月、牛郎织女，剩下的几幅也是诸如七女下凡、白蛇传、柳毅传之类的。

让朱笑东有些不解的是，这个叫林少华的师兄不知道是怎么回事，把这些微雕全部都弄成了民间传说。

最让朱笑东不解的是，最后那幅没完成的微雕上面也是一个女子，更没想到的是，这第七幅上所画的女子，居然非常像杨薇！

这事情就挺怪的了。

林少华在很多年前的微雕上，怎么会雕出极度接近杨薇的人物图像？是不是杨薇还有个什么胞姐胞妹跟林少华有关系？

杨薇偷偷地踹了朱笑东一脚："不可能，你再胡说八道看我怎么收拾你？"

朱笑东满腹疑团，直到姚观心到了酒店，这才一一揭开。

听说林少华教过周四一些技艺，姚观心顿时面色沉重起来，倒不是说见到周四这个徒孙不高兴，相反，周四说她得过林少华的教诲，还拿出林少华给她的残月项链为证，令姚老相当痛惜。

而他心情沉重的原因，恰恰就是林少华这个入室弟子。

沉默了很久，才说起了这么一件往事。很久以前，那两个弟子，高东征和林少华，在你们三个弟子之中……

"是四个弟子之中！"胖子纠正说，说是三个，那岂不是没把胖子计算在内！这可是关系到身份问题的，半点马虎不得。

姚观心看了一眼胖子，叹了一口气，继续说："对！是三个……"

"是四个……"

"胖子……师傅在说话，你插什么嘴？"

"是是是，师傅在说话，我的确不该插嘴，师傅你继续。"胖子在自己的嘴巴上抽了一下说。

"在你们三个师兄弟当中……"

"不对啊师傅，明明我们师兄弟四个，您老怎么老是说只有三个人啊，您老可不能把我给落下了。"胖子有些发急，姚观心老是说只有三个师兄弟，这不明摆着没把他胖子放在心上吗，或者，根本就是不认他这个弟子。

"唉……"姚观心叹了口气，意味深长地看了一眼胖子，才开口说："在你们四个师兄弟当中，以少华最为老成持重，在我传授技艺时，也最能吃苦，可惜的是，他毁在一个叫云想的女孩子手里……"

“云想……”朱笑东总算是知道了，这残月微雕上没雕完的女孩子，名字叫云想，而且，跟杨薇确实长得有几分相似。

“云想是一个考古队的队员，跟少华两个人相恋苦深，少年人谈情说爱，这是人之常情，我倒没有什么异议，而且因为有了云想，少华学习技艺也更用功更勤奋，说起来，也算是一段金玉良缘。

“可惜的是，少华技艺未成，云想的考古队却出了事，算起来，已经是十多年前的事了。那一次，云想他们考古队全军覆灭，少华得到她出事的消息，差点就发了疯，几乎是倾尽了他所有的家产，对出事的地方进行仔细搜索，搜救行动整整进行了三个多月，可是，活不见人，死不见尸，毫无结果。

“只是，少华始终都坚信云想他们还活着，始终不肯放弃搜救，如此一来，他的技艺全部荒废，直到五年前，才托人带了个口信给我，说是找到了线索，从此以后，便完全没了音讯，唉……”

“师傅，您老是说，少华师兄失踪了?”胖子不失时机地说了一句。

对于胖子叫“师傅”，姚观心也不再推拒，直接点了点头说：“我也有个很奇怪的感觉，少华他还活着，可是，这么多年来，他却一直没什么消息。”

“师傅感觉到师兄他还活着?”胖子又问。

“那是一种很奇怪的感觉，我常常在突然之间就会感觉到，好像少华是被困在一个什么地方，在向我求救，他需要帮助，这种感觉有时候非常强烈。可惜的是，在他刚刚失踪的那两年里，我也试着去打探他的消息，可是一无所获，久而久之，我也不得不就此放弃。”

朱笑东沉吟了许久，问周四：“你见到你师傅是在什么时候?”

“应该是在八年前吧，从那一次见过之后，就再也没有他的消息了。”周四回答说。

“这么说，林师兄跟周四在一起，肯定不是最后失踪的地方。”杨薇说。

朱笑东说：“还有一点，师傅说五年前师兄还托人带过口信，口信里面肯定有他最后出现的地方。”

姚观心摇了摇头：“到现在，我还记得那个带口信的人只跟我说了一句话：‘林少华让我带口信给您老，他已经找到线索。’他人在哪里，是什么线索，却一概没说。”

朱笑东想了想：“师傅您还记不记得带口信那人什么口音，是哪个地方的？”

姚观心摇了摇头，当时，那个传递口信的人西装革履，说着很标准的普通话，根本听不出来是哪个地方的人，而且，当时座上有几位极重要的客人，出于礼貌，也不好过多细问，只是把那位传递口信的人安排到宾馆，打算事后再过去仔细询问，没想到后来再去找时，那人却已经走了。

事后，姚观心觉得这事有些可疑，又去查问那支考古队，谁知道，在云想他们出事之后，那支考古队的单位已经撤销，到现在为止，已经十年不止了。

“这么说，这件事已经成了无头公案了！”胖子插嘴说道。

王晓娟悄悄掐了他一把：“你少插嘴。”

按说，一支考古队到哪里去考察，这事儿肯定有卷宗备案，有迹可循，怎么会有连去哪里都不知道这样的事发生呢？

姚观心叹了口气，十几年前，那是什么年月，由于技术和保卫等原因，考古队一般都不会事先说出来要考察的地址，而是考察出结果之后才公布，以防有不法之徒浑水摸鱼。

朱笑东叹了一口气，别说那个时候，就算是现在，只要说哪里有个遗址，考察的人还没到，盗洞就已经挖得七零八落了，所以说考古工作要事先保密，这也是很正常的事。

姚观心叹了一口气，虽然自己时刻有种林少华还活着的感觉，但是这么多年过去了，丝毫线索也没有，也就只好仰天长叹，有心无力！

今日，本来是听说朱笑东已经回到京城，而且已经解开梁奇宝的谜底，想来看看到底是怎么回事，没想到却钻出来一个周四，又重新提起了这件旧事。

朱笑东把梁奇宝的事情，前因后果仔仔细细地说了一遍，当中，自然少不了胖子的自吹自擂，王晓娟的惊羡，周四的不解，还有杨薇的补充。

前前后后几乎花了一个小时，才把整件事情说完。

最后，又把所有不能解开的谜归纳了一下，一齐说给了姚观心。

姚观心听罢思索了片刻，自言自语地说了一句："这么说，少华他应该也知道这梁七宝的事？"

朱笑东等人的脑袋里顿时"轰"地一下炸了开来，好多事情似乎一下子清晰起来，记得那次在雪山上，卫南疆、威斯·康科马克、陈光才，还有凯斯，这些人都是冲着一部据说载有比现代科技还先进的典籍去的，但是那部典籍却被人抢了先。

这事情一直都毫无头绪，会不会是林少华这个师兄拿走了？

让他有这个想法的原因是，林少华到过周四那里，而周四那里就是梁奇宝那个"世外桃源"的所在，林少华是不是也在找这个？

杨薇跟胖子两个人都皱着眉头回忆了半晌，那个"世外桃源"虽然有两道门是朱笑东他们打开的，但是大家都没忘，那个世外桃源里有天窗！要是知道世外桃源的具体位置，完全可以不经过那几道门，从天窗而下！

说不定，十几年前失踪的那支考古队，不管目的地是哪里，可能也是在追寻梁奇宝的事，而林少华极有可能也是追寻着那支考古队的脚步在前进。

换句话说，梁奇宝的事情，朱笑东等人只是追查了一半。

好，这些事都不说了，梁奇宝的传闻里，“能创造一个地方”这句话到底怎么解释？不会是说真的就是创造了那个破桃花源吧。

还有，放到雪山上又被胖子无意间拿回来的梁奇宝的手镯，到底是什么人放进去的？拿走那部典籍的又是谁？

一刹那间，朱笑东有些迷茫了，梁奇宝的事，林少华的事，怎么就一下子掺和了起来！

半晌脑袋里也没有一丝头绪，杨薇、胖子也是满面疑惑。

倒是姚观心豁达，说：“反正这事儿已经过去这么多年了，一时之间找不到线索也不是什么怪事，今儿个高兴，周小姐也算是少华的亲传弟子，这个弟子我认了，呵呵……”

按规矩，周四应该是姚观心的徒孙，见姚观心毫不犹豫就认了她做徒孙，周四连忙跪了下去，规规矩矩地磕了头，敬了茶，算是正式入了姚门，以后，跟朱笑东也就是正儿八经的师叔侄关系了。

至于胖子这家伙，反正也没个正形儿，叫姚观心“师傅”，姚老也是答应，要跟胖子传授什么雕刻技艺之类的，别说这位师傅头痛，就是胖子自己也头痛，干脆算是一名“俗家弟子”得了，在姚观心门下挂了个名。

胖子这回倒是认认真真地磕了头，也不图什么技艺，就图个一拍胸脯“俺是姚观心姚大师的徒弟”这句话。

认了周四当徒孙，见面礼自然是少不了的，姚观心送的礼物不算重，也不算轻，一块价值一百二十万元的翡翠玉佩，杨薇送给周四的是一对手镯子，也是百十来万元。

轮到胖子跟王晓娟两个人的时候，胖子很是大气地拿了一张金卡出来："师侄女，小师叔也没什么好送的，这点儿钱拿去买你喜欢的东西，两百万元，也不多……"

把金卡塞给了周四，还是没忘记在她脸上捏了一下，捏得周四的脸都变了形，估计是胖子在掩饰心头的肉痛吧。

这一顿饭倒是吃得热热闹闹的，不过也给朱笑东心里留下了一根刺儿。

李嵘跟卫老爷子，朱笑东可是答应把梁奇宝的事情弄清楚之后，一一告诉他们的，但是很明显，这件事情并没完成，跟他们的交代却说这件事情已经就这样了，说不好听点，是在欺骗他们。

这让他心里酸滋滋的很不好受。

吃完了饭，朱笑东又问起姚观心，林少华是不是还有什么亲人，家住哪里？

姚观心说，林少华是个孤儿，这也是他痛惜林少华的原因之一，在京城里，原本有一处祖传老屋，但是十几年前拆迁，林少华的老屋早就成了一条街道，林少华分文不进能撑着去找云想，也就是靠着那点微薄的补偿款。

不过，期间在姚观心的住处寄居过一段日子，虽然不长，但是留下过不少的东西，大多是各类的书籍，不过姚观心亲自检查过，觉得里面没什么特别重要的信息。

朱笑东点点头，如果有空，一定要过去看看这位师兄留下来的东西。

朱笑东虽是姚观心的弟子，还从没到过师傅家里，现在说要过去看看，姚观心自然是欣喜不已。

严格来说，朱笑东虽然是姚观心的弟子，实际上成就并不比他差多少，有些地方甚至还超过了姚观心许多，唯一不是的仅仅只是一个名气，但是名气这玩意儿不是说有就能有的，“北姚南马”，那可是姚观心经过数十年的打拼才有的名头，相对于才出道不到一年的朱笑东，姚观心的名气自然是要深厚了许多。

虽说陶都的珠宝铺子快要开业了，毕竟还有好几天，再说，这趟从京城绕路，除了要带回去一批比较高端的珠宝交给汪海成去经营之外，最主要的是要完成杨薇一个心愿，去看看方天然，所以，回陶都也就不急于一时了。

反倒是梁奇宝的这件事情又勾起了他的好奇心，所以，朱笑东决定把去看望方天然的时间稍微往后推移，先去姚观心那里一趟。

王晓娟挺着大肚子，行动不便，杨薇只能暂时照顾着她先回去。

所以，跟朱笑东一起到姚观心那边去的，又只有胖子这个“俗家弟子”了。

姚观心的别墅在城东，一个看起来并不是十分豪华的小区。不过，据姚观心介绍说，这里住的可都是身价不菲的人物，而且八成都是隐形富豪，就因为是隐形富豪，进到姚观心的别墅里，连胖子都感觉到一股很浓的书香味。

客厅里有山水人物字画，古意盎然、一尘不染的红木桌椅，紫砂质地的茶饮器具，一个古玩橱柜，摆着十来样精致的古玩，无一不显示出姚观心的文化素养。

朱笑东此行的目的不是来参观收藏之类的，而是过来看看林少华遗留在这里的东西。

所以，姚观心也不客气，直接将他们带到林少华原来寄居过一段时间的房里。

林少华住的是三楼，面朝南左手边第三间房间，是个套间，很是宽敞，由于时隔数年，原来的家居摆设已经不复原样，不过，林少华寄居在这期间所留下来的东西都让人用纸箱装了，放在顶楼杂物间。

姚观心让人从杂物间把这些东西全部搬了下来，让朱笑东跟胖子两人检查。

之后，姚老因为有朋友来见，就出去招呼朋友，临走留下了一个叫赵妈的老人，端端茶送送水什么的。

朱笑东只要了一壶茶水，然后就打发赵妈出去休息，自己则跟胖子两个细细翻看这些东西。

其实，林少华遗留下来的东西并不多，两件衣物，洗漱器具，余下的就全部是书，满满的两大纸箱，少说也有一百来斤，两三百本。

衣物也没什么好看的，一件十几年前很流行的牛仔衣，一件呢子风衣，口袋里什么也没有，洗漱用具都是十几年前出产的，这些都是一目了然，没什么特别的地方。

朱笑东跟胖子看了一遍这些东西，又一样样放回纸箱子。

胖子拿着林少华用过的漱口杯子，细细看了一遍，笑着对朱笑东说："东哥，你看这玩意儿能值多少钱?"

这漱口杯是一个瓷杯子，也是青花的，胖子看中的就因为它是青花瓷杯，而且看起来就觉得特别眼熟，有种似曾相识的感觉。

朱笑东实在是憋不住了，低声对胖子喝道："胖子，你这脑袋里都想些什么啊，你怎么这副德行了呢?"

胖子毫不动气，嘻嘻笑道："东哥，你可别多想了，我就是不懂古玩知识吗？向你讨教而已，你可不能打击我好好学习天天向上的纯洁心灵啊，就因为我不懂，我才问你的，孔子不是说，知之为知之，不知为不知，来而不往非礼也吗?"

朱笑东一边翻看书籍，一边很是怀疑："来而不往非礼也这句话是孔子说的吗？我怎么不知道!"

两个人一边说笑，一边翻看那满满的两大箱子书籍。

林少华的这些书籍放置得很是杂乱，大致上可以分为几大类，雕刻技术占了一大部分，一部分是古玩鉴定类的，只占了小小的一部分，除此之外，还有一部分是民间传说的故事书，什么样的都有。其中光是大部头的《聊斋志异》，版本就多达七种，其他的民间传说故事书籍，各式各样的也不少，甚至包括多达二十七本的小人书。

看着朱笑东盯着这一堆堆的书籍，胖子忍不住问："东哥，我们到底在找什么啊？"

朱笑东默默摇了摇头，他自己也不知道在找什么。

如果是直接与梁奇宝有关的东西，姚观心肯定是知道的，也会说出来，但是检查之后并没有什么发现，也就只能猜测林少华的失踪与梁奇宝有关，而且，这个线索还是来自周四，而梁奇宝所有的线索都已经终止于那个世外桃源了。

朱笑东要找什么呢，能找到什么呢？

"嗨……"胖子失望地嗨了一声，本来还以为是有目的有计划地在找什么东西，比如林少华的笔记、书信之类的，没想到朱笑东居然都不知道自己在找什么。

胖子扒拉了一下面前翻得乱七八糟的书籍，回过头去，一伸手又拿起那个青花瓷漱口杯，在眼前晃了晃，忍不住对沉思中的朱笑东说道："东哥，你看这青花杯子，能值多少钱？"

朱笑东白了一眼胖子："能值多少钱，你看看杯底的落款不就知道了，你动动脑子吧，老是来打搅我。"

胖子讨了个没趣，把塞在杯子里的牙膏牙刷毛巾拿了出来，一看杯底的落款，忍不住叫了一声："原来是一九八九年的东西，我还以为是什么宋元明清民国的呢？"

这纯粹就是一个现代品，怪不得看起来这么眼熟！

“胖子，你别吵好不好，我刚刚有点思路，一下子又被你打断了。”朱笑东有些恼，每到关键时候，胖子这家伙总是掉链子。

见朱笑东懊恼不已，胖子媚笑着说：“东哥，要不，我们看看这些书上有林师兄留下什么字迹没有，他既然看这么多书，那就是能够识文断字了，不可能不在书上留下些什么。”

虽然懊恼胖子打断了自己的思路，但是朱笑东也没办法，也就只好先试试胖子说的，看能不能有些发现。

翻了一阵散乱的书籍才发现，林少华其实是个很爱干净的人，比如说雕刻技艺的书上，有些需要记住的重要文字，林少华总是在下面很整齐地画上一条线，与实际情况有出入的地方，也是在这些地方画上线条，然后标上一个很规矩、里面有阿拉伯数字的圆圈，除此之外，看不到一点乱写乱画的痕迹。

朱笑东猜想，林少华肯定是有笔记的，这些有阿拉伯数字的圆圈就是指向笔记的页数。

于是，胖子毫不犹豫地整本翻找，找来找去，总算找到一个专门记载雕刻的笔记，打开来看，上面的字迹工工整整，一丝不苟，不过帮助不大。

只是除了胖子找到那个记载雕刻技法的笔记之后，就再也没找到其他的笔记了，估计，要么就是林少华没记，要么就是被带走了。

朱笑东看到这里，心里对这位素未谋面的林少华师兄很是钦佩，整洁、细致，连一句话里两个错别字都不放过，怪不得姚观心很是看重这个林少华。

不过话说回来，做雕刻，尤其是做微雕，不做到这样细致也不行，微雕这个活儿，哪能容得半点马虎大意。

朱笑东感叹着，一路翻看下来，这些书上除了重点，就是与实际情况不符的标注，其他的字迹竟然是一处也没找到。

胖子稀里哗啦地翻了一遍，好几十本书都让他翻遍了，他得出的结论居然是："这师兄，书上连个字都没留下来，算啦，师傅说这里面没什么线索，那就肯定是错不了的，还是回去想想其他的办法吧。"

朱笑东摇了摇头："胖子，我有感觉，其实林师兄留下的线索就在这些书里面，只是我还没想到办法而已。"

"你打算怎么找？"胖子问。

"不知道……"

"你到底要找什么？"

"不知道……"

"你确定真能找得出来？"

"不知道……"

"我的个妈呀！"胖子呼天抢地起来，"东哥你这叫什么话啊？一问三不知，你到底想要什么啊？"

"不知道……"

朱笑东低着头，呆呆地看着已经散乱不堪的书籍，一口气说了四个"不知道"，别说是胖子，任谁都要抓狂。

胖子痛苦地揪着头发，过了半晌，才又问了一句："我们现在怎么办？"

"看书……"朱笑东没有多少表情地回答道。

"看书……"胖子更是痛苦不已，"这些书有什么看头，想看书，回家去，电脑上什么书没有，你看一辈子都看不完。"

他抬头看了一眼胖子："你看不看，不看你就先回去……"

"好，好……我看，我看，我就陪着东哥你看个够……"胖子哀叹不已。

于是这家伙就先是蹲着看，把书翻得哗啦啦作响，这根本就不是看书，而是翻书，没过片刻，就坐在地上翻，然后，就躺在地上翻，最后两只眼皮一耷拉，干脆在脸上盖了一本书，去找周公聊天了。

还好，房间里是木质地板，坐北朝南的房间，里面的温度又不低，睡个觉倒也正好。

朱笑东懒得去管胖子，没这家伙在一边打扰，心神反而安定了许多。

随手翻看这些散乱的书籍，他渐渐觉得，这个林少华师兄看书，应该是非常有选择性的，比如说，雕刻，他就特别注重微雕方面的技术，但凡是书中有微雕的部分，他几乎都全部作了重要的标记，甚至有的地方使用了双重的标记。

另外拿了几本不同类别的书籍看看，也是如此。

看了一阵儿，他掩卷长思，从这些书里能看到的也就是林少华是一个积极进取、精细入微的人，除此之外，确实找不出什么与梁奇宝有关系的地方。

难道说，是自己想多了，姚观心也想错了？

可是朱笑东始终有种感觉，那就是这一堆书里面，确实有自己要找的东西，哪怕目前还不知道自己要找的到底是什么，到底该怎样去找。

这就像一个人面对着一间被锁住的房子，明明知道房子里有自己想要的东西，但是没有钥匙，也不知道锁在哪里，不知道怎么样才能进到房间里面去。

朱笑东满脑子想着房间、锁、钥匙，不知不觉间迷糊了起来。

迷迷糊糊间，朱笑东似乎看到一个很是英俊的中年人，躺坐在一个黝黑的空间里向自己伸出一只手来，似乎在索要着什么，那景象很真实，很恐怖，等不及他去检查这个黝黑的空间里到底是什么情况，景象倏然消失。

朱笑东一怔，睁开眼来，这才发现，原来自己也在这会儿打了个盹儿，睡了过去。

自从有杨薇在自己身边，朱笑东几乎不大做梦了，可是刚刚，却又做了一个梦，一个很真实的梦，他不知道这能说明什么。

但是朱笑东能清楚地感觉到，梦中的这个中年人应该就是那个素未谋面的师兄林少华，至于他身处的环境，就无法推测出来了。

等他清醒过来，细细揣摩刚才梦中的情景，实在也想不出个所以然来，因为梦中看到的除了那个中年人，就是黑暗，无边无际的黑暗。

换句话说，这些书就是一间有着无边无际黑暗的屋子，而林少华就被困在这间不知道锁孔在哪里，不知道钥匙在哪里的黑屋子里。

屋子、锁孔、钥匙！

又是这三样东西！

朱笑东不知道为什么会绕了一圈，又回到了这三样东西上面来，三样！

为什么不是一样东西、两样东西、四样东西，而仅仅只是三样东西，这屋子里有什么？满地散乱的书籍、两个人、一张床、两把沙发、一个茶几、三个纸箱子……

“三个纸箱子……”默念到三的时候，朱笑东没来由地激灵了一下，“三！”这个字太敏感了，到底是“三”什么？一下子却又想不出来。

不过虽然一下子想不出来到底是三什么，但是他有种感觉，这个谜马上就要被解开了，这是一种直觉，朱笑东的直觉，而且，朱笑东一直都很相信他的直觉。

会不会是某本书里，第三页藏着要找的东西？

朱笑东想着随手拿起一本书来，翻到第三页，这是一本古玩鉴定方面的书，第三页是一篇目录，细细地看了一下，这本书的第三页大多数是讲唐代瓷器的鉴定，有官、汝、君、哥、定等各窑瓷器鉴定方法的页码条目。

估计林少华在古董方面，比较专注这些瓷器，所以，这些条目下面都有着重标记的双横线，朱笑东心里一喜，心想可能这就是自己要找的那把模模糊糊的钥匙。不过，他信手翻开背面才发现，原来是空欢喜了一下，第四页，那些条目上依旧都有着重标记的双横线，后面的，甚至正文上都有这种标记。

朱笑东放下了这本书，顺手再拿起一本，这一本却是雕刻技术方面的书，第三页上着重标记的，如同他先前看到的一样，除了微雕部分，其余的地方基本上就没什么标注。

再看了一本民间传说之类的书，第三页上根本就没有标注，其他的地方就算有，也很少，多半是一些比较华丽词句之类的，也看不出什么端倪来。

仔细看过这三本书之后，没摸着什么门道，朱笑东毫不泄气，又一本一本继续看下去，一连看了十七八本，各种各样的书籍都有。

可惜，仅仅在这第三个页面上，还真看不出来什么东西。

朱笑东放下了手里的书本，又迷惑了起来，现在他有种谜底已经呼之欲出的感觉，可惜还差最后那一层薄薄的纸张还捅不破，或者说，还不知道要用什么东西去捅破这最后的一层薄纸。

这条路子基本上可以排除了，第三条路子又该如何走呢？

第二个办法都还没想呢，怎么直接又跳到第“三”上面去了？朱笑东笑了起来。

看来是跟“三”字挺有缘的，每一次都会不由自主地去想到这个“三”！

可惜的是“三”只是一个量词，光有“三”这个数，对朱笑东来说，还没有太大的作用，还得要知道是“三”什么。

三个人，三棵树，三头牛，三本书……

三本书……三本书……

朱笑东心里颤了一下，对！就是“三本书”，顷刻之间明白过来，自己要找的线索，就在三本书里面！

不过，他随即又哑然失笑，这种感觉很是好笑，一早就知道这一堆书里面有自己要找的东西，偏偏就是不知道自己要找的是什么，更不知道如何去找，瞎猫撞上死耗子似的，居然给自己确定下来，这里面确实有东西，而且，才这会儿工夫，就确定下来是在三本书之中，由毫无头绪一下子变得目标明确，这是不是很好笑？

这时候，胖子在地上伸了伸懒腰，身子像蚯蚓一般可笑地扭动，浑身骨节发出噼里啪啦的微响，看来，这一觉在地上睡得还挺香的。

做完这阵起床运动，胖子勉强睁开眼，一转头，看见朱笑东面露微笑，胖子怔了怔，忍不住怪异地问：“东哥，什么事儿让你这么高兴？”

朱笑东盯着胖子，笑着问：“胖子，在地板上睡觉真有那么舒服吗，你怎么会睡得这么香？”

胖子坐了起来，无不自豪地嘿嘿笑着说：“东哥，这个你就有所不知了，胖子我是干什么的，这点儿苦算什么，不瞒东哥说，我习惯了，在家里我就经常……”

说着说着，胖子由自豪变成了自卑，在家里经常睡地板，那说明什么问题，不用问也知道是王晓娟把胖子踹下床去的，这可是胖子自己说漏了的！

看着朱笑东捂着嘴，嘿嘿笑个不停，胖子拉着脸，过了半晌，一拧脑袋：“大惊小怪，别说睡地板了，我还跪过搓衣板，那又怎么样？我睡地板，我愿意！我跪搓衣板，我光荣！嘿嘿，你能把我怎么样？”

胖子一席话，顿时把朱笑东呛了个白眼，被媳妇儿踹下床睡地板，还有跪搓衣板，这事儿居然也能光荣？

“口是心非！连这些事都做不了、受不了，不感到光荣，你还说可以为你所爱的人付出一切，不是我说你，东哥，你看你都虚伪到了什么程度……”

“好好好……”朱笑东只能投降，“胖子，我承认，你睡地板有理，你跪搓衣板无罪，哥向你投降，哥认输，成不？”

再要让胖子说下去，让外面过来的人听去了，那可就闹出了笑话。

朱笑东的听觉很灵敏，大约是赵妈来到了房间外面，所以有轻微的脚步声。

听到敲门声，胖子也就自然闭了嘴，很潇洒地站了起来，去开门。

没想到敲门的赵妈身后，还跟着姚观心，幸好朱笑东及时阻止了胖子这家伙胡说八道，要不然，真是把脸丢到了师傅家里。

赵妈端了个托盘，上面有两碗鱼翅羹，姚观心特意让赵妈拿过来送给他们的，说是给两个人充饥果腹，解解乏闷。

赵妈把两碗鱼翅羹放在茶几上，然后就出去了。

姚观心看着满地乱七八糟的书籍，也不以为意，只是笑着问道：“两位找到有用的东西了吗？”

胖子呼呼啦啦吞着鱼翅羹，一边摇头：“这信息量太大了，所谓冰冻三尺，非一日之寒，要想找出头绪，没有十天半个月，怕是不会有什么进展，不过，我们实在是不好意思继续打扰师父您老人家的清静。”

姚观心笑了笑："那倒无所谓，反正我膝下子女大多长年在外奔波，一年半载也回不来一次，只要你们两个不嫌弃，爱住多久住多久，直到你们想离开为止。"

"不敢……"两人齐声礼貌地回了一句。

两人刚吃完，赵妈就带了新烧的开水过来，换下先前已经凉了的茶水，重新泡上一壶好茶，然后收拾了鱼翅羹碗再次出去。

直到这时，朱笑东才开口说道："师傅，我已经有了发现……"

"什么……"滚烫的一杯茶水，差点就洒在胖子的手上。

"嗯？"倒是姚观心，虽然急切想知道有了什么发现，但依旧表现得很平静。

"具体地说，目前我还不敢断定师兄是不是真的与梁奇宝的事情有关……"

朱笑东没说完，胖子放下烫手的茶杯，嘘了一声："我还以为有什么高论，这不明摆着脱了裤子放……放……多此一举！"

在姚观心的注视下，胖子把那个"屁"，最终又吞了回去，说出来有伤儒雅。

"不过，有三本书，可以让我找出来证据，证明师兄是不是跟梁奇宝有关以及师兄大致的去向。"朱笑东很自信地说道。

"哪三本书，什么书，在哪里？"胖子急切地问。

这也正是姚观心急切想知道的问题，不过胖子嘴快，一张嘴，把几个问题全部替师傅问了出来。

朱笑东没有正面回答胖子的提问："师傅，少华师兄是个很严谨的人，这一点，师傅应该比我更了解。"

"不错！"姚观心忍不住叹了一口："少华这孩子，聪明好学、积极上进、为人忠诚、做事情勤奋、精细入微，是个不可多得的好苗子，如果能潜心习艺，假以时日，将来必能登峰造极，唉，可惜呀……”

朱笑东也停了一下，又继续说：“在我看来，少华师兄每看一本书，必定都有详细笔记，其中重点、极重点，罗列得非常详细，我们找的一本微雕方面的笔记，就可以证明……”

“这跟梁奇宝的事有什么关系，师兄？”胖子很是疑惑，为了时不时让姚观心老师傅能记住他这个“俗家弟子”的存在，连“师兄”都叫上了。

按说，朱笑东以及胖子两个人都先后进到王长江的店铺里当过伙计，朱笑东比胖子先进门几天，叫一句“师兄”也不为过。

只是后来“风云突变”，王长江跟朱笑东称兄道弟起来，胖子却成了王长江的女婿，这一声“师兄”也就叫不出口来，干脆，就说大家都姓朱，反正朱家大姓，支别辈分也没人说得清楚，这才赚回来一声“东哥”。

现在，胖子挂名在姚观心门下，做了“俗家弟子”，也算是终于可以名正言顺地叫一声“师兄”了。

“现在还不知道，不过，要是能找到少华师兄所有的笔记，这事就简单多了。”朱笑东说着，叹了一口气。

姚观心摇了摇头：“就是因为找不到其余的笔记，这事才成为悬而未解的谜案，少华的祖屋已毁，又时隔多年，或者，少华他把那些笔记一股脑儿带走了也说不定，这到哪里去找？”

胖子也点头说：“我就说师兄你这是脱……多此一举！”

“呵呵……”朱笑东笑了笑，“我只是说能找到那些笔记，我们会简单一些而已，我并没说没有那些笔记，就找不到线索啊。不就是没有了笔记吗，我们重新做上一份不就得了！”

第十三章
抽丝剥茧

“重新做上一份?”胖子目瞪口呆，重新做笔记，这事儿他可没去想过。

姚观心盯着满地散乱着怕不止有两三百本的书，心里算计着朱笑东所说的可行性，两三百本书，要一篇篇看完，然后做上日记，这得要多久啊，关键每个人还不一样，所做的笔记又怎么会是一样的呢。

朱笑东笑了笑，说:“其实，这就是少华师兄严谨的地方，他把每一本书上认为重要的地方都做了标记，我们只要把这些他认为重要的地方拿出来看看，就大略可以猜想，少华师兄他最注重的地方。”

“对啊！我怎么没想到这个!”胖子拍着脑袋说道。

其实，不要说是胖子，就算是姚观心，以前也只是想着能从某一本书里面找些线索，确定林少华的去向，也从来没想过重新做一回笔记，现在朱笑东这样一说，心里自然是有几分赞许，到底是年轻人，心思活络！

不过，这两三百本书里，林少华标记过的起码也有上万个地方，真要一条条重新做这笔记，那也绝非一蹴而就。

朱笑东笑着指了指胖子，说：“师傅，我陶都那边有点事情，估计这两天得过去看看，这事儿，我想，就交给胖子去处理，相信胖子能给您老人家一个满意的答复。”

胖子脑袋上冷汗直冒：“东哥，你可别这么没义气好不好，你把这事儿交给我，我哪儿会弄，再说，这事儿是你闹出来的，我哪能知道你是怎么想的？”

姚观心笑眯眯地看了一眼朱笑东，不等他再说话，就点点头：“既然你这么说，那我就把重新做笔记这活儿，麻烦一下我这个记名弟子了……”

姚观心说完，站起来准备出去，走了两步，又转过头来意味深长地说了句：“我就等着你们师兄弟的好消息了，呵呵……”

待师傅出了房间门，胖子一把拉住朱笑东，愤怒地看着他：“我说你怎么当人师兄的，明明知道我不会弄这个，你还让我弄，这不是陷害我吗，我鄙视你这种人。”

“别不识好歹！”朱笑东蹲下去，一边毫无目的地翻看几本书，一边笑着说道，“把这么简单的事情交给你做，让你在师父面前有个好的表现，你却好心当成驴肝肺，该鄙视的是你这种人才对。”

“呵呵……”胖子气结，反而笑了起来，“你这是好心？东哥你不知道我这人一看书就睡觉？你不知道我一看书，那些字就像毛毛虫一样爬得我浑身痒痒，对，我是不识好歹，我把你的好心当成了驴肝肺，我就不知道某些人专门陷害别人，那该怎么说……”

朱笑东手里拿了一本民间传说故事书，好整以暇地说道：“胖子，你可真不知好歹，就这事要我去弄，顶多两个小时，而且，我还可以喝喝茶聊聊天，然后就直接拿结果交给师傅，在师傅面前立下一个奇功。这么好的事儿，我推荐给你去做，你倒好，罢了，你要实在不做，我这就去跟师傅说上一声……”

胖子一听只需要两个小时，而且自己还可以喝喝茶聊聊天，就能立下一个奇功，立刻就变了脸色，一把拉着作势要去找姚观心的朱笑东，嬉皮笑脸地说：“东哥师兄，你别慌，这事儿，我这不是还在考虑吗？要不，你等等，我考虑考虑再说。”

朱笑东笑了笑：“你真要考虑考虑？”

“那是，别的不说，咱哥俩什么人啊，那是一荣俱荣，一损俱损，对不？咱师傅把这事儿交给我来做，不光是看得起我，而且也是看得起东哥师兄你对吧，咱们呢，也就不能在师傅面前掉这链子，我脸上不好看，你脸上也会无光，对吧！”

朱笑东推开胖子拉着的手说：“知道就好，那你还愣着干什么？赶紧找啊！”

“不是，东哥师兄，你不是说我可以坐着喝喝茶聊聊天就行了吗，那我还去找啥，呵呵……我这就到那边去喝喝茶，至于聊天吗，找你聊，又打扰了你，这个就免了。”胖子说着，腆着脸到那边去喝茶。

“嘿嘿……”朱笑东笑着说，“胖子，你以为在这儿喝喝茶，你就能立下这个奇功？我告诉你没那么简单！”

胖子也“嘿嘿”笑着说：“我就知道你这人没安好心，怎么样，我一试就试出来了吧。”

“正经点，我告诉你，该怎么做。”

一看朱笑东一脸正色，胖子也不再说笑了。

“我是这么想的，这些书的确不少，而且需要做的笔记的确有好几万条，一两个人估计一个月都不可能做得出来……”

胖子打断道：“哥，你能不能说说重点，重点。”

“这就是重点啊，胖子，你得去找几个人来，记住了，要懂电脑的，你别问这跟做笔记有什么关系，这关系大着呢，你想想，在电脑上什么样的书没有，只要把这些书在电脑上下载下来，然后对照每一本书上的重点记号，把需要记的记录下来，这事儿就大功告成了。你想，一个人手工做笔记的速度能有多快，但用电脑，少说也快了好几倍的速度，对吧，就这两三百本书，只要有足够的电脑，足够的人手，两个小时还富裕着呢，你说简单不简单。”

胖子虽然懂一些电脑，但这样的事他还是没干过，不禁有些疑惑地看着朱笑东：“这能成吗?”

“当然能成，你以为我真会害了你不成!”

胖子咬了咬牙，一脸悲壮：“成，东哥师兄，这回，就算是你让我去死我也认了，说吧，怎么开始!”

“瞧你那样儿，好像我真会害你似的。现在，你给杨薇打电话，让她找些会电脑的高手，十个二十个都行，集合的地点就在附近的网吧，进来的时候，左边那儿有个网吧，记得吗?”

胖子一边打电话，一边点头：“好像记得!”

不一会儿，电话打通了，里面传来杨薇跟王晓娟两个人的嬉笑声。

杨薇问胖子怎么回事，胖子按照朱笑东的授意说了一遍，杨薇十分爽快地答应了下来，说会尽快找一批人过来帮忙。

胖子在那边打电话，朱笑东悠然自得地去看手里的书，那是一本民间故事——《柳毅传书》，讲的是书生柳毅与钱塘龙女的爱情故事。

两人读了一阵，朱笑东见胖子眼皮一耷一耷，便放了手里的书本，摇了摇胖子问：“胖子，看出来什么没有?”

胖子勉强睁开眼，咕噜了一声说：“看出来了，这书告诉我们，找老婆一定要找个靠谱的……”

杨薇这个时候打电话过来说，该找的人已经找齐了，现在都已经在路上，再有十分钟就到了那个网吧。

朱笑东合上书，吩咐道：“赶紧地，把这些书给我拾掇起来装好，立刻带走。”

胖子茫然，带走？往哪儿带去，这可是俺师傅家，书是少华师兄的书，带走，不妥吧。

朱笑东白了胖子一眼，待会儿你去跟师傅说，就说我们已经掌握了些线索，现在要具体分析，需要的人手多，这里不方便，待会儿用完了，就原封不动地把这些东西还回来。

胖子“嗯”了一声，不多会儿就跟师傅打好了招呼。

待胖子跟朱笑东两个人扛着两大箱书到了网吧，杨薇早已安排妥当了，二十三个人，男女老少都有，而且，一看就知道，大部分都是精通电脑的网虫。杨薇租了二十四台电脑，多这一台是自己专用的，电脑早和其他的电脑建立起了联系，只等各种信息数据传过来。胖子一边给这二十几个人分发书籍，一边叮嘱，凡是书上有标注的，都得查找出来！

两三百本书，分到二十多个人手里，一个人也就十来本，动用电脑做得快的话，也真就只需要两三个钟头。

杨薇大略检查了一遍这些书籍，低头沉思了一会儿，对朱笑东说：“笑东，我看，这些书籍大略可以分为三大类，雕刻、古玩鉴定、民间传说，要不我们分成三组，这样，效率比较高。”

朱笑东一怔：三大类，我怎么这么笨，在姚观心家里，自己一直都在对这个“三”很敏感，可就是想不出来是“三”什么，原来，这个谜底就在这三大类书上。

“这三大类和这所有的书不是一样？这些书就是三大类，这三大类也就是这些书!”

朱笑东不理胖子的唠叨，指着胖子说：“立刻，马上，全部重新分类，对！就是重新分类，按杨薇说的分，次一级的分类标准，分普通重点、重点、极重点三类。”

人多力量大，二十三个人在短短的几分钟之内就把这三类书籍全部分了出来，稍后，便是把这三类书籍的数量以及书名，全部上传到杨薇的这部电脑上。

从这份数据来看，雕刻技术这一类一共一百四十六本，古玩鉴定一百零九本，民间传说类的八十六本，余下的就是比较杂乱的历史书籍，有十六本，各类绘画图册八本，笔记本一个，共计三百六十六本。

胖子看着这么“庞大”的数字，禁不住有些咋舌，这要让他来看，估计要看一辈子，而且，千万别让他做笔记什么的，不然，余下来的就只有交给后人去看了。

朱笑东略一沉思，又让所有的人先不要去检查雕刻技术这一类的，专攻其余的古玩鉴定、民间传说、历史书籍，以及绘画图册四类。

胖子莫名其妙：“不是全部都要重新做上笔记吗，为什么雕刻技艺这一类又不做了……”

不过，胖子的话才一出口，马上又知道自己白问了一句，雕刻技术那一类的笔记已经有现成的了，再做，那才是脱了裤子放屁，多此一举。

如此一来，这些电脑操作员一下子又少去了一半的任务，把那二十几本小人书、绘画图册再除开，每个人手里都不到十本书了。

朱笑东想的法子的确快捷，不到半个小时，便有已经完成了一本或者几本书的人，开始往杨薇的电脑上传送资料。

不过，这个时候看起来还有点杂乱，虽然都是按照朱笑东吩咐的，普通重点、重点、极重点分成三个大类，但是大多是比较笼统地夹杂在一起。

就胖子跟朱笑东两人喝一瓶饮料的时间，杨薇就已经收到上百本书的内容，可惜的是，仍然看不出个所以然出来。

两人站在杨薇身后，也是忍不住直抓脑袋，这么做下去，好像还是大海捞针一样没什么头绪！

朱笑东皱着眉头，一时也想不出原因。

看着这二十三个人手上的书渐渐减少，而杨薇这台电脑上的资料依旧一塌糊涂，胖子叹了口气："东哥，我说了，这冰冻三尺非一日之寒，就算是把那位林师兄的笔记全部摘抄一遍，一时半会儿也不可能找到什么线索，亏你还在师傅面前把这事交给我，你这不是要我出乖露丑吗？"

朱笑东摇了摇头，直觉告诉他，这不可能，线索肯定就在这些书里，没理由找不到，林少华做事情，不可能没有头绪。

他揉着太阳穴，绞尽脑汁地想着，自己这差错到底出在什么地方。姚观心说过，林少华做事情"勤奋坚韧"，一个勤奋坚韧的人，有了固定的兴趣和爱好，一般来说是不容易改变的。

"对对对，我也相信林师兄不是一个一塌糊涂的人，但人家看这些书花了多少时间，就算是东哥你一本接一本地看，这好几百本书你得用多久？还有，林师兄手头并不宽裕，这是师傅说过的，就他娶媳妇的费用也都是老祖屋拆迁的补偿款，这说明什么，这说明林师兄也是半工半读，要读完这些书，少说也得好几年吧。

"这不是重点，重点是这么多年当中，林师兄看书的兴趣会不会转移？"胖子在一边喝着饮料，说道。

从林少华这些书籍的出版日期就能看得出来，几乎所有雕刻类的书籍都是十多年前买下来的，而古玩鉴定这一类的书籍大多集中在雕刻书籍之后，也就是在最晚的雕刻书籍之后三四年之间的出版物，而那些民间传说之类的书籍跟古玩鉴定类的书几乎就是在同一时期。

这就是胖子认为林少华的兴趣有所转移的依据所在！也就是说，林少华最早之前是专攻雕刻的，直到后来才把兴趣转移到古玩鉴定、民间传说这一类书籍上来的。

杨薇想了片刻，提醒朱笑东说："胖子说得也有点儿道理，想来，这应该是与云想的失踪有关。我们假设，本来那位林师兄学雕刻学得好好的，突然之间云想失踪了，林师兄无奈之际，就放弃了雕刻，转而专攻古玩知识，以便能更好地追踪云想的踪迹，至于这民间传说，相信也是与那位云姑娘有关的一些传说。"

朱笑东长长出了一口气，轻轻地拍了拍杨薇纤柔的肩膀，笑了起来："杨薇，你算是解决了我心里最大的一个难题，你说得没错，林师兄确实是在后来才把注意力放在古玩和民间传说的书籍上的，而且，实实在在印证了我的猜想。"

胖子在一边很是不满："东哥，真有你的，明明是我发现林师兄兴趣转移了的，你倒好，一句话又成了杨薇嫂子的功劳，哼，这叫什么，对，用人不避嫌，冒功不避亲，哼哼……"

朱笑东很是尴尬地笑了笑："嘿嘿，胖子，我们这叫集思广益，集思广益……"

顿了顿，又说道："其实，这事情早在我的预料之中，我也就是想找个明显的证据出来而已。"

"证据，哼哼……"胖子哼哼了两声，"这证据不是明摆在这里的吗？还用找？慢着，你要找的究竟是哪方面的证据？"

"林师兄与梁奇宝之间的证据，也就是我们根本没有完成探索的证据!”朱笑东说。

杨薇眉头一皱，心里顿时有些许失落，自从胖子这家伙在陶都买了一枚戒指之后，这大半年里东奔西走，四处漂泊，一天宁静的日子也没过上，差不多都是在围着梁奇宝的事情奔忙。

本来，找到那个“桃源”，大家都认为这事情已经结束了的，但是听朱笑东这口气，梁奇宝的事情根本就没完!

恰好这时有人又传了两份资料到杨薇这台电脑上，打开一看，一份是鉴定唐代瓷器的，这本书朱笑东仔细看过，还记得书上记载的大多是瓷器类的唐代产品，其中，几乎百分之八十的地方都被标记为重点。

另一份恰巧是胖子看过的那本民间传说《柳毅传书》，这本书朱笑东当时没看完，就让胖子抢了过去，书中有几处重点就不知道了。

然而，柳毅传这个故事却也是出自唐代李朝威，据说是某天，他到郊区专访了退休京官薛嘏，薛嘏给他详细讲述了其表兄柳毅为龙女传书所发生的传奇故事，回家后，他反复斟酌，修改撰写而成，成为唐代以来传奇里最有成就的篇章之一。

唐末孙按的《灵应传》、元代尚仲贤的《柳毅传书》、李好古的《张生煮海》、明代黄说仲的《龙策记》、清代李渔的《屋中楼》等传奇、杂剧，以及近现代戏曲中的一些作品，都沿用这一题材，从这篇传奇脱胎演变而来，足见其魅力之深厚，影响之久远。

偏巧的是，朱笑东还没看完这两本书的重点，又有人发来《灵应传》。

一刹那间，朱笑东只觉得身如雷击，口干舌燥，顿了半晌，才回过头来，对胖子说：“去告诉他们，让他们专门收集这些书籍里面和唐代有关的东西……”

跟胖子说完，又对杨薇说道：“不管是古玩鉴定，或者是民间传说，都按唐代的筛选出来……”

杨薇这边忙了二十多分钟，另外那二十三个人不但把有关唐代的古玩类的书籍整理了出来，连出自唐代的民间传说的书籍也挑了出来。

胖子一看吓了一跳，一百零九本古玩类的书籍，居然有九十八本是与唐代有关的，余下的十一本也大多是唐末五代宋初的，而八十六本民间传说，也有六十多本是记载唐代期间的故事。

胖子拍着脑袋，很是有些痛苦：“东哥，你说我们怎么就那么笨，要当时把这些玩意儿往老爷子面前一摆，怎么也能算交差了吧，你说干吗要费这老大的劲儿，这些个人的工资怕又得要好多钱吧。”

朱笑东无语了半晌，才说道：“胖子，你现在就可以去向老爷子交差了……”

“啊？这个，我还是等师兄你最后的结果吧，嘿嘿……这就去向老爷子师傅交差，我怎么说得出口？”

朱笑东看着电脑上的资料，头也不回地说：“这结果已经出来了啊，就是林师兄有八成以上是跟梁奇宝的事情搅在一起了，证据就是林师兄他特别注意这些唐代的知识……”

这时，又有资料传到杨薇的电脑上，显示的是历史类的资料，有一大部分居然是有关安禄山的，从这一点上看，朱笑东的推断也有了八成的准确性。

杨薇把这些资料分类拷贝了一份，交给胖子，让胖子拿着去交差。

胖子腆着脸，对朱笑东说：“东哥，师傅那里我就替你多美言几句，你看这些人，他们的工资……嘿嘿……”

朱笑东气结，喝道：“胖子，你还欠我一顿饭呢，又打上这些人工资的主意了？功劳算你的，工资你也不出，这么好的事儿让你一个人占全?”

胖子一边落荒而逃，一边嬉皮笑脸道：“东哥，咱哥儿俩谁跟谁啊，你一定不会跟我计较这事儿的对不对？嘿嘿……”

不等朱笑东搭话，胖子早就没了人影儿。

胖子走了之后，又过了将近半个小时，所有的书籍以及第二次笔记都全部整理了出来，这二十多人全都停下手来，等待下一个指示。

朱笑东想了片刻，觉得既然已经印证了自己的想法，接下来的事情就是找出一些与梁奇宝有关而又与自己所知有出入的线索，这线索，就只能靠自己逐条逐条去分析，这些人已经帮不上太大的忙了，当下让杨薇付工资打发走这些人。

二十多个人，杨薇居然才花了不到一万块钱，而且这些人一个个都心满意足，还说以后再要有这样的事，务必给他们打电话。

朱笑东把所有的资料再次重新拷贝了一份，随后找了两个人，帮着把整理好的书籍又送回到姚观心那里。

接下来两天，朱笑东就算是在电脑前打坐了起来，连杨薇想去方天然那里也没空，杨薇一气之下要一个人过去，还好，王晓娟挺着一个大肚子死活要跟着一起，算是陪她回了一趟娘家。

只是在方天然家里待了不到半天，又接到一个电话。

坏消息，凯斯打来的，汪海成的“有缘”那边装修都快搞好了，突然之间，由于电线短路引发了一场意外的火灾，损失倒不大，不过，开张的日子就必须得往后推迟了，出了这样的意外，汪海成都不好意思直接跟朱笑东报告了，就央求着凯斯来联系杨薇。

杨薇叹了一口气，损失就损失了吧，朱笑东那边自己过去说上一声就是了。

不过如此一来，她倒是松了一口气，反正陶都那边的珠宝店现在已经没法子开张了，正好多在京城待上几天，等朱笑东看完那些资料，再把他拉过来陪陪方天然。

胖子跟王晓娟两人知道了这事，一时间又是高兴，又是愤怒，高兴的是朱笑东可以在京城再逗留一段时间，这一段时间里，胖子就可以跟着好好学学生意上的事，愤怒的是，这个汪海成，他怎么办事的？一场火灾，损失再小，那都是钱！怎么这么不小心。

朱笑东倒是无所谓地笑着说："这是要火的节奏吧，都还没开张，店里就先火了起来……"

说得胖子等人都差点跳了起来。

不过，好在朱笑东赶紧说出来一个"好消息"，让胖子等人消火。

根据这几天的研究，大略推算出来林少华的一些线索，也就是说，林少华从另一个侧面，或许，是云想他们留下来的痕迹，几个跟梁奇宝有关的地方，他都去过！甚至还极有可能见过那个破桃源里的"龙"！

一个特别明显的证据就是，除了林少华对民间传说中的奇闻怪事比较注意之外，对书中描写的那些奇怪的生物，无论是怪还是神，基本上都特别注意，这和朱笑东等人从那个桃源里出来时的情况几乎是如出一辙，都想弄清楚，那到底是一种什么样的生物。

不过，朱笑东等人只是好奇，想要满足一下自己的好奇心，而这事放到林少华身上，就绝对不会是什么好事。

朱笑东和胖子大多都只是想着看看这些神奇生物的全貌，以满足自己的好奇心，而林少华研究的却是如何克制这些生物，这从他对这些生物的习性、喜好，以及克制之法的特别偏好当中，就能看得出来。

换句话说，林少华想的是，有一天能够在这些神奇的生物嘴边救下云想！

在房间里待了两三天，朱笑东也待得有些闷了，正想要开口说出去走走，没想到胖子倒是首先咧开嘴，笑着说：“最近几天，听说潘家园子里面出来了不少好东西，东哥，要不我们去瞧上一瞧，没准儿胖子我伸手一抓，又给抓出来个梁奇宝的手镯什么的，这可是对追查林师兄的行踪有很大帮助的……”

朱笑东如何不知道胖子这家伙又在打什么主意，上次在潘家园子，胖子一走，朱笑东就白捡了两块价值连城的田黄石，胖子虽然“不贪图”无价之宝，但是其中精彩的过程以及朱笑东的经验都是值得学习的。

现在，胖子又邀朱笑东再去潘家园子，去找梁奇宝的线索，当然只是借口而已。

不过，朱笑东待在房间里对着电脑好几天，确实也想出去走走，至于去哪里，本来也没个具体的目标。

王长江的铺子、自己的玉石加工工厂这两处，他也不愿意过多光临，事情有人做着，自己过去少不了一番指手画脚，这个是他最不愿的。

所以，胖子提出来要去潘家园子走走，他也不拒绝，杨薇忙着跟王晓娟做胎教，懒得去陪两个人，京城的天儿，这会儿也不算好过，干冷干冷的，去逛街并不怎么舒服。

出了王长江的家，胖子整个人顿时兴奋起来，让高原开着车直奔潘家园子。

让人扫兴的是，刚到潘家园子，这天儿就开始下起了雪，雪不大，但是实实在在有些坏人兴致。

一下起了雪来，摆地摊的人就少了很多，而且，在潘家园子闲逛游玩的人也就稀疏了起来。

下了车，依旧让高原找地方把车子停好，然后在潘家园子里信步闲逛。

一路过去，走了十几个摊位，胖子突然拉着朱笑东，指着上次跟几个人吵架的那个老板娘的摊子。

朱笑东记得，这个看摊老板娘的老公叫杜鹏，也不算是什么好人，他实在不愿意去跟这样的人打交道，便驻足不前。

没想到胖子这家伙故意捣蛋似的，非要往这个摊儿前面去凑，原来，这摊上摆着一个青花大碗，挺正宗的样子。

胖子这家伙那次跟朱笑东钓鱼，从烂泥里刨出来一只正宗的“居仁堂制”青花碗，为他在陶都出彩添上浓重的一笔。

偏偏后来李三眼跟胖子所教的，也多注重这一类的瓷器，只是胖子这半年来始终没有“正规”用上过这些知识，今天见到这个青花碗，自然是忍不住有些“技痒”，想要验证一下。

朱笑东笼着双手，低声跟胖子说：“胖子，你这家伙也不看看，这地方是你能学东西的地方？要学，除了能让你学到巧言令色、胡说八道之外，我真看不出来别的！”

胖子一双眼盯着那只青花碗，嘴里喷着白气说：“东哥，我这人就有感觉，这跟我以前碰上的那只碗差不多，要不咱盘下来再说？”

感情这家伙靠的是直觉，还有运气！

朱笑东对玉石翡翠的认识是无出其右，但是对古玩这东西差远了，最多算是比胖子稍微好一点。

胖子往那摊子前一站，毫无例外地让那老板娘一喜，只是回想起这三个人就是上次来“捣乱”的三个家伙，又有些心虚起来，连正常的客套问候都没有了。

明明知道上次得罪过这摊主老板娘，胖子却是毫不在意，嬉皮笑地问：“这青花大碗，什么价？”

老板娘戒备地看着胖子身后的朱笑东跟高原两人，嗐嗐了半晌才伸出两根指头，在胖子眼前一晃。

胖子又笑问：“你这是一千块还是一万块？”

老板娘脸上一红，再次晃了晃两根手指头：“这是二……”

“你这是指头，我问的是你这碗的价钱……”胖子嘻嘻说道。

老板娘赶紧把手收了回去，红着脸说：“大兄弟，我们也就做点儿小本生意，算我求你们了，别跟我寻开心成不？”

这三个人是有钱人，有钱的人就有势，一个不好，就吃上了暗亏，出于上次的教训，老板娘只好低声下气了些，反正，自己本着不跟他们做生意，也不得罪他们的想法，再要有什么岔子，那就是他们不对了。

没想到胖子盯着那只青花碗不放，一本正经地问道：“老板娘，说说，这碗到底什么价位能卖？”

老板娘看了胖子良久，才轻声回答说：“这只碗是别人寄存在这里的，他说要价两万块，兄弟，你看，这别人寄卖的，我们也不好胡乱讲价对不对？”

这么一说，胖子倒真不好开口说价了，这位老板娘也算是把话说到地头儿上了，无论这青花碗值不值两万块，是不是别人寄卖的，反正价钱就摆在那里的，要就是两万块，不要，就走人。

胖子仔仔细细看了一遍，说：“说得也是，既然是朋友寄卖的东西，要少了价的确不好，这样吧，这个碗我要了，价钱就按照你说的两万块，好不？”

老板娘心里一喜，但还是有些犹豫，不过见胖子一脸“真诚”，还是拿了几张废旧的报纸还有塑料袋儿递给胖子，让他自己包裹这只青花碗。

在古玩这一行中，除了忌讳别人多嘴，还忌买家卖家直接在手上交接，一旦有人失了手造成了损失，难免就要扯皮磨牙，弄不好见官理论也不稀奇。上次，就在王长江的铺子，刘元平与关经理两人就出现这个情况，最后王长江还贴了不少钱进去。

胖子一手拿了青花碗，一手去摸钱。

朱笑东笼着双手，见胖子不问青红皂白就要花两万块钱来买这来历不明、不知真假的青花碗，也不知道他葫芦里卖的什么药，便好意说："你身上有那么多现钱吗？要不，我帮你垫上？"

胖子一脸幸福地看着朱笑东："我就知道东哥会这么说，不过，今天这生意我真不用东哥你来付账，对了东哥，今儿个，你看上什么好玩意儿，跟兄弟我说上一声，不管是啥，都算我的，我买单……"

"呵呵……"朱笑东跟高原两个都笑了起来，胖子这家伙，平日里一块钱都看在眼里，今天怎么就突然转了性子。

这可是做古玩交易，比不得下馆子吃顿饭，做古玩交易动辄数万数十万甚至百万千万，胖子居然毫不在意地说下这种大话！

只是朱笑东跟高原两个稍微一琢磨，又才明白过来，这家伙哪里是什么转了性子，是变得奸猾了才对。

不管朱笑东看上什么，要买什么，反正买来的东西又不能被自己吃下去，终究还是要放铺子里去卖的，一旦放回铺子，所谓胖子出钱买单，又变成了胖子垫付的成本，如此一来，不管卖多少，最后所得的利润胖子他都有了一份儿！

如此一来，虽然胖子得不到全部的利润，但终究比朱笑东什么都不买，一分利润都没有强得多了。

胖子讪笑着，看着两人："哥，蚊子再小也是肉对吧，以前，都是你一把血一把汗为我们大家鞠躬尽瘁，今儿个，我也得表现表现，才能对得起大家！"

"呵呵，你要表现对吧，那好，找个地方，请我和高大哥吃上一顿……”朱笑东笑着说。

“行!”胖子干脆，果断地一拍胸脯，不承想拿在手上的那只碗一滑，“当啷”一声落在地上摔了个粉碎。

这只瓷碗清脆的响声顿时引来为数不多的一些行人，想来，出现了这样的情况，多半又有好戏一场。

老板娘看着满地的瓷片碎渣，顿时呆住了，这可是两万块钱啊，胖子连钱都没付，就这么没了!

朱笑东也被吓了一跳，钱都没给过，碗却碎了，这不是明摆着给老板娘坐地起价的机会?

连高原都忍不住皱起了眉头，看样子，只怕胖子这个玩笑开得有些过分了!

胖子一脸痛心疾首，在自己的脸上狠狠地拍了一记耳光，才皱着眉头，掏了两万块钱出来，递给老板娘。

瓷碗已碎，胖子落了个钱物两空，这要换着是别人，多半要绕上一会儿口舌，没想到胖子只是一脸痛惜，给钱却是大大方方的。

如此一来，那些旁观等着看好戏的人均是摇头不已。

胖子给了钱，快快地对老板娘说：“老板娘，你瞧，今个我出门没看日子，上街就倒霉，你能不能让我看看你那个，对，就是那个珠串儿……”

老板娘一边忙着数钱，一边点头示意。

这一刻，朱笑东心里抖了一下，那珠串儿是十几颗檀木珠子，用一根红丝绳串在一起，刚刚好一副手链，上面油光水滑的，明显是被人用过不短的时间。

胖子把这串珠子拿在手里，又放在鼻子底下闻了闻，问：“老板娘，这珠串儿怎么卖?”

老板娘忙着数钱，头也不抬：“五百块……”

只是胖子这一问，打断了正在数钱的老板娘，一下子又忘记数到哪里了，只得从头数起来。

胖子二话不说，直接又掏了五百块，放到老板娘手上，揣好珠子，又拿了两件挂饰小件儿问："这多少钱？"

老板娘随便瞟了一眼，张口就说："两件儿，一百块……"

胖子又拿了一百块塞到老板娘手里，然后笑了笑："老板娘，钱数好了没，数清楚了，我们哥儿几个要去吃饭了……"

忙了半晌，老板娘终于数好钱，点点头说："好了……"

"既然数好了，那我们走了！"胖子说着，转头吆喝，"哥儿几个走了，吃饭去喽……"

老板娘回过神来，总感觉有什么地方不对，可是一时之间又想不到不对头的地方在哪里，想了半天才想起来，那珠串儿是今天早上一个不大熟悉的土爬子送过来的，当时老公给了那土爬子两百块钱，自己对这些东西也不是很懂，不知道是不是让这胖子捡了个漏，不过，早上才两百块钱买进，这不到半天工夫就赚了个对番，怎么说也应该算是赚过了吧。

殊不知朱笑东三个人一边走，一边却在庆幸。

"行啊！胖子，你怎么看出来这串珠子的蹊跷来的？"朱笑东问。

胖子嘿嘿笑了好一阵儿，才说："我这人是干什么的，嘿嘿，正规的二级厨师，知道我的鼻子有多厉害吧，在那摊儿旁边我就闻到一股味儿。嘿嘿，这可不是开玩笑的，真有那股味，土腥味儿，当时我以为是那个碗，细细看了一下才发现不是。后来，才确定是这珠串儿发出来的那味，怎么样？这可是真正刚出土的东西。"

原来如此，胖子大费周章，原来只不过是一下子没找准想要的东西而已，弄得朱笑东还以为胖子是在耍什么了不得的"阴谋"！

朱笑东嘻嘻笑了一阵，才说道："我还以为胖子你长进了，没想到你这家伙靠的只是鼻子，呵呵……不过话说回来，这串珠子刚出土是不错，也就是普通的东西，这么说吧，你两万多块钱除去开支，顶多就能保个本儿。”

“嫉妒吧你，你说这只是个普通的小件儿，你倒是去给我弄个稀罕的大件儿出来给我瞧瞧啊！”胖子说。

朱笑东笑了笑不答，现在这古玩一道，能在这条街上找到的好东西能有多少！胖子手里这件珠串儿，因为是货真价实的真品，虽然实际价值不会超过五万，但是在这条街上能看到的东西当中来说，已经算是上品。

真正的好东西，谁还会摆在这市面来！

走了一段，风雪渐大，摆地摊的人也越来越少，朱笑东三人信步进到一个叫“老苑”的古玩铺子。

古玩铺子跟典当行差不多，也有掌眼师傅，只是这里的掌眼师傅只专门经营古玩古董、金银玉器，像朱笑东他们典当铺子里的那些破旧家具，半新衣物杂七杂八的东西，就不会去收。

这家的掌眼师傅是个大个子的老头儿，颚下半尺来长的胡须，相貌有些阴冷，微微有些驼背，今儿天冷，虽然室内有暖气，掌眼师傅还是一早就扑在了电火炉边上。

见朱笑东等人进来，勉强笑了笑，打了个招呼问：“几位是来请，还是出?”

声音有些阴沉，不过还算是友好，大凡古玩古董，买进一般都是用“请”，而卖出就只会说一个“出”字，这也是业中的行话。

老一辈的人大多会认为，历朝历代对古玩古董交易都有严格限制，除此之外，古玩古董交易涉及大量的金钱，为防不法之徒，就不宜直接用“买、卖”二字。再说，古玩古董都是颇具灵气的东西，用“请”和“出”，除了避人耳目，还有就是老一辈的人们对古玩古董尊重的意思。

朱笑东一边看琳琅满目的货架上的玩件，一边简单寒暄了两句说：“如果有中意的，价格合适的话，我们就‘请’上一些……”

老掌眼笑了笑，朱笑东这话说得有些外行了，古玩古董这行业，不是普通超市或者菜市场，中意、价格合适，那都只能说是相对而言。

胖子嘻嘻哈哈的，问了一下老掌眼的姓名，老掌眼回答说姓袁，也不说自己的名字，就问两人，什么样的东西才能让他们中意。

朱笑东笑着说，想看看玉类的玩件儿，胖子却是没有具体的目标，要看看再说，而高原，袁老头就不去问了，以他的眼力，早就看出来高原只不过是两个人的保镖跟班儿。

袁老头想了想，拿了一方田黄石印章出来，让朱笑东品评。

只是朱笑东略略看了一眼，便摇了摇头说：“袁掌柜的，这东西的确是好，可惜，我对这种田黄石没什么兴趣，我想要的，起码要比这个要好。”

袁老头顿时来了兴趣，手上这块田黄印章的确算不上好东西，具体原因他心知肚明，从他们三个一进门开始，他就觉得这个朱笑东有些奇特，袁老头的眼光可不是盖的，在古玩行业中摸爬滚打了数十年，认人识人还有一定的把握的。

朱笑东虽然不是从上到下满身名牌，但是比好些有钱的年轻人更有气质，言语之间显出他的亲和随意，又带着一个精悍的保镖，又看不出来半点常见的富二官二那种颐指气使的架子，这足以说明他很是与众不同。

遇到这样一个奇特的人，袁老头自然要试探一下，如果不懂行，自然就可以狠宰一笔，应和那句“三年不开张开张吃三年”的古话。

所以，袁老头才一开始就拿出来一块田黄石印章。

朱笑东却只是略略看了一眼，便说这块田黄石印章不符合他的胃口，但是在袁老头听来，自然不是那么简单。

这就跟卖假冒赝品的进到他这古玩店里一样，他也不会直截了当就去说人家你这是什么什么假冒的，而是用相当客气的言语，让他到别家去试试，免得当面得罪客人。

偏偏胖子这家伙就不一样了，上次，朱笑东弄了两块田黄石回去，那个杰克逊一开口就是一千二百万美金，那可是七八千万人民币啊！现在再见到这田黄石印章，这可得值多少钱！

想问原因，朱笑东却是笑而不答。